Anni Deckner

Friesenglück

Die Autorin

Anni Deckner, geboren 1961 in Winnert bei Husum, lebt mit ihrer Familie in Hanerau-Hademarschen. Ihre Liebe zur »Grauen Stadt am Meer« kann man in ihren Werken spüren. Die kreative Luft des Nord-Ostsee-Kanals inspiriert die Autorin genau wie damals den berühmten Dichter Theodor Storm, der an diesem Ort seinen Schimmelreiter zu Papier brachte. Ihre Leidenschaft zum Schreiben entwickelte sich schon in früher Jugend, ihr erstes Buch »Heimathafen Husum« erschien jedoch erst im März 2014, gefolgt von »Knocking Out« 2015. In ihrer Freizeit geht die Autorin gern mit ihrem Mann auf Reisen. Ihr Beruf und gleichzeitig Berufung ist ihre Arbeit bei der Kirchengemeinde Hanerau-Hademarschen.

Das Buch

Sonne, Sand und Meeresrauschen

Franzi von Liebermann hat eine große Zukunft vor sich. Eines Tages wird sie das Gut und die Pferdezucht ihrer wohlhabenden Großmutter in Friedrichskoog übernehmen. Bis dahin muss sie sich jedoch mit der eigensinnigen alten Dame gutstellen. Und diese wünscht sich nichts sehnlicher, als ihre einzige Erbin endlich in festen Händen zu sehen. Am liebsten in denen des gut betuchten Johannes von Berendes. Doch Franzi kann Johannes nicht leiden und denkt gar nicht daran, ihn zu heiraten. Viel besser gefällt ihr da der verwegene Zimmermann Luke, den sie auf einem ihrer Ausritte am Strand kennengelernt hat. Seine gradlinige Art und seine Lebensfreude beeindrucken die junge Erbin. Doch Franzis Großmutter hat noch ein Ass im Ärmel …

Von Anni Deckner sind bei Forever by Ullstein erschienen:

Barfuß am Strand
Leuchtturmtage
Die Sehnsucht der Inselärztin
Friesenglück

Anni Deckner

Friesenglück

Ein Nordsee-Roman

FOREVER

MIX
Papier aus verantwortungsvollen Quellen
FSC® C083411

Originalausgabe bei Forever
Forever ist ein Digitalverlag
der Ullstein Buchverlage GmbH, Berlin November 2017

Umschlaggestaltung: zero-media.net, München
Titelabbildung: © FinePic®
Autorenfoto: © privat
Satz: Pinkuin Satz und Datentechnik, Berlin
Druck- und Bindearbeiten: CPI books GmbH, Leck
ISBN 978-3-95818-923-2

Franzi

Franziska erkannte auf den ersten Blick, dass ihre Großmutter zum Kaffeeklatsch geladen hatte. Zahlreiche SUVs parkten in der vornehmen Hofeinfahrt. Alles mit Rang und Namen gab sich bei der Gutsherrin Susann von Liebermann die Ehre. Friedrichskoog hatte nicht übermäßig viel Abwechslung zu bieten. Eine Einladung im Hause von Liebermann bedeutete, zur guten Gesellschaft zu gehören. Hier wurden Klatsch und Tratsch aus der Gemeinde herrschaftlich diskutiert und dementiert. Dabei durfte nicht vergessen werden, die neueste Mode vorzuführen. Die Damen versuchten sich gegenseitig zu übertreffen. Susann von Liebermann stellte eine Vorreiterin in dieser Disziplin dar. Wobei jede der eingeladenen Frauen es darauf anlegte, es ihr gleichzutun.

Das Speisezimmer war erfüllt von edlen Düften, von denen Franzi zumeist Kopfschmerzen bekam. Ihre Nase war den Pferdeäpfeln weitaus wohlgesonnener.

Sie stöhnte genervt. Ihre Großmutter erwartete, dass sie ihre Gäste begrüßte und leutselig Small Talk führte. Sicher hatte ihre Großmutter bereits fürsorglich die geeignete Kleidung für so eine Veranstaltung auf Franzis Bett bereitgelegt, um Fehlgriffe ihrer Enkelin zu vermeiden. Nach ihrem verdienten Feierabend in der Bank verspürte Franzi jedoch nicht die geringste Lust dazu, sich an der Kaffeegesellschaft zu beteiligen. Umfangreiche Kundengespräche lagen hinter ihr, während derer sie ihr freundlichstes Lächeln aufgesetzt hatte.

Franzi sehnte sich danach, abzuschalten, im Stall auszuhelfen. Dies war ein Ausgleich zu ihrer Arbeit und seit ihrer Jugend eine ihrer Lieblingsbeschäftigungen.

Susann von Liebermann teilte die Leidenschaft ihrer Enkelin in keiner Weise. Sie erachtete es als unschicklich, mit der Belegschaft die Stallarbeit zu erledigen. Sie fürchtete den Verlust des Respekts der Angestellten. Bekanntermaßen würde Franzi eines Tages die Gutsherrin sein und sollte sich schon jetzt ihrer Stellung entsprechend verhalten.

Franzi überlegte blitzschnell. Sie lenkte ihr Auto hinter die Pferdeställe und versteckte es dort, unsichtbar für ihre Oma. Mit eiligen Schritten begab sie sich zum Kellereingang, um durch die Gewölbe ins Haus zu gelangen. An den Weinvorräten vorbei, über die Wäschekammer zum Treppenaufgang huschte sie in das Wohnhaus. Auf dem Treppenabsatz strömte ihr der Duft von Bohnenkaffee und Torten entgegen. Sie widerstand der Versuchung, eine Köstlichkeit bei den hohen Damen der Gemeinde Friedrichskoog zu stibitzen. Sie wusste nur zu genau, dass ihre Großmutter sie nicht mehr aus ihren Fängen entlassen würde. Nach der Stallarbeit konnte sie sich immer noch an den Resten der Tortenschlacht erfreuen.

Franzi erklomm das nächste Stockwerk, um sich in ihrem Zimmer umzukleiden. Lautes Lachen und Kichern ertönte aus dem Wohnzimmer. Die Frauen schienen sich gut zu unterhalten. Auch ohne Franzi.

Nun verharrte sie einen Moment in ihrem Chaos, welches sie in der Eile am Morgen hinterlassen hatte. Nach kurzer Überlegung schlüpfte sie in ihre Reitkleidung. Sie entschied, auf die Stallarbeit zu verzichten und mit ihrem Hengst Dakota über die Deiche zu reiten. Franzi grinste verschmitzt, sie roch bereits die würzige Luft der Nordsee. Obwohl sie hier aufgewachsen war, konnte Franzi davon nie genug bekommen. Der Geruch von Freiheit und die unbändige Natur entsprachen genau ihrem Gemüt.

Dakota besaß ein schwer zu zügelndes Temperament, dem nur Franzi gewachsen war. In ihren Händen war er butterweich zu lenken. Er liebte seine Herrin und vertraute ihr. Mit einem erwartungsfrohen Lächeln begab sie sich in den Stall.

»Moin, Tony, wie geht's dir?«, begrüßte sie den in die Jahre gekommenen Pferdewirt. Er war verantwortlich für das Wohl der Zuchtpferde. Franzi kannte ihn von Kindesbeinen an. Darum pflegten sie einen saloppen Umgangston untereinander. Ihrer wachsamen Großmutter war das ein Dorn im Auge. Franzi störte das nicht im Geringsten.

»Alles bestens«, versicherte Tony zwinkernd. »Du willst ausreiten? Dakota ist heute extrem unruhig. Du solltest ihn erst mal über die Weide jagen, damit er sich abreagiert.« Franzi lachte ihn an. »Das wird nicht nötig sein. Wenn ich ihn auf die Weide lasse, sieht meine Oma mich womöglich noch und zitiert mich zur Kaffeetafel. Ein Risiko größeren Kalibers.«

Tony spielte den Entsetzten, indem er die Hand vor den Mund schlug und den Kopf einzog. »Na dann lieber vom Ross fallen. Im Krankenhaus hast du es definitiv besser als bei deiner fürsorglichen Oma!«

Franzi bewarf Tony mit einem Apfel, den sie aus dem Futtereimer entwendete. Gerade noch rechtzeitig bückte der alte Mann sich, um dem Angriff auszuweichen. Er lachte diebisch.

»So geht man aber nicht mit Lebensmitteln um, unreifes Fräulein.«

»Den bekommt Dakota, wenn wir zurück sind.« Schwungvoll hob sie das Obst auf und legte es in den Eimer zurück. Danach öffnete sie die Tür der Box.

Der Hengst stampfte aufgeregt mit dem Huf gegen die Wand. Franzi schlüpfte hinein und begrüßte ihren Liebling zärtlich. Sie steckte die Nase in sein Fell und sog den Geruch des Tieres ein. Mit geschlossenen Augen verweilte sie an seinem Hals. Schlagartig wurde Dakota ruhiger. Franzi schnappte sich einen Striegel, um das Fell zum Glänzen zu bringen.

Dabei sprach sie mit dem Hengst und erzählte von ihrem Arbeitstag. Dakota ließ die Ohren tanzen und lauschte Franzis Stimme.

Tony beobachtete die Szenerie aus sicherer Entfernung. Dakota war in seinen Augen unberechenbar. Franzi nahm die Gefahr, die von ihm ausging, nicht sonderlich ernst. Er wäre froh, wenn dieser Teufel den Hof verlassen würde. Er ahnte jedoch gleichzeitig, dass Franzi die Trennung auf gar keinen Fall verwinden könnte. Ein Lächeln huschte über sein faltiges Gesicht. Franzi beruhigte ihren Liebling in Sekunden. Kopfschüttelnd verließ er den Schauplatz für einen Kontrollgang bei den Stuten.

»So, mein Dicker, wir reiten aus. Also benimm dich!« Franzi klopfte ihrem Pferd den Hals, striegelte wiederholt seinen Rücken und legte sanft einen Sattel darauf. Dakota tänzelte in der Box, dann ließ er sich bereitwillig hinausführen. Franzi hatte eine Vorliebe für harte Arbeit, weshalb ihr Körper leicht muskulös war. Sie hatte kräftige Hände, die zupacken konnten und nicht nur dafür geschaffen waren, den Kugelschreiber zu führen.

Wenn es nach ihr gegangen wäre, hätte sie nie den Umweg einer Bankausbildung gewählt, sondern wäre gleich Pferdewirtin geworden. Ihre Großmutter hatte sie zu der Ausbildung überredet. Zuerst hatte sie mit Engelszungen auf Franzi eingeredet, bis sie zu härteren Methoden übergegangen war und Franzi schließlich ihren Wünschen entsprechen musste. Franzi hatte die Wahl gehabt, nach England zu ihrer verhassten Tante zu ziehen oder sich den Forderungen ihrer Oma zu beugen. Ihre Entscheidung war klargewesen.

Franzi verstand es, ihre Oma um den Finger zu wickeln. Genau wie bei ihrem Hengst, war sie auch bei ihrer Großmutter die Einzige, die sich Widerworte erlauben durfte. Jedoch hatte sie in diesem Fall auf Granit gebissen. So war Franzi dem Wunsch ihrer Oma gefolgt und hatte eine Lehre in der Zentralbank absolviert. Dagegen gelang es Susann aber nicht, ihre Enkelin zur Heirat zu bewegen. Sie hätte es zu gern gesehen, wenn Franzi Johannes von Berendes geehelicht hätte.

»Wir leben im zwanzigsten Jahrhundert, da wird man einem Mann nicht mehr versprochen, den man nicht liebt«, hatte Franzi ihrer Oma gesagt. Franzi teilte die antiquierte Einstellung ihrer Großmutter nicht und hatte zum Leidwesen Susanns auch nicht vor, das zu ändern.

Die dreißigjährige zukünftige Gutsherrin hatte die Liebe bislang nicht gefunden. Die Heiratswilligen aus der sogenannten guten Gesellschaft schienen ihr zu spießig. Franzi war eine Abenteurerin. An Teestunden und Mode zeigte sie, zum Bedauern ihrer Oma, kein Interesse.

Draußen ließ Franzi ihren Hengst auf dem Abreitplatz ein paar Runden an der Longe traben. Bis zur Friedrichskoogspitze würde sie an der Straße reiten müssen. Dakota war unter ihrer Führung zuverlässig, aber sie gönnte ihm vorher ein wenig Auslastung. Sie war sich durchaus bewusst, dass ihre Großmutter sie vom Fenster aus erblicken könnte, doch das war ihr egal. Franzi freute sich über das feurige Temperament ihres Pferdes. Sie liebte die Herausforderungen, die Dakota ihr täglich bot.

Die Gutsherrin Susann von Liebermann schob ihren blond gefärbten Schopf an das Fenster der Villa. Beleidigt presste sie die schmalen Lippen aufeinander. Sie hatte damit gerechnet, dass ihre Enkelin ihr einen Strich durch die Rechnung machen würde. Dennoch war sie verärgert.

Dessen ungeachtet musste sie jedoch lächeln, als sie sah, wie Franzi mit dem temperamentvollen Tier ihren Spaß hatte. Susann hätte in ihrer Jugend nicht den Schneid besessen, sich Anweisungen ihrer Eltern zu widersetzten, allerdings hatte sie auch kaum Gelegenheit dazu gefunden, da ihre Eltern sehr früh gestorben waren.

Sie hob ihr Kinn. Franzi hatte bei ihr eine gute Erziehung genossen. Das, was Franzi trieb und nicht trieb, zeigte trotz alledem ihre Handschrift und erfüllte sie mit Stolz. Franzi ging ihren eigenen Weg, und Susann gönnte es ihr von Herzen. Trotzdem wurde es Zeit, dass sie Franzi auf die Aufgaben, die sie ihr bald übertragen würde, vorbereitete. Ihre Enkelin benötigte dringend den nötigen Biss, sie war zu gutmütig für das harte Geschäft der Zucht. Susann wandte sich vom Fenster ab, um sich wieder um ihre Gäste zu kümmern.

»Marlene, Franzi kommt heute nicht. Du musst dein Anliegen mit ihr in der Bankfiliale besprechen. Ich vereinbare gerne einen Termin für dich.« Sie legte der Freundin ihre mit Goldschmuck versehene Hand auf die Schulter. Jeder wusste, dass Marlene mit ihrer Familie ums Überleben rang. Nach wie vor setzten sie auf die Milchproduktion, die zunehmend ihre Rentabilität verlor. Ein Darlehen auf ihre Flächen sollte für eine Zeit lang Ruhe in die finanzielle Lage bringen.

Susann von Liebermann hatte damals nach Übernahme des Guts sofort zur Pferdezucht gewechselt. Obwohl Susann erst zwanzig Jahre alt gewesen war, hatte sie im wahrsten Sinne des Wortes auf das richtige Pferd gesetzt. Die Wirtschaftlichkeit des Guts war ohne Zweifel gewährleistet. Sie hatte ein Vermögen verdient. Sie würde Franzi zu gegebener Zeit mit reinem Gewissen die Geschäfte übertragen können.

Wehmütig sah sie zum Fenster. Nur zu gerne würde sie mit Franzi über die Deiche jagen. Sie war vor zwei Monaten fünfundsiebzig geworden, aber ihre Fähigkeiten, ein Pferd zu lenken, hatte sie bisher nicht einbüßen müssen. Vielleicht gab es am nächsten Tag eine Möglichkeit, mit Franzi gemeinsam zu reiten. Dies hatten sie lange nicht mehr gemacht, und sie könnte die Gelegenheit nutzen, um Franzi die Vorzüge von Johannes Berendes aufzuzeigen. Es wäre eine weitaus bessere

Lösung, wenn Franzi freiwillig die Ehe mit Berendes einging, als wenn sie sie zwingen müsste.

Dakota lief in gleichmäßigem Schritt am Straßenrand entlang. Franzi spürte die Anspannung unter ihr. Es kribbelte Dakota unter den Hufen. Er ließ seine Ohren spielen. Schaum bildete sich vor seinem Maul. Sie klopfte beruhigend den Hals des Pferdes.

»Du alter Hitzkopf, mach mir keinen Ärger. Tony wartet schon lange darauf, dich zu Wurst verarbeiten zu können.« Sie kicherte leise. Dafür würde er allerdings erst einmal an ihr vorbeimüssen. Sie lockerte die Zügel und ließ ihren Teufel weitergehen. Franzi ritt ihre Tiere nur nach Westernart. Sie zog es vor, mit lockeren Zügeln die Richtung anzugeben. Ihr Becken schwang im Takt der Bewegung des Pferdes. Langsam wuchs auch bei ihr die Lust loszupreschen. Dakota spürte die Erregung seiner Besitzerin. Er tänzelte nervös. Franzi hatte alle Mühe, ihn zurückzuhalten.

»Moin, Franzi«, hörte sie. »Soll ich dir den Teufel mal einreiten? Danach hast du keine Probleme mehr mit ihm.«

Franzi sah in die Richtung, aus der die Rufe kamen. Sie kannte die Stimmfarbe nur zu gut. Ausgerechnet der Berendes. Der hatte ihr noch gefehlt. Sie lenkte ihr Pferd in seine Richtung und funkelte ihn böse an. »Wie kommst du darauf, dass ich deine Hilfe bräuchte? Dakota ist eingeritten. Deine tierfeindlichen Methoden sind hier in Friedrichskoog jedem bekannt. Pass lieber auf, dass ich dir nicht den Tierschutzverein auf deinen Hof schicke, Jo.«

Johannes Berendes, den jeder nur Jo nannte, lachte laut. Er legte den Kopf weit nach hinten und verlor dabei fast seinen Hut. Jo besaß einen durchtrainierten Körper. Er trug die langen, glatten Haare zu einem Zopf. Das schmale Gesicht mit den übergroßen Augen wirkte unschuldig. Die Stupsnase mit den sinnlichen Lippen darunter unterstützte diesen Eindruck zusätzlich. Franzi wusste jedoch, dass dies ein trügerisches Bild von ihm gab. Sie verstand ihre Oma immer weniger, warum sie ihn heiraten sollte. Wie konnte sie diesen windigen Tierquäler nur in ihre Familie aufnehmen wollen? Die gesamte Gemeinde Friedrichskoog kannte Jos Methoden, den Pferden seinen Willen aufzuzwingen. Es gab nur keine stichhaltigen Beweise dafür, sonst hätte sie ihm längst das Handwerk gelegt.

»Franzi, Franzi, du wirst auch noch gezähmt. Am liebsten wäre es mir, wenn ich das übernehmen dürfte. Die Verhandlungen mit deiner Großmama sind noch nicht beendet.« Seine Augen blieben vom Lachen unberührt. Sie lagen dunkel und ohne Glanz in ihren Höhlen.

Franzi wurde zornig. Sie rutschte vom Pferd, ließ die Zügel langsam auf die Erde gleiten und ging wutentbrannt auf Jo zu. »Ich rate dir gut, lieber Jo, rede hier nicht so einen Schwachsinn! Bist du betrunken? Oder warum pöbelst du hier rum?« Sie baute sich dicht vor Jo auf und blickte ihm provozierend ins Gesicht.

Jo grinste schief und schaute an ihr vorbei. Er hob die Hand. »Sieh mal, dein Gaul flüchtet, womöglich ist er doch nicht gut erzogen?«

Franzi ließ sich nicht beirren. Sie wusste, dass Dakota mit Sicherheit immer noch dort stand, wo sie ihn zurückgelassen hatte. Unbeirrt trat sie näher an Jo heran. »Ich rate dir, Berendes, behandle deine Pferde besser, oder ich leite ein Verfahren gegen dich ein!«

Jos Gesichtsausdruck verfinsterte sich bedrohlich. Seine Augen formten sich zu schmalen Schlitzen. Langsam hob er die Hand und legte sie, ohne zu zögern, in Franzis Nacken.

Franzi hatte das Gefühl, in einen Schraubstock geraten zu sein. Kraft hatte der Kerl. Er setzte seine Lippen hart auf ihre. Fordernd sog er daran. Als Franzi Luft holen musste, öffnete sie ihren Mund. Einem Schlangenangriff gleich erforschte

Jo eilig ihre Mundhöhle. Jetzt endlich setzte Franzi sich zur Wehr und stieß ihn weg. Jo ließ sie abrupt los, so dass Franzi taumelte. Sie roch seinen Atem, als er sie fragte: »Wann reite ich dich ein, Baby?«

»Dazu bist du gar nicht fähig, du Aufschneider.« Franzi kochte vor Wut. »Wenn du ein echter Mann wärst, müsstest du deine Unzulänglichkeiten nicht an deinen Pferden auslassen.«

Mit einem hämischen Lachen drehte er sich weg und ging, immer noch lachend, zur Wirtschaft auf die andere Seite der Straße. Dort hatten Koogbewohner die Streitigkeiten aus der Ferne beobachtet. Jetzt applaudierten sie freudig.

In Friedrichskoog kannte man die Pläne der Gutsherrin. Die Bewohner glaubten offenbar, dass die Romanze, die ihre Großmutter zu lenken versuchte, nun Früchte trüge. Sie hatten den Wortlaut des Gefechts zwischen Franzi und Jo nicht verstehen können. Daher dachten sie wohl nun, dass sie Zeugen eines Streites unter Liebenden geworden waren.

Zitternd begab Franzi sich zu Dakota, der brav wartete, genau dort, wo sie ihn stehen gelassen hatte. Vorsichtig legte er die weichen Nüstern auf ihre Schulter und schnaubte ihr ins Ohr. Diese Geste beruhigte Franzi etwas. Sie kicherte leise. »Du großer lieber Teufel«, flüsterte sie Dakota zu.

Sie griff die Zügel, um sich auf seinen Rücken zu schwingen. Dakota tänzelte ungeduldig. Franzi lenkte ihn sanft zum Deich. Als sie ihr Ziel erreichte, gab sie ihm einen leichten Schenkeldruck. Dakota verstand sie sofort und preschte los. Franzi hatte keinen Blick für das weite Wattenmeer übrig, das sich zu ihrer linken Seite in seiner ganzen Schönheit erstreckte. Sie genoss den Ritt und ließ Dakota seinen Willen. Er sollte sich austoben.

Erst als Pferd und Reiterin der Schweiß den Rücken hinunterlief, gab sie das Kommando, in den Schritt zu wechseln. Dakota schnaubte zufrieden, er hatte seine Energie herauslassen können. Franzi vergaß die hässliche Szene mit Jo und atmete die salzige Luft der Nordsee ein. Sie legte sich der Länge nach auf den Rücken ihres Helden und ließ sich durch den milden Sommerabend treiben, zum Himmel schauend und den sanften Wellen lauschend, die den Deich streichelten.

Friedrichskoogs Natur war weitgehend unberührt. Ein Paradies der Erholung. Alle Urlauber, die jährlich zu dem kleinen Ort zurückfanden, konnten dies nur bestätigen. Franzi würde nie woanders leben wollen. Ihr genügten die Ausflüge in die umliegenden Städte Heide und Husum, manchmal auch nach Hamburg. Sie war immer wieder froh, wenn sie nach Hause kam und den Lärm der Stadt hinter sich lassen konnte.

Eine seltsame Begegnung

Franzi rutschte beseelt von Dakota herunter, zu Fuß trat sie den Heimweg an. Die Flut setzte schon ein. Der Wind frischte auf, und Franzis verschwitzte Haut kühlte unangenehm ab, so dass sie fröstelte. Sie beobachtete einen Mann ihres Alters, der kopfschüttelnd an einer Slipanlage, auf der Boote vom Land ins Wasser gelassen werden konnten, verharrte. Er erblickte Franzi und eilte auf sie zu.

»Entschuldigung, aber ich hatte mein Boot hier liegen lassen, nun ist es verschwunden. Können Sie mir das vielleicht erklären?«

Franzi schmunzelte. »Wann war das?«

»Gestern. Ich hatte eigentlich vor zu fischen, aber hier ist nie Wasser, wenn ich es versuchen will.«

»Nun, haben Sie Ihr Boot nicht festgemacht? Dann ist es mit größter Wahrscheinlichkeit mit der letzten Ebbe hinaus aufs Meer getrieben.« Franzi versuchte vergeblich, Bedauern vorzutäuschen. Um ihre Mundwinkel zuckte es verdächtig. Sie gluckste vergnügt. Der Fremde schlug sich mit der flachen Hand gegen die Stirn.

»Ich Idiot, an die Gezeiten habe ich gar nicht gedacht. Dabei war ich schon öfter hier. Zu blöd, nun ist es weg.«

»Das ist wirklich ärgerlich«, bedauerte Franzi ihn immer noch lachend und wenig überzeugend. Sie wollte weitergehen, aber er hielt sie zurück.

»Sorry, ich habe mich noch nicht vorgestellt. Mein Name

ist Luke Wagenknecht.« Er reichte Franzi eine kräftige, warme Hand.

»Freut mich, ich bin Franzi.« Neugierig starrte sie Luke an. Er hatte leuchtende grüne Augen. Sie erkannte winzige schwarze Sprenkel darin. Der Dreitagebart ließ ihn etwas verwegen wirken, aber Franzi spürte die Herzlichkeit, die von ihm ausging. Lukes Kleidung glich der eines Vagabunden. Auf unerklärliche Art und Weise fühlte Franzi eine Anziehungskraft, die ihr unwirklich erschien. Er versetzte sie in weiteres Erstaunen, als er auf Dakota zuging und ihm etwas ins Ohr flüsterte. Dakota wich nicht aus, wie er es sonst bei Fremden tat, sondern ließ Luke gewähren. Der betrachtete die am Boden liegenden Zügel.

»Ein Westernpferd?« Es war mehr eine Feststellung als eine Frage. Prüfend ging er um Dakota herum. Er streichelte ihn fast zärtlich, mit bewundernden Blicken.

»Ja, ich bilde alle meine Pferde so aus. Ich verabscheue die englische Reitweise. Sie ist in meinen Augen nicht artgerecht.«

Luke nickte wissend. »Er scheint ein temperamentvolles Wesen zu besitzen. Wer von euch beiden ist der Chef?«

Franzi räusperte sich geräuschvoll und tat damit ihre Empörung kund. »Ich natürlich, andersherum würde es bestimmt nicht funktionieren. Er braucht eine feste Hand.«

Luke grinste sie frech an. »Du besitzt also eine feste Hand?«

Franzi verkrampfte sich ein wenig. Wo würde dieses Gespräch hinführen? Ging es in die gleiche Richtung wie das mit Jo? Waren denn alle Kerle so unverschämt?

Luke bemerkte Franzis Veränderung sofort. »Entschuldige, ich hatte nicht vor, dich zu beleidigen.«

Franzi ließ die angehaltene Luft aus ihren Lungen entweichen. »Das will ich auch hoffen. Ich muss los.« Sie ging, gefolgt von Dakota, weiter Richtung Deichübergang.

Ohne sich noch einmal umzudrehen, rief sie Luke zu:

»Dein Boot scheint nicht zu wissen, wer der Chef ist ... Viel Erfolg bei der Suche!« Dann saß sie auf und preschte davon. Die Begegnung mit Luke beschäftigte sie derweil nachhaltig. Er wirkte auf eine angenehme Art sonderbar. Anders als die Typen, die sie bisher kennengelernt hatte. Beeindruckend selbstbewusst, ohne überheblich zu wirken. Sie zog es vor, nicht mehr an ihn zu denken. Dieses Kennenlernen konnte nur eine Momentaufnahme gewesen sein. Er war und blieb ein Fremder.

Franzi erreichte die Straße und befahl ihrem Teufel, Schritttempo zu gehen. Jo hatte sie offenbar von Weitem kommen sehen. Er schlenderte von der Terrasse des Restaurants *Deichkind zu ihr hinüber* und versperrte ihr den Weg.

»Hey, Franzi, deine Drohung vorhin ...« Er wirkte immer noch angetrunken auf sie.

Franzi schnitt ihm das Wort ab. »War keine«, giftete sie ihn an. »Verzieh dich, ich will nach Hause.«

Doch Jo dachte anscheinend nicht daran, ihr den Weg freizugeben. »Weißt du, Frau Rühr-mich-nicht-an, du solltest lieber vorsichtig sein, über wen du urteilst. Deine Familie hat selbst genug Dreck am Stecken.« Er sah sie aus glasigen Augen an.

Franzi schenkte ihm einen spöttischen Augenaufschlag. »Fällt dir nichts Besseres ein? Was sollte mit meiner Familie nicht in Ordnung sein?« Mit einem leichten Schenkeldruck gab sie Dakota zu verstehen, dass sie weiterreiten wollte. Jo blieb keine andere Wahl, als seine Position aufzugeben, wenn er nicht riskieren wollte, von dem kräftigen Tier niedergetreten zu werden.

»Da frag mal deine vornehme Oma!«, rief er ihr mit schriller Stimme nach. Mit einem Satz folgte er ihr und schlug mit Wucht auf Dakotas Flanken. Dakota stieg und wieherte ängstlich. Franzi konnte ihn gerade noch rechtzeitig beruhigen und hinderte ihn daran durchzugehen. Pferd und Reiterin waren ein eingespieltes Team. Dakota vertraute Franzi, so dass er sich langsam fasste.

Luke konnte Franzi nicht einfach davonreiten lassen. Er wusste ja noch nicht einmal, wo er sie wiedertreffen könnte. Er überließ das Boot seinem Schicksal und folgte der Staubwolke, die Dakota aufwirbelte. Luke hatte nicht die geringste Hoffnung, dass er Franzi einholen würde. Aber er konnte in Dakotas Fußspuren stapfen. Er fühlte eine starke Anziehungskraft, die von Franzi ausging. Ihre alles erkunden wollenden Augen! Sie leuchteten in einem faszinierenden Blau und heller als so mancher Stern am Nachthimmel. Er grinste. Ihre zierliche Nase, die sie dem Meer entgegengehalten hatte, hatte es ihm besonders angetan.

»Wagenknecht, hör auf zu spinnen«, brummte er. Die Gefühle, die ihn nun zu überwältigen schienen, waren ihm fremd. Dieses kurze Treffen mit Franzi konnte sie unmöglich in ihm hervorgerufen haben. Trotzdem wollte er der Sache auf den Grund gehen.

Er verließ den Deich und hatte nun freien Blick auf die Straße. Dort sah er Franzi. Sie schien in einen Streit verwickelt zu sein. Dieses Bild trieb Luke zur Eile. Er beobachtete, wie eine männliche Person ihr Pferd schlug. Die Situation schien zu eskalieren wie in einem Kinodrama. Erleichtert, dass Franzi ihr Pferd beruhigen konnte, rannte er los, um ihr zu Hilfe zu eilen. Denn nun sprang sie von Dakotas Rücken und stürmte aufgebracht auf diesen Unhold zu. Ihr Pferd tänzelte nervös. Luke sah sich gezwungen einzuschreiten.

Franzi war außer sich. Erbost stellte sie Jo zur Rede. »Du verdammter Idiot, was fällt dir ein?« Trotz ihrer geringen Körpergröße war sie bereit, es mit Jo aufzunehmen. Sie packte ihn am Kragen.

Schallendes Lachen entwich Jos Kehle. Er schien unbeeindruckt von dem Wutausbruch der jungen Frau. Unerwartet umschloss er mit festem Griff ihr Handgelenk. Schmerzerfüllt schrie Franzi auf. »Du kleines Luder, pass auf, was du tust!« Sein drohender Blick durchbohrte sie, als Jo sie zwang, ihn anzusehen. Seine Nase war nicht weit von ihrer entfernt.

»Kann ich irgendwie behilflich sein?« Luke packte Jo am Zopf und drückte ihn zu Boden. Vom Überraschungseffekt verwirrt, ließ Jo von Franzi ab. Die beiden Männer funkelten sich an wie zwei Kampfhähne. Ohne Jo aus den Augen zu lassen, zischte Luke: »Franzi, steig auf dein Pferd und reite heim!«

»Ich denke nicht daran, ich rufe die Polizei, der wird seine Lektion endlich einmal lernen.« Sie nahm ihr Telefon aus der Satteltasche.

»Ihr könnt mich alle mal«, grunzte Jo. Er drehte sich aus dem festen Griff von Luke heraus und trottete wie ein räudiger Hund davon.

»Berendes, könnte es möglich sein, dass du die Polizei fürchtest?«, rief Franzi ihm schrill nach. Zögernd schob sie ihr Mobiltelefon in die Tasche zurück. Doch als sie Jo mit dem Auto davonfahren sah, holte sie es rasch wieder hervor und wählte die Nummer der Dorfpolizei.

»Moin, Birger, hier spricht Franzi von Liebermann, ich möchte Anzeige gegen Jo Berendes erstatten. Er hat mich belästigt und bedroht. Nun bringt er andere in Gefahr, indem er betrunken Auto fährt. Er rast in Richtung Hafen.« Sie beendete grußlos das Gespräch. Um die Details würde sie sich später kümmern.

Dann wandte sie sich an Luke. »Aus welchem Versteck bist du denn so plötzlich hervorgekommen? Danke für deine Unterstützung, aber ich schaffe meine Probleme ohne Hilfe aus der Welt«, behauptete sie wenig überzeugend.

»Schon klar, aber jetzt begleite ich dich nach Hause.« Er grinste. »Dakota geht es gut?«

Franzi nickte, es gelang ihr nicht, die aufkommenden Tränen zurückzuhalten. »Danke, Luke!« Sie waren ohne Umschweife zum *Du* übergegangen. Nebeneinander liefen sie vor Dakota her, der ihnen bereitwillig in Richtung Gut folgte.

»Was führt dich nach Friedrichskoog? Urlaub?«, fragte Franzi. Sie war neugierig auf den Mann geworden, der ihr so ritterlich geholfen hatte.

»Nein, ich bin sozusagen auf meinem eigenen Jakobsweg.«

Franzi blieb erstaunt stehen. »Auf dem was …? Da bist du hier im Norden aber völlig falsch.«

»Darum erwähnte ich, dass es mein eigener Weg ist.«

»Interessant.« Neugierig geworden, brannte sie darauf, mehr zu erfahren. »Wie geht deine Geschichte weiter?«

»Ich rede nicht gerne darüber.«

»Verstehe.«

Luke haderte offensichtlich mit sich, seine Geschichte doch zu erzählen. »Ich bin in Amerika aufgewachsen.«

»Ach, darum rollst du das R so süß. Hat es dir dort nicht mehr gefallen?«

»Im Prinzip schon. Aber meine Schwester wurde schwer krank. Wir hatten keine Krankenversicherung und ich habe mein gesamtes Vermögen, welches ohnehin nicht übermäßig groß war, in die Behandlungskosten investiert. Nun bin ich fast pleite.«

»Oh, das war aber großzügig von dir.«

»Nein, so kann man das nicht bezeichnen, meine Schwester ist alles, was ich habe … hatte.« Luke schwieg.

Franzi blieb stehen und sah ihn betroffen an. »Deine Schwester … ist …«

»Nicht mehr unter uns.«

»Luke, das tut mir sehr leid.«

»Schon gut, inzwischen sind drei Jahre vergangen. Nur dass mir das Durch-die-Lande-Ziehen bisher noch nicht viel gebracht hat.«

»Was sollte es denn bringen?«

»Ich versuche zu verstehen, warum meine Schwester es nicht geschafft hat. Warum ausgerechnet sie sterben musste. Und ich versuche, mich selbst zu finden.« Luke sprach ruhig, ohne dabei traurig zu wirken. Er hatte sich für ein Vagabundenleben entschieden und offensichtlich nicht vor, dies zu ändern, bis er Klarheit für sich gefunden hatte.

»Wie kommst du über die Runden, wenn du nicht arbeitest?«, wollte Franzi wissen.

»Ich arbeite. Gelegenheitsjobs, immer wenn es sich ergibt. Ich brauche nicht viel.«

»Aber wo übernachtest du? Unter der Brücke?«

Luke lachte heiser. »Sieh dich mal um, gibt es hier irgendwo Brücken? So schlimm steht es nun auch wieder nicht um mich. Es gibt jede Menge günstige Pensionen. Oft sogar mit Familienanschluss.«

»Beeindruckend«, meinte Franzi. »Wir sind da, ich wohne hier.« Franzi war stehen geblieben.

Unsicher betrachtete Luke das Gutsgebäude. Er pfiff leise durch die Zähne. Die einladende Einfahrt mit dem Rundbogen wirkte herrschaftlich. Das liebevoll restaurierte Wohnhaus dominierte auf beeindruckende Weise die Mitte des Grundstücks. Kostbare Autos parkten davor. Das kleinere Wohnhaus neueren Datums schien unbewohnt, aber gepflegt. Die Stallungen zeugten von einem gutgehenden Gestüt. Dahinter erstreckten sich Wiesen von beachtlicher Größe. Die grasenden Pferde schienen die Idylle zu genießen. Luke fiel auf, dass die Tiere allesamt wertvoller Abstammung schienen.

»Arbeitest du hier? Oder bist du die Tochter des Hauses?«

»Enkelin der Gutsherrin. Meine Eltern sind gestorben, als ich noch ganz klein war. Ich habe keine Erinnerung an sie, nicht einmal Fotos gibt es aus dieser Zeit. Ich wuchs als Vollwaise bei meiner Oma auf.«

Luke wurde unruhig. Er fühlte sich unwohl vor dem Anwesen, in dem seine Zufallsbekanntschaft lebte. »Franzi, es war schön, dich kennengelernt zu haben. Pass auf, dass dieser Trollo dich kein weiteres Mal belästigt. Er wirkte auf mich unberechenbar.«

Franzi lachte bitter auf. »Das erzähl mal meiner Großmutter. Sie ist der Meinung, er wäre der ideale Ehemann für mich. Aber da wird sie sich an mir die Zähne ausbeißen.«

»Du willst heiraten?«

»Nee«, stieß Franzi hervor. »Ich muss so etwas nicht haben.«

Luke reichte ihr die Hand zum Abschied. »Alles Gute, Franzi, und komm mir nicht so schnell unter die Haube. Der Mann, der dich bekommt, sollte etwas Besonderes sein. Einer, der zu dir passt.« Lukes kräftige, warme Hand lag in Franzis. Sie sah an ihm hoch. Luke sorgte sich um die unabhängige Schönheit. Niemals zuvor hatte er mehr Verbundenheit zu einem anderen Menschen empfunden.

Eine Locke kräuselte sich auf ihrer Stirn. »Darf ich dich auf einen Tee oder Kaffee einladen?«, fragte Franzi plötzlich.

Luke zögerte, doch dann lehnte er entschlossen ab. »Vielen Dank, Franzi, aber ich sollte jetzt besser verschwinden.«

Franzis Augen weiteten sich. »Wo kann ich dich wiedertreffen?«

»Ich bin noch eine Weile in Friedrichskoog, ich bin überzeugt, dass unsere Wege sich kreuzen werden.« Luke hielt ihrem Blick stand. Ein Leuchten darin erwärmte sein Herz. Ihr schien es ähnlich zu ergehen. Trotzdem wandte er sich zum Gehen. Er sah nicht mehr zurück, zielstrebig schlenderte er in Richtung Dorfmitte davon.

»Ich bin überzeugt, dass unsere Wege sich kreuzen werden«, äffte Franzi die Worte von Luke leise nach und rollte mit den Augen. »Bin ich Aschenputtel? Erst macht er mich mit seinen

Blicken verrückt, und dann verschwindet er auf Nimmerwiedersehen!« Sie streichelte Dakota liebevoll die Nüstern. »Na komm, mein Dicker, es gibt gleich Futter.«

Dakota folgte treu seiner Herrin. Ein Westernpferd brauchte kein Zaumzeug. Er trat in Franzis Fußabdrücke im Sand. Hin und wieder stupste er sie an der Schulter und versuchte ihr Ohr zu beschnuppern. Er war ein gescheites Tier und wusste genau, wann Franzi eine Aufheiterung benötigte. Und nach einer Weile gelang es ihm. Franzi kicherte.

»Benimm dich Dakota, andernfalls kommst du in die Wurst.« Sofort bereute sie ihren Scherz. »Entschuldige, mein Bester, ich habe es nicht so gemeint.« Beschwingt durch die Zuwendung Dakotas lief sie flott auf die Stallungen zu.

Susanns Gäste befanden sich im Aufbruch. Nach und nach rollten die Autos vom Gut. Manche winkten Franzi fröhlich zu. Sie hatte den Eindruck, dass nicht alle Frauen am Straßenverkehr teilnehmen sollten. Ihre Oma hatte ohne Frage den Weinkeller um ein paar Flaschen erleichtert.

Franzi beförderte Dakota in seine Box und rieb ihn trocken, danach versorgte sie ihn mit Heu und Hafer. Wie versprochen erhielt er einen Apfel zum Nachtisch. Danach begann sie ihren Rundgang zu den anderen Pferden. Der Schimmel, der ihrer Großmutter gehörte, quälte sich mit Langeweile. Susann kümmerte sich seit Tagen nicht um ihn. Zu viele Dinge waren ihr wichtiger als ihr Pferd. Franzi überlegte, ihm am nächsten Tag einen Ausritt zu gönnen.

»Bisschen einsam, der Kleine, nicht?« Franzi sah in Tonys Gesicht. Er wirkte erschöpft, als wäre er von einem Ausflug in die Wüste zurückgekommen. Die Arbeit auf dem Gut fiel ihm nicht mehr so leicht wie früher.

»Ich werde ihn morgen reiten.«

Tony betrachtete sie skeptisch. »Dem schwarzen Teufel willst du Ruhe verordnen? Ich fürchte, damit wird er nicht einverstanden sein.«

»Ich muss morgen nicht in die Bank, ich habe also genügend Zeit.«

»Du musst die Zuchtbücher überarbeiten und einen Deckhengst für die Stuten freigeben.«

»Das habe ich bereits. Dakota wird diesen Sommer unsere Stuten beglücken. Er hat ausgezeichnete Gene. Ich bin gespannt, wie die Ergebnisse aussehen werden.«

»Dakota!« Tony spuckte verächtlich ins Heu. »Ich werde diesen Gaul nicht anrühren. Er macht unsere Stuten fertig. Er ist viel zu wild für die wertvollen Tiere.« Tony rieb sich am linken Knie. Er hatte vor vielen Jahren einen Reitunfall erlitten, seitdem hatte er bei Wetterwechseln Schmerzen. Franzi vermutete, dass es am nächsten Tag regnen würde. Tony war in dieser Beziehung besser als jede Wettervorhersage.

»Das musst du auch nicht, Tony, ich werde mich darum kümmern.«

»Dir fehlt die Erfahrung für diese Dinge«, gab er zu bedenken.

»Fortpflanzung ist die natürlichste Sache der Welt. Dakota wird es gut machen und die Stuten sowieso. Auch wenn ich nicht so viel davon halte, werde ich den Besamer kommen lassen.«

»Deine Entscheidung, ich rede dir nicht hinein. Aber sag später nicht, ich hätte dich nicht gewarnt. Stell dir einmal vor, er vererbt seine teuflische Seite. Dann haben wir ein Problem. Das wollte ich nur gesagt haben. Ich gehe jetzt nach Hause. Bis morgen, Franzi!«

»Schönen Feierabend, Tony!« Sie sah ihm lächelnd nach. Tony war unersetzlich für das Gut. Er verfügte über Erfahrungen, die ihm so schnell niemand streitig machen konnte. Dass Franzi über seinen Kopf hinweg entschieden hatte, wurmte ihn sichtlich. Dennoch, sie war die Chefin. Zumindest fast. In wenigen Monaten wollte sie die Anstellung bei der Bank kündigen, um sich mit ganzem Einsatz der Zucht zu widmen.

Susann von Liebermann kümmerte es nicht, was in den Scheunen des Guts vor sich ging. Sie spielte die Grand Dame. Ehrenämter hielten ihre Oma auf Trab. Sie zog an Fäden, an die sonst niemand herankam. Alles zum Wohl der Gemeinde.

Franzi war sich nicht sicher, ob Susann wirklich uneigennützig handeln konnte. Das entsprach nicht ihrem Naturell. Sie musste dringend mit ihr sprechen, die Andeutungen, die Jo heute fallen gelassen hatte, waren sicher haltlos, aber Franzi musste erfahren, was über ihre Großmutter gemunkelt wurde. Susann konnte sich winden wie eine Schlange, wenn es darum ging, Geheimnisse zu bewahren. Franzi nahm sich vor, sie nicht entkommen zu lassen.

Lügen

Franzi erledigte ihren Rundgang und war äußerst zufrieden. Die Pferde waren alle gesund und die Stuten gebärfreudig. Dakota schnaubte in der Box. Sicher spürte er, dass seine Herrin Pläne mit ihm hatte. Grinsend schloss Franzi das Tor. »Deine Zeit kommt, mein Dicker.« Sie gluckste albern. »Aber dafür musst du sanfter werden.« Sie freute sich bereits auf die Nachkommen ihres Lieblings.

Susann von Liebermann empfing ihre Enkelin mit vorwurfsvollem Blick. »Ich habe dich früher erwartet, junges Fräulein.«

»Ich weiß Omimi, hat leider nicht geklappt. Bitte nenn mich nicht Fräulein, ich bin durchaus eine Frau. Auch wenn du nichts von meinem Sexleben weißt.« Trotzig sah Franzi ihre Oma an.

»Kind«, hauchte Susann verlegen, »sprich nicht so vulgär. Das passt nicht zu dir.« Susann war sichtlich verärgert. »Wenn dich jemand hört …«

»Schau dich um, Oma, wer sollte mich hören? Die nicht vorhandenen Geister dieses Gutes?«

Susann von Liebermanns Gesichtsausdruck wurde weich. Franzi war es einmal mehr gelungen, sie zu besänftigen.

Der anmutigen Gutsherrin waren die Jahre der Entbehrungen kaum anzusehen. Sie hatte in den Sechzigern das Gut ganz allein führen müssen, ohne Mann und ihre beiden Kinder. Susann hatte aus dem ehemaligen landwirtschaftlichen Betrieb eine Pferdezucht geschaffen, die überall im Land hohes Ansehen besaß. Die hochgewachsene Frau wirkte so elegant und selbstsicher wie Marlene Dietrich in ihren besten Jahren. Der drahtige Körper schaffte es, jeden Betrachter in Staunen zu versetzen. Um ihren Hals hingen mehrere Perlenketten. Die dazu passenden Ohrringe waren Pflicht. Susann hatte große blaue Augen, von Falten umschlossen, denen nichts entging. So schien sie auch jetzt zu bemerken, dass Franzi etwas auf der Seele brannte. In aller Ruhe räumte sie das schmutzige Geschirr in die Spülmaschine und ließ Franzi dabei nicht aus den Augen. »Was bedrückt dich?«, wollte sie wissen.

Beflissen holte Franzi die Weingläser aus dem Wohnzimmer, um diese ebenfalls in der Spülmaschine verschwinden zu lassen. Sie benötigte einen Augenblick, um den richtigen Ton zu finden. Susann hatte die Gabe, sich ernsten Gesprächen mit Franzi geschickt zu entziehen. Dies wollte sie auf jeden Fall vermeiden. Besonnen goss sie Tee aus der Kanne in ihre Tasse.

»Ich bin Jo heute begegnet«, begann sie zögerlich.

Über Susanns Gesicht huschte ein Lächeln. »Oh, wie nett, dass …« Susann verstummte, als sie Franzis Verstimmung bemerkte.

»Ganz und gar nicht nett.« Franzi spuckte die Worte verächtlich aus. Sie erzählte ihrer Oma, was ihr bei ihrem Reitausflug widerfahren war.

»Nanu, was ist dem denn über die Leber gelaufen?« Susann zeigte sich überrascht, bewahrte jedoch die Ruhe.

Jetzt platzte Franzi der Kragen. »Nun tu doch nicht immer so … so …« Franzi suchte nach den richtigen Worten.

»So *was*?«, fragte Susann gefährlich ruhig.

»Als ob dich das alles nicht interessieren würde. Er hat mir gedroht, mein Pferd erschreckt und mich in Gefahr gebracht. Du kannst nicht im Ernst denken, er wäre der richtige Mann für unser Gut. Dieser Tierschänder.« Franzi war außer sich vor Zorn. Warum nur glaubte ihre Oma ihr nicht?

»Dass er Tiere misshandelt, kannst du nicht beweisen.« Susann erhob die Stimme. Auch sie konnte ihren Unmut nicht mehr verbergen.

»Das glaubst auch nur du! Ich bin ganz nahe dran, dann erlebt er sein blaues Wunder. Dann kannst auch du ihn nicht mehr schützen. Warum auch immer du es tust.«

»Franziska! Werde nicht laut, das kann ich nicht leiden.« Susann verschränkte ihre Arme vor der Brust. Böse funkelte sie Franzi an.

»Er hat etwas erwähnt, das dich nicht gerade in gutem Licht dastehen lässt.« Franzi fand ihre Wortwahl geglückt. Susann konnte nichts leugnen, weil sie nicht wusste, worum es ging.

Der Gesichtsausdruck ihrer Oma verriet ihre Unsicherheit. Sie blickte dennoch spöttisch auf Franzi herab. »Was könnte er schon von mir erzählen, ich gehe immer ehrlich mit meinen Mitmenschen um.« Fahrig strich sie ihre Haare glatt. Eine völlig überflüssige Geste. Ihre Frisur war stets so tadellos, als wäre sie einem Modemagazin entsprungen. Die Unterhaltung schien sie mehr und mehr anzustrengen. Trotz ihres Talents, immer wieder neu aufzudrehen, wenn es um Herausforderungen ging.

Franzi war die Erschöpfung ihrer Oma nicht entgangen. »Jo sprach von deiner Vergangenheit. Du hast ein Geheimnis, wovon nur wenige in Friedrichskoog wissen, hat er gesagt.« Franzi beobachte ihre Oma jetzt genau, jede Regung konnte etwas verraten.

Resigniert gab Susann wider Erwarten nach. Sie bedeutete Franzi, ihr ins Wohnzimmer zu folgen. Dort ließ Susann ihren elfenhaften Körper in einen Sessel fallen. Erwartungsvoll sah Franzi sie an. Ohne ihren Blick abzuwenden, setzte sie sich auf den Sessel gegenüber.

»Franziska, es ist eine dumme Geschichte. Ich dachte nicht, dass es nach wie vor in den Köpfen der Gemeinde in Friedrichskoog herumgeistert. Da habe ich mich wohl geirrt.«

Susann machte eine bedeutungsvolle Pause. Dabei starrte sie zum Fenster hinaus, als suchte sie dort nach Antworten. Leise sprach sie weiter. »Damals, als ich das Gut übernehmen musste, ohne irgendwelche Mittel, wollte ich trotz allem eigene Kinder. Sie sollten einmal würdige Erben werden. Ich hatte jedoch keine Lust auf einen Ehemann.«

Franzi preschte empört vor, auch wenn sie befürchtete, dass ihre Oma danach nicht weitersprechen würde. »Aber ich, ich soll mir einen Mann suchen?«

Susann hob die Hand und gebot Franzi zuzuhören. Franzi lehnte sich wieder in den Sessel zurück. »Ich habe mir den passenden Mann gesucht, der würdig gewesen wäre, der Vater meiner Kinder zu werden. Nicht, dass ich ihm je erzählt hätte, dass ich von ihm schwanger war.«

Fassungslosigkeit machte sich in Franzi breit. Sie beugte sich vor und starrte Susann entsetzt an. »Ich habe demzufolge einen Großvater, der hier in Friedrichskoog rumläuft? Sag mir sofort, wer es ist.« Franzis schneller Atem erinnerte an einen Marathonläufer kurz vor der Zielgeraden.

Susann lächelte geheimnisvoll. »Liebes, ich habe in unserer Gemeinde nicht den Passenden gefunden. Keine Sorge, ich habe alle Vorkehrungen getroffen. Einen Opa hast du hier nicht zu befürchten.«

»Na, da bin ich ja beruhigt«, sagte Franzi trocken. »Du bist gemein, Oma, vielleicht hätte meine Mutter auch gerne gewusst, wo ihre Wurzeln lagen.«

Susann stieß ein freudloses Lachen aus. »Bettina, die Arme, war in ihrer eigenen Welt versunken, sie machte sich keine Gedanken um ihre Herkunft.« Die Erinnerung an ihre verstorbene Tochter Betty schien die Gutsherrin traurig zu stimmen. Plötzlich wurde ihr wirkliches Alter sichtbar. Eine Maske war gefallen. Es würde sie alle Kraft kosten, ihr wahres Inneres nun erneut zu verhüllen. Dazu bedurfte es großer Härte gegen sich selbst. Susann hatte nicht aus ihren Fehlern gelernt. Sie hatte immer wieder auf der Stelle getreten. Trotzdem schien sie einen Teil der Wahrheit zurückzuhalten und inständig zu hoffen, Franzi würde ihr nicht auf die Schliche kommen.

Franzi sah, wie bekümmert ihre Oma war, dennoch hakte sie nach. »Sagst du mir nun, warum deine andere Tochter nach England ausgewandert ist? Sie hätte dich doch unterstützen können. Hattet ihr kein gutes Verhältnis? Oder ist sie dir auf die Spur gekommen?«

»Ich wohl eher ihr, aber das ist eine andere Geschichte. Darüber möchte ich nicht reden.« Bitterkeit lag in Susanns Stimme. Franzi fragte sich mehr und mehr, auf welche Familiengeheimnisse sie noch stoßen würde. Sie hatte ihre Tante Elisabeth nie kennengelernt. Sie wusste lediglich aus Erzählungen, wie durchtrieben sie gewesen war. Ihre Oma verwendete sie gerne als Druckmittel, wenn Franzi nicht so spurte, wie Susann es gerne hätte. »Ich schicke dich zu deiner Tante nach England, die wird dir schon die Suppe versalzen.« Drohungen, die Franzi seit ihrer Kindheit kannte, deren Bedeutung ihr aber nie bewusst gewesen war. Es gab auf dem ganzen Anwesen keine Fotos, die darauf hinwiesen, dass die Familie jemals nicht nur aus Franzi und Susann bestanden hatte. Nun wurde ihr die Tatsache zunehmend unbehaglich.

»Für die damalige Zeit ein ziemlich mutiges Unterfangen. Alleinerziehende Mutter und noch dazu Vater unbekannt. Wie hast du das alles hinbekommen? Hat nie jemand nachgefragt?« Franzi sah ihre Oma zweifelnd an.

»Sicher, du kennst unser Dorf. Alles, was nicht der Norm entspricht, wird gnadenlos unter die Lupe genommen und laut in den Kneipen diskutiert. Ich hielt mich nie in diesen Lokalen auf. Irgendwann verstummten die Fragen über die Herkunft meiner Kinder. Das Gut gewann zunehmend an Ansehen. Niemand traute sich mehr, über die vornehme Dame des Ortes herzuziehen. Das, liebe Franzi, ist auch der Grund, warum ich dich verheiraten möchte. Ich will dir dieses Spießrutenlaufen ersparen.« Susann warf Franzi einen bedeutungsvollen Blick zu. »Zumal …« Susann brach erschrocken ab.

»Zumal was?« Franzi war hellhörig geworden.

»Nichts«, antworte Susann scharf.

»Omimi, ich kann und werde sehr gut auf mich selbst aufpassen. Ein Jo Berendes gehört auf keinen Fall an meine Seite. Versuche mich nicht weiter zu drängen, das würde mit größter Sicherheit einen Keil zwischen uns beide treiben, den wir nicht brauchen. Du bist meine Familie, mehr als uns haben wir nicht.«

Susanns Hand zitterte, als sie diese zu Franzi ausstreckte. Franzi nahm sie versöhnlich an. Tränen schimmerten in Susanns Augen.

»Du bist mir nicht böse? Dass ich dir meine Geschichte nie erzählt habe?«

»Ehrlich gesagt, ich bin schockiert. Ich wüsste zu gerne, wer mein Opa ist.«

»Er lebt nicht mehr. Da solltest du dir keine Hoffnungen machen. Ich habe das Leben des Erzeugers meiner Töchter stets im Auge behalten.« Susann fiel es offenbar schwer, ihrer Enkelin ins Gesicht zu schauen.

Schließlich erklärte sie, sie sei müde, und verabschiedete sich. Mit schweren Schritten verließ Susann das Wohnzimmer. Es war ihr anzusehen, dass dieses Gespräch sie belastet hatte. Franzi folgte ihr mit Blicken der Fassungslosigkeit. Ein leichter Geschmack von Bitterkeit lag ihr auf der Zunge. Sie wurde das Gefühl nicht los, dass Susann bei ihren Enthüllungen Wichtiges für sich behielt. »Ich werde Jo morgen zum Tee zu mir bitten. Er wird dich künftig in Ruhe lassen«, sagte Susann zum Abschied.

Franzi verdrehte die Augen. Was hatte ihre Oma nun wieder vor? Konnte sie die Sachen nicht einfach auf sich beruhen lassen. Franzi konnte sehr gut auf sich selbst aufpassen.

»Keine Widerrede, Franziska«, hörte sie noch, dann war Susann verschwunden. Das Knarren der Treppe verriet ihre schwerer werdenden Schritte.

Franzi verharrte bis Mitternacht in ihrem Sessel und starrte zum Fenster hinaus. Die Finsternis dort draußen spiegelte ihr Inneres wider. Franzi hatte keine Freunde, schon gar keine beste Freundin, die sie jetzt dringend gebraucht hätte. Susann hatte nie geduldet, dass andere Kinder sie länger auf dem Gut besuchten. Dadurch war es Franzi nicht vergönnt gewesen, Freundschaften zu pflegen.

Zum ersten Mal in ihrem Leben überdachte sie die Liebe ihrer Großmutter. Hatte Susann es wirklich immer nur gut mit ihr gemeint? Die Zweifel waren heftig und nagten an ihr. Nur selten hatte Susann ihrer Enkelin die Zärtlichkeiten gegeben, die für eine menschliche Entwicklung wichtig gewesen wären. Franzi war sich dessen immer bewusst gewesen. Sie hatte trotzdem geglaubt, ihr fehle nichts, aber nun hätte sie gern jemanden gehabt, der sie in den Arm nahm, sie tröstete und sagte: »Ich liebe dich.«

Sie besaß nur einen einzigen Freund. Tommy Kleinschmidt, einen schwulen Friseur aus Husum. Ihm konnte Franzi alles anvertrauen. Ganz gleich, was Franzi ihm erzählte, es blieb hinter den Türen des eleganten Salons. Susann ahnte nichts von der Freundschaft, die Franzi mit Tommy verband. Franzi würde morgen einen kurzfristigen Termin bei ihm vereinbaren. Er hatte zu jeder Zeit und Stunde ein offenes Ohr für sie. Wie mechanisch zog sie ihr Handy aus der Hosentasche, um eine SMS an ihn zu schreiben. Vielleicht war er ja noch wach?

Tommy, ich muss dich morgen sehen.

Ein Piepen ertönte, und Franzi erhielt prompt eine Antwort.

Ich freu mich auf dich, Schnucki, bis morgen!

Franzi lächelte dankbar. Auf Tommy war eben immer Verlass. Ihre Freude erhielt einen leichten Dämpfer, als erneut eine SMS eintraf.

Morgen früh um acht Uhr. :)

Franzi würde zeitig losfahren müssen, um pünktlich in Husum anzukommen. Sie hörte förmlich, wie amüsant Tommy diese Tatsache fand. Schwerfällig erhob sie sich aus dem Sessel und ging schlafen.

Farbe bekennen

»Franzi, Liebste, wie schön, dich zu sehen.« Tommy kam mit ausgebreiteten Armen auf sie zu. Küsschen links, Küsschen rechts. Er betrachtete sie bewundernd.

»Danke Tommy, ich freue mich genauso, hier zu sein«, hauchte Franzi gerührt. »Danke, dass du dir die Zeit nimmst.«

»Liebelein!« Tommy senkte die Stimme um mehrere Oktaven. »Liebelein, was ist los? Du siehst scheiße aus.« Tommy nahm kein Blatt vor den Mund. Er sprach immer aus, was ihm auf der Zunge lag.

»Du bist ausgesprochen charmant, mein Bester.«

Aus dem Nichts zauberte Tommy ein Glas Sekt hervor und reichte es Franzi. »Zum Wohl! Ich komme erst zu dir an den Platz, wenn du es ausgetrunken hast.« Tommy schwebte davon und hinterließ einen Duft, der nach Chanel roch. Lou, einer der Angestellten, begleitete Franzi zu einer Kabine. Bevor sie sich setzte, leerte sie ihr Sektglas in einem Zug.

»Fertig …«, rief sie lauthals durch den Salon.

Augenblicklich kam Tommy und baute sich hinter Franzi auf. Er sah sie durch den Spiegel an. »Was darf ich heute für dich tun?« Er hob eine seiner gezupften Augenbrauen. »Noch kürzer geht definitiv nicht. Da streike ich. Lieber würde ich dich in eine Prinzessin verwandeln«, sagte er pikiert.

Franzi grinste keck. »Nee, ich will es feuerrot«, platzte sie heraus. »Lady Prinzessin kannst du vergessen.«

Tommy ließ die Schere sinken, kratzte sich den Dreitagebart und starrte Franzi verblüfft an. Eilig rollte er einen Hocker heran und warf seinen schweren Körper auf die Sitzfläche. Schwungvoll rauschte er an ihre Seite und sah sie an.

»Sag, Liebelein, was ist los?«

Franzi hatte in diesem Moment Tommys ungeteilte Aufmerksamkeit. Sie berichtete von den Vorkommnissen mit Jo. Dabei verschwieg sie auch Luke nicht. Die Beichte ihrer Oma und dass sie glaubte, irgendwo einen Opa in Hamburg suchen zu müssen, gab sie ebenfalls preis.

»Ich bin mir nicht sicher, ob Susann alles erzählt hat. Ihre Augen wirkten wie milchige Fensterscheiben. Ein sicheres Zeichen, dass sie lügt. Aber wenn ich meiner Oma nicht vertrauen kann, wem dann?« Franzi versuchte, die Bitterkeit in ihrer Stimme herunterzuschlucken. Sie sah Tommy an, dass ihm ihre Beklemmung aufgefallen war. Und dass er ihr das toughe Mädchen, das sie zu sein versuchte, nicht abnahm.

»Donnerknispel! Das sind ja sonderbare Neuigkeiten. Hast du eine Idee, was deine Oma verschwiegen haben könnte?« Er wedelte mit der linken Hand einer Angestellten zu. In Windeseile brachte diese ein neues Glas Sekt und zog sich danach unauffällig zurück. Franzi überlegte nicht lange und stürzte auch diesen Engelmacher in sich hinein. Die Wirkung trat unverzüglich ein, mit einem Schlag ging es ihr besser.

»Siehst du, Liebelein, nun ist ein wenig Farbe in dein Gesicht zurückgekehrt. So gefällst du mir schon viel besser.«

Franzi kicherte albern. »Dann steht ja der neuen Haarfarbe nichts im Wege.«

Tommy verzog gequält das Gesicht. »Wirklich feuerrot?«

»Ja, bitte.« Franzi hielt eisern an ihrem Vorhaben fest.

Tommy legte die Hände in Trichterform an seinen Mund und rief durch den Salon. »Tamara! Mische mir bitte die Hundertzwölf an.« An Franzi gerichtet, sagte er: »Schneiden aber nicht, ich möchte keinen glatzköpfigen Feuermelder aus dir machen. Ich muss an meinen Ruf denken.«

»Ich werde eine Mütze aufsetzen, wenn ich aus deinem Salon gehe, versprochen.«

Tommy hob verzweifelt die Arme über den Kopf. »Das ist ja noch schlimmer, das erweckt den Eindruck, Tommy habe Mist gebaut.«

Einige Minuten später wurde die Hundertzwölf wunschgemäß gebracht.

Franzi grinste. »Hundertzwölf. Wirklich passend zu meiner Stimmung und der Farbe. Du bist der geborene Künstler, Tommy.«

Dieser seufzte theatralisch und rührte lustlos in der Farbe herum. Plötzlich fragte er:

»Sag mal, Franzi, wie wäre es, wenn du deiner bösen Tante in England einen Besuch abstattest? Vielleicht hat sie auf die unbeantworteten Fragen die richtigen Antworten. Meinst du nicht?« Tommy fand die Idee gut. Stolz reckte er das Kinn und neigte sich zu Franzi. »Vielleicht ist sie gar nicht böse?«

Franzi kaute auf ihrer Unterlippe. Von dieser Warte aus hatte sie das noch nie betrachtet. Sie hatte ihrer Oma geglaubt und ihre Behauptungen nie in Frage gestellt.

»Weißt du, Liebelein, die Wahrheit kann man nicht verschwinden lassen. Sie sucht immer ihren Weg ins Licht. Kinder glauben jeden Unfug, egal, ob es sich um den Osterhasen handelt oder um verstorbene Eltern.«

Franzi zuckte zusammen. »Du meinst, Susann hat mich angelogen?«

Tommy blinzelte sie an. »Ich kenne deine Oma nicht, aber ich habe so ein unbestimmtes Gefühl.« Beflissen kleckste er die rote Farbe auf Franzis Haare. Tommy lenkte das Gespräch in eine andere Richtung. An ihm war ein Psychologe verloren gegangen. Er besaß das Geschick, eine bedrückende Situation in eine heitere zu verwandeln. »Wie haben wir uns damals kennengelernt?«

Franzi ging auf sein Spiel ein und gluckste.

»Ich habe dich aus dem Wasser gezogen. Bist du sicher, dass du die peinliche Geschichte noch mal hören möchtest?«

»Unbedingt«, beteuerte Tommy. Verstohlen sah er sich im Geschäft um. Dann rief er laut: »Leute, wisst ihr eigentlich, dass ich nicht schwimmen kann? Obwohl ich vor fünfzehn Jahren um ein Haar ertrunken wäre, kann ich es immer noch nicht. Aber seither halte ich Abstand von unserer Nordsee.« Er lachte. »Schließlich wimmelt es hier nicht von Lebensrettern. Aber hier sitzt sie, meine Retterin.« Er deutete mit dem Farbpinsel auf Franzi. Ein Raunen ging durch den Raum, gefolgt von Applaus.

Franzi drückte sich tief in ihren Sitz. »Du Idiot, Tommy«, zischte sie peinlich berührt. Sie mochte es nicht, wenn sie zu viel Aufmerksamkeit auf sich zog. Tommy kicherte laut.

»Aber, Liebelein, ich habe dich von deinen Gedanken ablenken können.« Er grinste amüsiert. Leise begann er ein Lied zu summen, während er die Farbe weiter auftrug.

»Danke, Tommy«, flüsterte Franzi unter Tränen.

Noch einmal riet Tommy ihr, eine Reise nach England zu unternehmen. Unter Umständen könnte ihre Tante tatsächlich des Rätsels Lösung sein, aber Franzi war sich da nicht so sicher. Trotzdem versprach sie, darüber nachzudenken.

Nach der Einwirkzeit wusch Tommy die Farbmasse aus Franzis Haaren. Als er das Ergebnis sah, zuckte Tommy zusammen, aber Franzi war begeistert. Zögerlich und mit vorgeschobener Lippe begann Tommy mit dem Styling. Der Föhn düste über eine Rundbürste und zauberte Volumen in den Kurzhaarschnitt. Tommy griff zu einer Gel-Tube, um das Finish effektvoll zur Geltung zu bringen. Schließlich beugte er sich zu Franzi herab und beäugte das fertige Werk. Er kniff die Augen zu schmalen Schlitzen zusammen.

»Gar nicht mal so schlecht, du hattest den richtigen Riecher, obwohl das eigentlich meine Aufgabe ist. Aber es fehlt noch das richtige Make-up.« Tommy legte persönlich Hand an. Er verwandelte Franzis Engelsgesicht in das einer Rockerbraut. Niemand würde sie in ihrem Dorf wiedererkennen.

»Nun ist deine Verwandlung perfekt, ich hoffe, du findest dich eines Tages wieder.« Tommy entblößte den verhangenen Spiegel, den er zuvor verdeckt hatte, und blickte in Franzis staunendes Gesicht.

»Puh, meine Oma wird umfallen.« Sie grinste. »Wie bist du auf diese Idee gekommen?«, fragte Franzi verunsichert.

»Du wolltest sie doch mit deinem Aussehen provozieren, stimmt's? Deine Oma wird dich nicht mehr wiedererkennen und dich von ihrem Gut jagen.« Tommy war belustigt. Franzi nickte kaum merklich, ihr war eben bewusst geworden, wie richtig Tommy mit seiner Vermutung liegen konnte. »Du darfst nur nicht wieder anfangen zu heulen, dann ist es vorbei mit dem schwarzen Kajal und der Wimperntusche, Liebelein.«

»Dann bin ich nicht die Schimmelreiterin, sondern die Geisterreiterin.« Franzi lachte vergnügt. »Versetze keine Tiere in Angst und Schrecken, dafür will ich nicht verantwortlich sein.« Tommy lachte.

Es war ein schöner Vormittag mit Tommy und seinem Team gewesen. Tommy wollte unbedingt auf dem Laufenden gehalten werden, was das Liebermann-Geheimnis betraf. Er verabschiedete Franzi liebevoll. Sie warf erneut einen Blick in den Spiegel, bevor sie in die warme Junisonne hinaustrat.

Im Auto drehte Franzi das Radio auf. Ständig warf sie einen Blick in den Rückspiegel, um sich zu vergewissern, dass ihr neues Ich noch da war.

Wie würde Luke reagieren, wenn sie ihm so gegenübertrat? Warum musste sie ausgerechnet an Luke denken? Es war nicht einmal sicher, dass es eine weitere Begegnung mit ihm geben würde. Im Stillen hoffte sie es.

Am frühen Nachmittag erreichte Franzi Friedrichskoog. Sie hielt an der Bäckerei an, um einen Kuchen zu kaufen. Olga, die freundliche Bäckersfrau, bediente sie höflich und beflissen.

»Machen Sie Urlaub bei uns in Friedrichskoog, junge Frau?« Franzi sah sie überrascht an. Richtig, sie hatte sich einer Verwandlung unterzogen, aber dass sie tatsächlich so gut gelungen war, hatte sie sich bisher nicht vorstellen können.

»Ja, es ist sehr schön hier«, antwortete sie spontan und bezahlte ihren Kuchen. Fahrig verließ sie das Geschäft.

Wie lauteten die Worte ihrer Oma? *Die Leute diskutierten laut und lange in den Kneipen über die Gegebenheiten in ihrem Dorf?*

Die Alten des Dorfes trafen sich meistens zur Mittagszeit im *Deichkind.* Sie deponierte den Kuchen im Kofferraum und machte sich auf den Weg. So viel Zeit musste sein. Sie würde im *Deichkind* zu Mittag essen. Selbst auf die Gefahr hin, etwas zu hören, das ihr nicht gefiel.

Sie parkte das Auto am Spielplatz und schlenderte in das Lokal. Das *Deichkind* war gefüllt bis auf den letzten Platz. Die Terrasse war überfüllt mit Touristen. Ohne zu überlegen, schritt sie durch den Gastraum und ergatterte doch noch einen freien kleinen Tisch. Es schien sie tatsächlich niemand zu erkennen. Stimmengewirr hüllte den Raum ein. Franzi hatte Mühe, einige Wortfetzen zu verstehen. Sie bestellte eine Tomatensuppe und einen Tee. Danach konzentrierte sie sich auf die Gespräche. Erschrocken fuhr sie zusammen, als plötzlich Jos Name fiel.

»Der Jo hat es wieder getan. Der Saubursche, der Tierarzt musste sogar gerufen werden. Schwere Verletzungen an den Fesseln mehrerer Stuten. Er zwingt sie mit Prügeln über die Hürden. Verdammter Idiot. Er kann nur hoffen, dass der Von-Liebermann-Deern das nicht zu Ohren kommt. Die zeigt ihn glattweg an«, dröhnte es aus einer Ecke. Einer der Landwirte hatte gesprochen.

»Pah, die soll ihn doch heiraten. Die Gräfin hat alles schon geregelt«, meinte ein anderer. Mit »Gräfin« war Franzis Oma gemeint.

»Das gibt Mord und Totschlag, die beiden sind doch wie Hund und Katz.« Lachen hallte durch den Raum. Der Gastraum bebte. Franzi hielt den Atem an. Zornig blickte sie in die Runde. Man lachte über ihre Familie. Noch schlimmer, sie verhöhnten sie. »Für mysteriöse Todesfälle ist das Gut doch bekannt«, lästerte der nächste Gast.

Franzi zermarterte sich das Hirn, was wohl gemeint sein könnte. Mysteriös? Vom Autounfall ihrer Eltern konnte er nicht sprechen. Pastor Helge Söderbaum hatte ihr oft vom tragischen Schicksal ihrer Eltern erzählt. Bevor er in den verdienten Ruhestand gegangen ist, war er Ratgeber und Tröster ihrer Großmutter gewesen.

Waren das Spinnereien der Dorfgemeinschaft? Oder hatte Susann wirklich Geheimnisse, von denen Franzi nichts wissen sollte? Gänsehaut lief ihr über den Rücken. Sie hatte genug gehört, mehr konnte und wollte sie nicht ertragen. Sie legte einen Zwanzigeuroschein auf den Tisch, um eilig hinauszugelangen. Es entging ihr nicht, dass die lauten Gespräche abrupt verstummten. Sie spürte, dass neugierige Augenpaare ihr folgten. Die Situation ignorierend, verließ sie die Dorfkneipe. Erschlagen von den Stimmen der Menschen aus dem Gastraum, lehnte sie benommen an ihrem Auto und starrte zum Deich.

»Hallo, Franzi, wie geht es dir?«

Verwundert blickte sie in Lukes freundliches Gesicht.

»Du erkennst mich? Das ist bisher niemandem gelungen.«

»Dich würde ich immer erkennen, deine Schminke kann daran nichts ändern.«

Franzi fühlte sich unter den anerkennenden Augen irgendwie getröstet. Luke schien sie zu mögen. Diese Erkenntnis wühlte sie auf. Warum erkannte ausgerechnet er die getarnte Franzi? Ging nur er mit offenen Augen durch die Welt?

»Die rote Farbe steht dir gut. Deine Sommersprossen kommen dadurch noch besser zur Geltung.«

»Meine was?« Franzi konnte sich nicht vorstellen, dass auch nur eine einzige Sommersprosse durch ihr aufwendiges Make-up zu sehen war.

Luke bemerkte ihre Verunsicherung und grinste breit. »Ich meine, wenn du die Kriegsbemalung abwäschst.«

Franzi nahm allen Mut zusammen. »Du, Luke, hat deine Reise dich schon einmal nach England geführt?«

»Nein, aber ich könnte mir gut vorstellen, die Briten als Nächstes auf meine Liste zu setzen. Warum?«

»Nur so.«

Luke betrachtete sie skeptisch.

»Hättest du Lust, mich dorthin zu begleiten? Ich zahle die Überfahrt und sponsere mein Auto. Ich bin mir nicht sicher, wann, aber ich treffe in den nächsten Tagen eine Entscheidung.«

Franzi vernahm ein leises Pfeifen. Luke senkte die Stimme. »Wovon machst du das abhängig?«

»Weiß nicht«, sagte Franzi traurig.

»Okay.« Luke zog ein Handy hervor. »Ich gebe dir zur Sicherheit meine Nummer, damit du mich erreichen kannst, wenn es brennt.«

Franzi konnte nicht verhindern, dass ein Leuchten über ihr zur Maske erstarrtes Gesicht lief.

»Das heißt … du kommst mit?«

»Klar, mit dir den Jakobsweg zu gehen, wäre mir ein Vergnügen. Auch wenn wir uns nicht gut kennen.« Er trat näher an sie heran. Vorsichtig versuchte er, die schwarzen, verlaufenen Ränder des Kajals wegzuwischen. Zwecklos. »Du siehst inzwischen aus wie ein Koalabär. Bekommt man so etwas wieder ab?«

Franzi schmunzelte. »Sicher, da gibt es Tricks.« Sie lächelte verschwörerisch. Luke gefiel ihr. Er wirkte unkompliziert und überaus charmant. Sie wusste nicht genau, warum sie ihn gefragt hatte, ob er sie nach England begleiten wolle. Zumal sie selbst noch nicht mit Sicherheit wusste, ob sie ihre Tante besuchen würde.

»Wie sieht dein restlicher Tag aus?«, erkundigte sie sich neugierig.

»Ich muss mir heute meine Brötchen verdienen. Ein Landwirt hat mich engagiert, um seinen Dachstuhl zu reparieren.«

Sie staunte. »So etwas kannst du?«

»Ein Zimmermann sollte das können.« Er schmunzelte verlegen.

»Das wusste ich nicht, ich meine, dass du Zimmermann bist. Ein nicht ungefährlicher Beruf, oder?«

»Geht schon, ich achte auf mich.« Lukes grüne Augen funkelten sie an.

Franzi spürte ein leichtes Flattern in der Magengegend. Sie drohte dahinzuschmelzen. Eilig verabschiedete sie sich. »Ich muss Dakota in Bewegung bringen, sonst zerlegt er seine Box vor lauter Übermut.«

Beide lachten sie bei der Vorstellung.

Dunkle Wolken.

Franzis Miene verfinsterte sich. Jos Auto parkte auf dem Grundstück der von Liebermanns. Ach ja, Susann hatte erwähnt, ihn zum Tee einladen zu wollen. Hoffentlich trieb er sich nicht endlos auf dem Hof herum. Sie verspürte nicht die geringste Lust, ihm über den Weg zu laufen. Sie rannte hinauf in ihr Zimmer, um die Kleidung zu wechseln. Rasch entfernte sie das bizarre Make-up. Sie wollte Dakota nicht erschrecken.

Voller Vorfreude betrat sie den Stall, doch sie blieb abrupt stehen, als sie Jo entdeckte. »Was hast du hier in meinem Stall zu schaffen? Verschwinde sofort!« Franzis Zorn schwoll an, als sie bemerkte, dass Dakotas Boxentür nur angelehnt war. Sie stürmte auf Jo zu und funkelte ihn an.

»Reg dich wieder ab, Frau Hochmut. Deine Oma hat mir gestattet, Dakota zu besuchen. Ich ziehe in Erwägung, ihn als Deckhengst zu mieten.« Er grinste Franzi spöttisch an.

»Das werden unerfüllte Träume bleiben. Dakota steht dir nicht zur Verfügung. Verlasse augenblicklich meinen Stall!«, forderte sie ihn erneut auf.

Jo trat dicht an sie heran. »Sie glaubt mir im Übrigen«, sagte er feixend.

»Wer glaubt was?« Franzi behielt nur schwer die Beherrschung.

»Deine Oma … Dass du es gut bei mir haben wirst. Dir werde ich es auch noch beweisen.«

»Du schmieriges Arsch…«

»Franziska! Was sind das für Töne? Ich muss doch sehr bitten. Meine Gäste behandelst du bitte mit Respekt.«

Franzi wirbelte herum. Susann stand mit erhobenem Kopf im Gang zwischen den Boxen. Die Vermutungen über ihre Großmutter lagen wie Blei in Franzis Knochen. Im nächsten Moment schien alles an die Oberfläche zu wollen.

»Es gibt in diesem Raum niemanden, dem ich Respekt zollen könnte.« Mit einem Satz stand sie mit der Mistforke in den Händen vor Jo.

»Glaube mir, ich mache davon Gebrauch, wenn du nicht in der nächsten Sekunde verschwindest.«

Jo lachte schallend. »Du bekommst schon noch deinen Denkzettel. Auch wenn ich jetzt gehe.« Er sah ihr frech ins Gesicht. Franzi bemerkte einen Funken von Bewunderung in seinen Augen. Beinahe hätte Franzi gelacht. Zu albern erschien ihr die gesamte Situation.

Susann trat an sie heran. »Franziska, was ist denn nur los? Warum giftet ihr euch solchermaßen an? Er ist doch nur an Dakota interessiert. Letzten Endes muss der Teufel Geld einbringen. Zu diesem Zweck ist er hier.« Verständnislos schüttelte Susann von Liebermann ihr Haupt. »So aufgebracht habe ich dich noch nie gesehen.«

»Dakota ist mein Pferd, und Jo wird keinen Abkömmling von ihm erhalten. Dieser Tierschänder!« Franzi spuckte die Worte aus, als ob sie sonst an ihnen ersticken müsste. »Übrigens, ich reise nach England, um Elisabeth kennenzulernen.« Herausfordernd sah Franzi ihre Oma an.

»Ich verbiete es dir!« Susanns Stimme wurde schrill.

»Wie willst du das verhindern, willst du mein Taschengeld kürzen?«

Sämtliche Farbe wich aus Susanns Gesicht.

»Es wird dir leidtun, Kind«, raunte Susann gefährlich leise.

»Du drohst mir? Oma, ich verstehe dich nicht, du bist mir in letzter Zeit so fremd. Ich erkenne dich nicht mehr.«

Susann atmete unüberhörbar aus. Ihr Imperium drohte zu zerfallen. Panik erfasste sie. Nein, Franzi durfte nicht nach England reisen. Verbissen suchte sie eine Lösung, damit Franzi endlich Ruhe gäbe. Jenes Schnüffeln in der Familiengeschichte … Sie sah sich genötigt, Franzi Einhalt zu gebieten. Sie wollte ihre Enkelin nicht verlieren. Sie befürchtete allerdings mittlerweile, dass es schon längst geschehen war. Trotzdem redete sie mit Engelszungen auf Franzi ein. »Schau, Kind, ich habe Angst, dass Elisabeth dir weh tut. Sie ist fürchterlich berechnend und durchtrieben. Ich will dich nur schützen. Bitte, glaube mir.«

Franzi schien Mitleid mit ihr zu haben. Sie seufzte ratlos. »Ich lasse Dakota diverse Runden auf dem Platz drehen, anschließend trinken wir gepflegt einen Tee mit Schuss. Einverstanden?« Franzi legte den Arm um Susann.

»Gerne, ich koche in der Zwischenzeit den Tee.« Theatralisch zückte Susann ein Taschentuch, um ihre Nase zu trocknen. Sie schniefte.

»Abgemacht, bis nachher«, antwortete Franzi.

Mit einem Lied auf den Lippen trat sie zu ihrem Pferd. Bestimmt würde doch noch alles gut werden. »So mein Dicker, auf geht's.« Sie legte einen Zügel über Dakotas Hals und marschierte vor ihm her zum Reitplatz.

Die vertrauten Hufschläge auf dem Beton erwärmten Franzis Herz. Er folgte ihr auf Schritt und Tritt. Die Herzen von Herrin und Pferd schienen im Gleichklang zu schlagen. Franzi vernahm ein dezentes Schnaufen im Nacken, welches ihr ein Lächeln auf die Lippen zauberte. Ja, dies war Glück. Unvorstellbares Glück.

Als sie Dakota in ihren Stall geholt hatte, hatte niemand geahnt, dass dieser nervöse Hengst in Franzis Händen zu Butter werden würde. Er war unter Franzis Führung lammfromm. Vom ersten Augenblick an waren die beiden ein Traumteam gewesen. Sie konnte mit allen Pferden gut umgehen, aber über die Wirkung, die sie auf Dakota hatte, war auch sie überrascht.

Dakota gehörte nun seit fünf Jahren zu Franzi. Doch Tony wäre immer noch froh, wenn Dakota das Gut verlassen würde. Der Hengst galt als unberechenbar. Susann hielt stets genügend Abstand zu ihm. Seine Box würde sie nie betreten. Diese Besonderheit machte Franzi nicht nur stolz, sondern gleichermaßen glücklich. Dakota würde ihr kein Mensch streitig machen. Er gehörte ihr.

Verwirrt vernahm sie Dakotas Stolpern. Gefolgt von einem dumpfen Knall. Panisch wandte sie sich um. Erschüttert musste sie mit ansehen, wie Dakota unter Schmerzen auf dem Boden lag und kämpfte. Entsetzt schrie sie auf. »Dakota!« Wimmernd kniete sie sich neben ihn. Schaum lief aus seinem Maul und den Nüstern. Er stampfte verzweifelt mit den Hufen. Franzi beugte sich über ihn. Unter Tränen wisperte sie ihrem Liebling beruhigende Worte ins Ohr. Dakota bäumte sich auf, als ob er sie trösten wollte. Er hob ihr seinen Kopf entgegen. Franzi drohte das Herz zu zerspringen. Angst schnürte ihre Kehle zu.

Sie fingerte ihr Handy hervor und wählte die Nummer des Tierarztes. Entsetzen erfasste sie, als sie das Signal des Anrufbeantworters hörte. Sie schrie in den Hörer. Sie versuchte sich zu konzentrieren. Die Nummer des anderen Veterinärs war nicht in ihrem Handy gespeichert. In ihrer Angst um Dakota fiel sie ihr nicht ein. Aus einem Impuls heraus drückte sie die Wahlwiederholung der zuletzt gespeicherten Nummer. Luke. Er nahm sofort ab.

»Luke … Luke, mit Dakota stimmt etwas nicht … ich habe so Angst um ihn. Ich glaube … er stirbt!« Franzi schluchzte aus tiefstem Herzen. Sie war im Begriff, ihren besten Freund zu verlieren.

»Ich bin gleich bei dir, beruhige dich Franzi, bitte!« Luke unterbrach die Verbindung.

Franzi versuchte ein Freizeichen beim Tierarzt zu bekommen und scheiterte ein weiteres Mal. Unterdessen redete sie mit zitternder Stimme auf ihr Pferd ein. Mit angehaltenem Atem prüfte sie Dakotas Regungen. Sanft streichelte sie seinen Körper. Ein Zittern fuhr durch den Leib des Tieres. Ein letztes Mal hob er kraftlos den Kopf und blickte Franzi direkt in die Augen. Dann sank er zusammen.

Dakota regte sich nicht mehr. Er tat den letzten Atemzug in ihren Armen. Franzi fiel über ihm zusammen und lag auf dem stillen Bauch ihres Pferdes. Ein haltloses Schluchzen ergriff von ihr Besitz.

»Dakota ... Warum nur?« Sie schloss die Augen und atmete noch einmal den Duft des Fells ein, das sie so geliebt hatte.

Einige Zeit später fand Luke die beiden. Franzi hielt immer noch Dakotas Kopf. Betroffen hockte er sich neben sie. Vorsichtig berührte er ihre Schulter. Ohne zu überlegen, warf Franzi sich in die Arme des ihr eigentlich Unbekannten. Luke richtete Franzi auf und blickte mit schimmernden Augen in ihre. »Franzi, es tut mir so leid.« In dem Moment rollte eine Träne über seine Wange.

Eng umschlungen verbrachten sie die Nacht auf dem Betonboden der Stallgasse bei Dakota. Die Trauer war übermächtig.

Am frühen Morgen tippte sie jemand an. Tony war gekommen, um seinen Dienst zu beginnen. Fassungslosigkeit zeichnete sich in seinem Gesicht ab. Er kannte Franzi ihr ganzes Leben lang. Er fühlte ihren Schmerz, auch wenn Dakota nicht sein Freund gewesen war. Er hatte zu Franzi gehört, nur das zählte.

»Franzi, ich bin erschüttert. Was ist passiert?«

Franzi sprang auf, von Wut gezeichnet. »Jo ist bei Dakota gewesen. Ich bin sicher, er hat etwas damit zu tun.«

Tony blickte sich verstohlen um. »Franzi, so etwas darfst du nicht sagen, du hast keine Beweise dafür.«

»Wer würde so etwas tun, wenn nicht Jo?«, rief sie außer sich.

Luke erhob sich mühevoll aus der unbequemen Lage. Sogleich wurde er von Tony misstrauisch beäugt. »Verlass dich drauf, ich bekomme es heraus.« Luke fuhr mit der Hand durch seine Locken. Er grüßte Tony mit einem Nicken.

»Mein Name ist Luke Wagenknecht, Franzi rief mich gestern Abend an«, erklärte er seine Anwesenheit.

Tony schenkte ihm keine weitere Beachtung. »Franzi, du solltest ins Haus gehen. Wenn ich das richtig sehe, hast du die Nacht auf dem kühlen Boden verbracht. Ich kümmere mich um Dakota. Die Abdeckerei ist erst ab acht Uhr erreichbar …«

»Ich will eine Untersuchung, er wird nicht kommentarlos abtransportiert.«

Tony nickte. »In Ordnung, Franzi, ich kümmere mich auch darum. Geh jetzt.« Er drängte sie sanft, aber bestimmt aus dem Stall.

Franzi wusste, dass die Entsorgung eines Tierkadavers kein erfreulicher Anblick war. Ihr war klar, dass Toni ihr das ersparen wollte.

Noch einmal streichelte Franzi Dakotas Fell. Sie spürte, dass sein Körper kalt geworden war und langsam die Leichenstarre einsetzte. Ein Schluchzen erschütterte sie, dann nahm sie die Hand, die Luke ihr reichte, um mit gesenktem Kopf den morgendlichen Sonnenstrahlen entgegenzugehen. Für Franzi waren jedoch nur dunkle Wolken am Himmel.

Franzi bemerkte Lukes Zögern, als sie das Haus betraten, und ermunterte ihn mitzukommen, indem sie seine Hand drückte. Sie stiegen die Treppe hinauf, die zu Franzis Zimmer führte.

»Franzi, wo kommst du denn her?«, erklang Susanns Stimme am Treppenabsatz. »Wer ist dieser Mann?« Susann betrachtete Luke misstrauisch.

»Ein Freund, Oma«, erwiderte Franzi schwach und wollte ihren Weg fortsetzen. Während sie weiterging, hauchte sie: »Dakota ist tot.«

»Das ist aber schade. Vermutlich ist es besser so«, kam die ernüchternde Antwort ihrer Oma.

Wütend sah Franzi ihre Großmutter an. »Besser so? Wie kannst du so etwas sagen? Und warum warst du gestern nicht im Stall? Ich hätte dich gebraucht. Er ist vergiftet worden.«

»Du schaust zu viel Fernsehen. Wer sollte so etwas tun? Auf mein Gut hat niemand Zugang, der hier nicht hingehört«, schimpfte Susann barsch. »Junger Mann, Sie sollten jetzt gehen, ich dulde keine Fremden in meinem Haus.«

Luke machte Anstalten, der Aufforderung zu folgen.

»Er ist mein Gast. Es ist ebenso mein Zuhause. Luke, bitte bleib!« Franzi war erschöpft. Sie fragte sich, warum ihre Oma sie so sehr verletzte. In diesem Augenblick wusste sie, dass sie nicht nur Dakota verloren hatte.

Franzi ließ Susann einfach stehen. Sie musste sich ihrer Trauer stellen. Sie ergriff Lukes Hand und zog ihn weiter in das oberste Stockwerk.

»Franzi, ich muss gehen, ich hätte heute früh auf einer Baustelle sein sollen. Ich schaue später nach dir. Meine Telefonnummer hast du.«

Franzi nickte unbeholfen. Zum Abschied schlang sie ihre Arme um Lukes Hals.

»Danke«, flüsterte sie und gab ihm einen Kuss auf die Wange.

Franzi warf ihren müden Körper auf das Bett. Ihre Tränen waren versiegt. Wut regierte ihre Sinne. Warum Dakota? Sie wollte alles daransetzen, um herauszufinden, wer für seinen Tod verantwortlich war.

Ein Lastwagen fuhr auf den Hof. Der Abdecker. Franzi stürmte ans Fenster. Wollte sie wirklich sehen, wie Dakota mit einem Kran bewegt wurde? Dieser feurige Hengst, der jedem außer Franzi gezeigt hatte, dass er allein bestimmte, wohin sein Weg führte? Tony kannte Franzi gut. Sie sah, wie er einen Blick hinauf zu ihrem Fenster warf, bevor er der Tierentsorgung zustimmte. Er gab ihr ein eindeutiges Zeichen, vom Fenster zu verschwinden. Franzi gab sich einen Ruck und zog sogar die Vorhänge zu.

Ein leises Klopfen ertönte, und einen Moment später stand Susann im Zimmer.

»Kind, bitte verzeih mir! Ich habe es nicht so gemeint. Ich weiß doch, was Dakota dir bedeutet hat«, stammelte sie unsicher.

»Ich möchte allein trauern Oma, bitte verlasse mein Zimmer!«

Susann betrachtete sie mit prüfenden Blicken. »Du trägst deine Haare anders. Ich mochte das Blond lieber.«

»Ich war nie blond, Oma. Meine Haare sind von Natur aus dunkelblond.«

»Sagte ich das nicht?« Susann gab sich beleidigt.

»Schon gut, Oma, die rote Farbe habe ich bereits seit gestern. Ist es dir nicht aufgefallen?« Franzi resignierte. Sie war nicht in der Stimmung, über ihre Haare zu sprechen. Gleichzeitig dachte sie darüber nach, warum die Personen, die ihr am nächsten standen, so eine gravierende Veränderung an ihr nicht wahrnahmen. Luke hatte es sofort gesehen. Franzi hatte das Gefühl, in einer Sackgasse gelandet zu sein, nie zuvor hatte sie sich einsamer gefühlt als in den letzten Stunden.

Ein unüberhörbares Dröhnen kündigte die Abfahrt des Abdeckers an. Franzi eilte zum Fenster und zog mit Schwung die Vorhänge beiseite. Tränen liefen über ihr Gesicht, als sie die Schlusslichter des Lkws erblickte.

»Gute Reise über die Regenbogenbrücke, mein Dicker«, hauchte sie, kaum vernehmbar. »Ich werde dich immer in meinem Herzen tragen.«

»Na siehst du, es geht dir schon wieder besser, Franzi. Du kommst rasch darüber hinweg«, sagte Susann in festem Ton.

Franzi fuhr herum und funkelte ihre Oma aus wütenden Augen an. »Woher willst du wissen, ob es mir besser geht? Bitte, geh jetzt endlich, ich will dich nicht sehen. Kümmere dich um die Leichen in deinem Keller.«

»Wie darf ich das verstehen? Ich muss doch sehr bitten, Franziska!« Susann wirkte empört.

»Du kannst später noch einmal vorbeikommen, wenn du dich für dein Verhalten entschuldigen willst. Jetzt möchte ich, dass du verflixt noch mal verschwindest.«

Susann wurde blass. Ohne ein weiteres Wort eilte sie auf wackligen Beinen hinaus.

Franzis Wut ebbte nicht ab. Sie griff eine Vase und warf sie gegen die Tür, durch die ihre Oma eben verschwunden war. Danach holte sie einen Kehrbesen und entsorgte die Scherben unter Tränen.

Beschuldigungen

Später hielt Franzi nichts mehr im Haus. Sie mied den Stall und steuerte auf ihr Auto zu. Sie startete den Motor und brauste davon. Sie war eine Kämpferin. Es war für sie unmöglich, den Tag heulend in ihrem Zimmer zu verbringen, während der Täter, der Dakota vergiftet hatte, frei herumlief. Franzi hatte genügend Erfahrungen mit Pferden, um zu wissen, wie eine Vergiftung aussah. Die Ergebnisse der Obduktion würden jedoch noch eine Weile auf sich warten lassen. Franzi konnte trotzdem nicht tatenlos herumsitzen. Sie fuhr in schnellem Tempo zum Gestüt Berendes.

Mit viel zu hoher Geschwindigkeit raste sie durch die schmalen Straßen von Friedrichskoog. Schon aus der Ferne erkannte sie Jo. Er trainierte mit einer Stute im Paddock. Er wirkte zufrieden. Das Pferd folgte seinen Anweisungen. Franzi hielt nach einer Peitsche Ausschau, die er möglicherweise verwendete, um der armen Stute seinen Willen aufzuzwingen. Sie konnte aber nichts Verdächtiges ausmachen.

»Na warte, dich krieg ich schon noch«, schnaubte Franzi aufgebracht. Scharf bremsend blieb sie vor dem Reitplatz stehen, sie riss die Wagentür auf und stampfte durch das Tor. Die Fäuste in ihrer Jackentasche vergraben, baute sie sich vor Jo auf. Er hatte Mühe, die Stute zu beruhigen. Sie war durch Franzis Auftritt deutlich nervös geworden. Franzi kam ihm zur Hilfe. Sie ergriff die Longe und sprach auf das Tier ein, legte ihre Hand auf den Hals der Stute und flüsterte ihr leise Worte zu.

Die Stute blieb stehen, wippte mit dem Kopf und stampfte ein letztes Mal auf. »So ist es fein, Süße«, lobte Franzi sanft.

Jo imponierte das sichtlich. »Dafür, dass du eben noch alles gegeben hast, um die Pferde zu erschrecken, bist du im Augenblick beeindruckend abgeklärt. Was verschafft mir die Ehre deines Besuchs? Sehnsucht vermutlich nicht, oder?« Jo grinste Franzi herausfordernd an.

In Franzi brodelte erneut die Wut. Wenngleich die Arbeit mit der aufgeregten Stute ihren Blutdruck beruhigt hatte, so sprühte sie zugleich vor Emotionen. »Was hast du gestern mit Dakota angestellt?«

»Ich habe ihn mir angesehen. Er ist ein ausgezeichneter Deckhengst. Ich bin beeindruckt von seiner Schönheit. Warum?« Jo wirkte ahnungslos.

Franzi schluckte, bevor sie weitersprach. »Er ist tot.«

Jos Entsetzen wirkte glaubhaft, doch Franzi ließ sich davon nicht beirren. »Du hast ihn auf dem Gewissen!«, schrie sie ihn an. »Sei nicht feige und gib es wenigstens zu!« Franzi brach ab. Sie verlor die Kontrolle. Sie wollte nicht vor Jo in Tränen ausbrechen.

»Du bist verrückt geworden«, raunte Jo. »Ich bringe doch keine Pferde um, warum sollte ich so etwas tun? Ich besitze ebenfalls Pferde.«

»Weil du ein Tierschänder bist.« Franzi zitterte.

Jo hielt abwehrend die Arme hoch. Er kämpfte offensichtlich mit seinem Jähzorn. Doch schließlich blieb er gefasst. »Du glaubst das wirklich, oder?« Jo rieb sich die Augen. »Ich habe Dakota nichts angetan. Auch wenn du anderer Meinung bist, die Tiere sind mein Leben. Nie würde ich ihnen Schmerzen zufügen, geschweige denn sie vergiften.« Jo holte Luft. »Als ich gestern den Stall verließ, war er doch munter wie ein Fisch im Wasser.«

Franzi wurde hellhörig. »Wer hat von einer Vergiftung gesprochen? Woher willst du das wissen?«

»Verdammt noch mal, ich bin davon ausgegangen, warum sollte ein gesundes Pferd sonst plötzlich eingehen?« Jo sah zerknirscht zu Boden. Mit dem Fuß malte er undefinierbare Zeichen in den Sand. Dann blickte er Franzi direkt ins Gesicht. »Ich gebe es zu, ich kann ein richtiges Arschloch sein. Ich bin jähzornig, mit Alkohol habe ich auch meine Probleme, aber ich schände keine Tiere. Bitte, Franzi, du musst mir glauben.« Jo wirkte sichtlich gekränkt. »Wenn ich wüsste, wie ich es dir beweisen kann, ich würde es sofort …« Jo brach ab.

Franzis Wut verpuffte. Ihr fehlten die Argumente. Sie war versucht, ihm zu glauben. Aber warum sollte sie? Hatte er nicht gedroht, dass sie ihren Denkzettel noch bekommen sollte? Sie sprach Jo darauf an.

»Aber doch nicht so!« Jo schrie die Worte geradezu heraus. Franzi zuckte zusammen. »Entschuldige«, stammelte Jo um Fassung ringend.

»Es war niemand anders im Stall. Kein Fremder. Du aber hast sogar die Boxentür geöffnet.«

Jo zeigte Erstaunen. »Die habe ich nicht geöffnet. Das schwöre ich, Franzi.«

Nun, Jo konnte schwören bis zum jüngsten Tag. Beweisen konnte er nichts. Franzi allerdings auch nicht. Plötzlich fühlte sie sich unwohl. Sie klagte Jo an, ohne zu wissen, ob er tatsächlich für Dakotas Tod verantwortlich war. Ihr angespannter Körper lockerte sich plötzlich. Franzi fühlte sich kraftlos.

Jo sah sie bedauernd an. Mit einer geübten Geste entfernte er das Halfter der Stute. Zielstrebig steuerte er auf das Tor zu. »Komm mit, ich gebe einen Tee aus. Die Runde geht auf mich.« Er drehte sich um und blinzelte Franzi zu. Wie betäubt folgte sie seiner Aufforderung und lief automatisch in seine Richtung.

Doch dann zögerte sie. »Jo, es fühlt sich für mich nicht richtig an. Warum sollte ich mit dir einen Tee trinken?«

»Gründe gibt es immer. Also los, ich werde dir schon nichts tun.«

Das Gestüt verfügte über nagelneue Stallungen. Jo hatte sie im letzten Jahr bauen lassen. Das Anwesen wirkte gepflegt und ordentlich. Das weiß getünchte Wohnhaus mit den grünen Fenstern, Ende des achtzehnten Jahrhunderts erbaut, beherbergte Jos Eltern und seine Schwester Nicoline. Die Familie Berendes stand wirtschaftlich auf sicherem Grund. Ein Unternehmen, das so viele Generationen beschäftigte, musste über genügend Umsatz verfügen, damit alle ihr Einkommen hatten.

Franzi wusste nur zu gut, dass dies nicht allen Betrieben in Friedrichskoog gelang. Einige setzten ihre Hoffnung deshalb in die Windenergie. Die Windräder schossen wie Pilze aus dem Boden und veränderten zunehmend das Landschaftsbild ihres Heimatortes an der Nordsee. Wind gab es immerhin jede Menge. Auch Jo investierte zusätzlich in die Kraft der Nordseewinde, und nach seiner Aussage lohnte es sich für ihn.

Franzi beobachtete einen jungen Mann. Er lud Koffer und Kisten in ein verwahrlostes Auto.

Jos Gesicht verhärtete sich. An Franzi gewandt erklärte er: »Er ist fristlos entlassen. Ich hoffe, ich muss ihn nie wiedersehen.«

Franzi sah Jo fragend an. »Der Arme, hat er eine neue Arbeit?«

»Der ist nicht zu bemitleiden.« Jo zögerte. »Er ist der Tierschänder. Ich habe ihn vorgestern erwischt.« Jo warf dem Mann einen verächtlichen Blick zu. »Ich erzähle dir das im Vertrauen. Ich möchte es nicht an die große Glocke hängen.«

»Aber ganz Friedrichskoog denkt, dass du es bist, der die Pferde quält.« Franzi verstand nicht, warum Jo die Tatsachen für sich behalten wollte. Er hatte schließlich einen Ruf zu verlieren.

»Ich komm damit klar. Alex ist noch sehr jung, er würde niemals wieder einen neuen Job bekommen, sollte das bekannt werden.«

»Und das zu Recht, jemand wie er darf nicht mit Tieren arbeiten«, erwiderte Franzi aufgebracht.

»Er hat mir versprochen, in Zukunft keine derartigen Methoden mehr anzuwenden. Ich werde ihn im Auge behalten. Er ist im Prinzip ein guter Junge. Nur etwas zu ehrgeizig.«

»Du nimmst es hin, dass alle Welt glaubt, du würdest den Pferden Schmerzen zufügen?« Franzi war schockiert. Sie hatte ihn beschimpft und beschuldigt. Plötzlich schämte sie sich.

»Jeder hat eine zweite Chance verdient. Ich kann ihn hier nur nicht mehr dulden. Die nicht unerheblichen Tierarztkosten muss er bei mir abbezahlen.«

»Das ist sehr großzügig von dir«, bemerkte Franzi anerkennend.

»Bitte, plaudere die Geschichte nicht aus.«

»Ich bin kein Plappermaul«, rutschte es ihr heraus. »Wie du bereits sagtest, wir haben genug eigene Probleme.«

»Es tut mir leid, Franzi, ich hatte nicht vor, dich zu verletzen. Der scheiß Alkohol macht mit mir, was er will. Ich kann meine Zunge dann nicht zügeln.«

»Hm, ich brauche dafür keinen Alkohol. Ich sage immer, was ich denke.«

Jo lotste sie ins Haus. Frau Berendes wirbelte in der Küche herum. Als Franzi und Jo eintraten, hielt sie überrascht inne.

»Moin, Franzi, schön, dass du uns mal besuchen kommst.« Ihre Augen suchten fragend die von Jo. »Darf ich dich zum Mittagessen einladen? Es gibt Rührei mit Krabben.«

Franzi lehnte dankend ab.

»Mutter, wir möchten eine Tasse Tee. Ist noch welcher in der Kanne?«

»Nein, ich mache euch rasch einen frischen.« Frau Berendes ereiferte sich und setzte Wasser auf.

»Danke, ich mach das schon. Kann ich die Küche für mich haben?« Ein charmanter Rauswurf. Frau Berendes kontrollierte mit einem Rundumblick die Küche und nickte. »Danke, Mom!« Jo bot Franzi einen Platz auf der Eckbank an und rutschte an ihre Seite. Aufrichtig besorgt betrachtete er ihr Profil. Er räusperte sich leise. »Nun wissen wir aber immer noch nicht, warum Dakota sterben musste.«

Franzis Kopf wirbelte herum, und sie sah ihm in die Augen. »Wir?« Sie lachte bitter auf.

»Ja, wir. Ich helfe dir gerne, herauszufinden, wer euch das angetan hat.« Jo erhob sich und bereitete den Tee zu. Mit zwei großen Bechern kam er zum Tisch zurück.

»So leid es mir tut, aber du warst mein einziger Verdächtiger.« Gedankenverloren schlürfte Franzi vorsichtig ihren Tee. Sie zuckte erschrocken zusammen, als ihr Handy klingelte. Nervös fingerte sie es heraus und nahm das Gespräch an.

»Tony hier«, lautete die kurze Begrüßung. »Eiben.« Mehr sagte er nicht.

»Eiben was? Sprich bitte in ganzen Sätzen.«

Tony schwieg für einen Moment.

»Ich habe Eibenreste im Trog von Dakota gefunden. Wir sollten die Polizei verständigen, aber deine Oma will nichts davon wissen.«

»Tony, ich bin bald zurück, wir besprechen dann, wie wir weiter verfahren. Danke, dass du mich angerufen hast.« Franzi beendete das Telefonat und sah Jo fassungslos an. Sie erzählte ihm, welche Entdeckung Tony gemacht hatte.

Jo überlegte einen Moment. »Könnte Tony dahinterstecken?«, fragte er vorsichtig.

Franzi schüttelte energisch den Kopf. »Nein, für Tony lege ich die Hand ins Feuer. Er liebt unsere Pferde.«

»Mein Mitarbeiter, den ich entlassen musste, liebte unsere Tiere auch«, gab Jo zu bedenken. »Kannst du dir sonst jemanden vorstellen, der so eine Tat begehen würde? Aus deinem näheren Umkreis, meine ich?« Jo sah Franzi nicht an. Er trank den Tee ruhig weiter.

»Zum Teufel, nein!«, rief Franzi aufgebracht. »Ich will es

mir auch gar nicht vorstellen«, flüsterte sie dann und starrte in ihre Teetasse.

»Franzi?« Jo drehte sie zu sich, Falten bildeten sich auf seiner Stirn. »Ich wollte dich nie heiraten.«

»Nicht? Warum machst du dann so einen Aufstand?«, fragte Franzi verwirrt.

»Meine Eltern haben mich unter Druck gesetzt.«

»Habt ihr Geldsorgen?«, fragte Franzi überrascht.

Jo grinste schief. »Nee, aber wir benötigen unsere Felder dringend. Deine Oma hat uns gedroht, die Pacht nicht zu verlängern und die Weiden an Biogasbauern zu verpachten. Dann würde dort nur noch Mais wachsen, um später im Brennofen zu landen. Du weißt schon, das ist diese neumodische Art, Energie zu gewinnen. Da wir in Friedrichskoog nicht über genug Weideland verfügen, wäre es für unser Gestüt fatal. Wir benötigen dringend Ausweichflächen. Zumal wir uns zusätzlich auf Rinderzucht spezialisieren möchten.«

Franzis Herz drohte aus ihrer Brust zu springen. »Meine Oma hat *was*?« Fassungslos sah sie Jo an. »Und deine Eltern machen diesen Zirkus mit?«

»Meine Eltern wissen nicht, welche Beweggründe deine Oma zu so einer Verbrüderung gebracht haben könnten. Geld wird es sicher nicht gewesen sein.«

Franzi wurde aus ihrer Großmutter ebenfalls nicht schlau. Ihr ganzes Leben lang war sie glücklich bei ihrer Oma gewesen. Sie war sorgenfrei aufgewachsen und hatte sich auf dem Gut zu Hause gefühlt. Sicher, ihre Oma konnte ihr nicht die Liebe geben, die sie eigentlich verdient gehabt hätte. Zärtlichkeiten und Kuschelmomente verabscheute sie. Aber Franzi hatte sich damit arrangiert und das Fehlen irgendwann als normal empfunden.

Doch die Ereignisse der vergangenen Tage verunsicherten sie. Franzi verlor nach und nach den Halt. Eine Kältewelle überkam sie, so dass sie zu zittern begann. Jo bemerkte ihre verkrampfte Körperhaltung und das Zittern, denn er nahm sie ohne Vorwarnung in die Arme.

Franzi wehrte sich nicht. Sie schniefte kläglich. »Mir wären Geldsorgen lieber gewesen. Dann hätte ich zumindest noch eine intakte Familie.«

Jo schwieg betroffen.

Eine weitere Erkenntnis drängte sich Franzi auf. »Hast du dich mir gegenüber so benommen, damit ich dich nicht heirate?«

»Meine einzige Chance.« Jo bestätigte ihren Verdacht.

Franzi erhob sich. »Danke, Jo, für das ehrliche Gespräch! Ich muss nun gehen.«

Zwischen ihnen war eine Veränderung geschehen. Franzi konnte noch nicht ausmachen, welche Auswirkungen das haben würde. Aber Jo wurde ihr sympathisch. Vielleicht könnte es Freundschaft werden.

»Wenn unsere Ehestifter doch nur merken würden, dass sie den falschen Weg gewählt haben. Druck erzeugt bekanntlich Gegendruck. Ist uns doch gut gelungen, oder? Zu einem anderen Zeitpunkt …« Franzi stockte.

Jo schüttelte den Kopf.

»Nicht?«, fragte Franzi.

»Nein, Franzi, ich stehe nicht auf Frauen.« Verstohlen sah er sich um. »Es weiß nur niemand.« Er legte den Zeigefinger an die Lippen.

Franzi staunte. Jo vertraute ihr ein so großes Geheimnis an. Es würde bei ihr gut aufgehoben sein.

»Ich sollte dir einmal einen Termin bei meinem Friseur in Husum organisieren. Soviel ich weiß, leidet er gerade unter Liebeskummer.« Sie schmunzelte verschwörerisch.

»Du trittst also in die Fußstapfen deiner Oma?«, fragte Jo. Doch dann verstummte er schnell.

Er schien zu befürchten, zu weit gegangen zu sein, aber Franzi nahm es ihm nicht übel. »Keine Angst, du musst nicht, wenn du nicht willst.« Franzi zwinkerte ihm schelmisch zu.

Wie ein Blitz traf sie die Erkenntnis, dass sie sich danach sehnte, mit Dakota über die Deiche zu jagen.

Jo bemerkte ihren Stimmungswechsel offenbar sofort. Bedauernd sah er sie an.

»Es wird eine Zeit dauern, aber dann, irgendwann, tut es nicht mehr so weh«, beteuerte er. Zögerlich umarmte er sie zum Abschied. Franzi ließ es zu und genoss es sogar.

»Danke«, krächzte sie bedrückt.

Jo nahm ihr das Versprechen ab, dass sie sich melden würde, wenn sie Hilfe benötigte, bevor er Franzi zum Auto begleitete.

Jo stand mitten in einer Staubwolke, die Franzi hinterlassen hatte, als sie vom Hof gebraust war. Nachdenklich sah er das Auto hinter der Biegung verschwinden. Würde Franzi die Ereignisse, die über sie hereinbrachen, verkraften? Sie war eine starke Frau. Aber wie würde sie reagieren, wenn ihre heile Welt vollkommen in Schutt und Asche lag?

Er überlegte fieberhaft, ob es richtig gewesen war, ihr von dem Handel mit ihrer Oma zu erzählen. Letztendlich hatte sie aber ein Recht darauf, zu erfahren, wie Susann wirklich war.

Er marschierte auf den Paddock zu, um weiter mit der Stute zu trainieren. Franzi hatte ihn sehr beeindruckt, als sie ihr Können angewandt hatte, um die Stute zu beruhigen. Er war davon überzeugt, dass sie viel mehr erreichen hätte können, wenn sie den Reitsport nicht an den Nagel gehängt hätte. Früher hatten die Zeitungen regelmäßig über die Erfolge der von Liebermann berichtet. Es gab kaum eine Fachzeitschrift, in der kein Foto von Franzi abgebildet gewesen war.

Nicht ganz bei der Sache ließ er die Stute an der Longe traben. Es gelang ihm nicht, Franzi aus seinen Gedanken zu verdrängen.

Der Brief

Gemischte Gefühle begleiteten Franzi auf dem Heimweg. Sie hatte erlebt, wie sich Jo um hundertachtzig Grad gewandelt hatte. Er war nicht mehr der Widerling gewesen, als den sie ihn kennengelernt hatte. Das Gegenteil war der Fall. Umso schockierter war sie über ihre Oma. Wie vielen Menschen hatte sie noch das Leben schwer gemacht oder es gar zerstört? Franzi würde eine Weile brauchen, um die Informationen wie ein Puzzle zusammenzufügen.

Sie fragte sich, ob es daran lag, dass sie es nicht wahrhaben wollte, oder ob die Dinge wirklich so kompliziert waren. Seufzend entschied sie sich für das Letztere. Ihr Vertrauen zu ihrer Oma hatte sie verloren. Welche Verluste würde sie noch hinnehmen müssen? Vor allem, wie viel würde sie noch ertragen können?

Am Gut angekommen, stellte sie ihr Auto ab. Mit gemischten Gefühlen richtete sie ihren Blick auf die Scheune. Das gelbe Postauto weckte ihre Aufmerksamkeit. Heike, die Postbotin, winkte ihr zu. »Franzi, ich habe ein Einschreiben für dich. Es ist ein persönlicher Brief.«

Neugierig geworden lief Franzi auf Heike zu. Um die Post kümmerte sich für gewöhnlich Susann. Heike reichte ihr das Gerät zur Unterschrift. Mit zittrigen Händen nahm Franzi den Stift zur Hand und bestätigte mit ihrer Unterschrift den Empfang.

»Danke, Heike!«

»Gerne, schönen Tag noch!« Heike überreichte ihr noch einige weitere Briefe und eilte zurück zum Auto.

Jetzt sah Franzi auf den Absender des Einschreibens und erstarrte. Er war aus England!

»Elisabeth«, wisperte Franzi und erschauderte. Eine weitere Hiobsbotschaft? Achtlos warf sie die übrige Post auf die Eingangstreppe und lief mit klopfendem Herzen zu ihrem Lieblingsplatz hinter dem Haus. Dort angekommen setzte sie sich unter den alten Eichenbaum ins Gras und betrachtete den Umschlag. Es kostete sie Überwindung, den Brief zu öffnen. Aber schließlich siegte ihre Neugier. Mit angehaltenem Atem begann sie zu lesen.

Liebe Franzi,

ich habe dir in den letzten Jahren viele Briefe geschrieben. Vielleicht habe ich das Glück, dass du diesen erhältst. Du bist meine Nichte, und je älter ich werde, umso mehr möchte ich dich endlich kennenlernen. Meine Schwester, deine Mutter, hätte sicher nichts einzuwenden.

Wie geht es dir, mein Liebes? Ich hoffe inständig, du hast ein glückliches Leben und es verläuft besser, als das von deiner Mutter und mir. Es ist so viel in den vergangenen Jahren passiert. Da ich nicht weiß, ob du diese Zeilen liest, spare ich mir einen langen Brief. Ich lade dich ein, mich in England zu besuchen. Es wäre mir ein Herzenswunsch, dich einmal in die Arme schließen zu dürfen.

Liebe Grüße aus England,
deine Tante Elisabeth.

Franzi ließ den Brief sinken und sah über die Wiesen, die sich vor ihren Augen erstreckten. Saftig grün, so wie es ihre Pferde liebten. Dakota hatte die am weitesten entfernte Wiese für sich entdeckt gehabt. Nur wenige Tiergenossen hatte er in seiner Nähe geduldet. Franzis fünfunddreißig Jahre altes Pony

Sammy hatte dazugehört. Zusammen hatten sie ein groteskes Bild abgegeben. Sammy mit seiner Zottelmähne und Dakota, der schöne, eigenwillige Hengst. Sammy hatte sich stets in Dakotas Windschatten gestellt, so dass er vor Wind und Wetter geschützt war. Ganz im Widerspruch zu seinem sonst so aufbrausenden Naturell hatte Dakota es akzeptiert, Sammy sogar aufgefordert, seinen Schutz anzunehmen. Er wäre sicher ein guter Vater geworden.

Die Erinnerungen an Dakota stimmten Franzi traurig. Sie konnte sich nicht vorstellen, niemals wieder mit ihm über die Deiche zu preschen. Würde sie je einen Ersatz für Dakota finden?

Franzi schimpfte leise. »Wie kann ich nur jetzt schon daran denken, einen Ersatz zu finden?« Das Papier knisterte in ihren Händen. Sie hatte den Brief zusammengeknüllt und hielt ihn fest. Sie streifte das Blatt wieder glatt und begann ihn erneut zu lesen.

Unter ihren Brief hatte Elisabeth eine Telefonnummer gekritzelt. Aus einem Impuls heraus, zog sie ihr Handy hervor und stellte mit klopfendem Herzen eine Verbindung her. Das Freizeichen ertönte.

»Hello, Elisabeth speaking.« Die warme Stimme ihrer Tante ertönte.

Franzi hüstelte. »Hier ist Franzi.« Es entstand eine lange Pause.

Elisabeth fand als Erste die Worte wieder. »Franzi, ich freue mich. Hat mein Brief dich also erreicht?«

»Ja«, raunte Franzi, »gerade eben.«

»Das freut mich, Kind.« Elisabeths Stimme klang rührselig. »Wie geht es dir?« Besorgnis schwang in ihren Worten mit.

»Gut, und dir?« Franzi konnte nicht gut lügen, aber am Telefon wollte sie ihrer Tante ihre komplizierte Lage nicht erklären. »Ist es dein Ernst? Ich meine, dass ich dich besuchen soll?«

Elisabeth lachte leise. »Mein voller Ernst. Es würde mich

glücklich machen.« Elisabeths Stimme brach. Sie schaffte es nicht, ihre Tränen zurückzuhalten.

»Ich wusste nicht, dass du so emotional bist. Du wurdest mir anders beschrieben«, platzte Franzi heraus und schämte sich sogleich dafür.

Elisabeth schluckte hörbar. »Ich auch nicht …« Sie klang verschnupft. Jetzt drang ein kehliges Lachen an Franzis Ohr. »Ich freue mich nur so, entschuldige bitte.«

»Ich muss Schluss machen, Elisabeth, ich denke, dass ich deine Einladung annehmen werde. Ich weiß aber noch nicht, wann. Ich melde mich dann bei dir.«

»Okay …« Elisabeth fehlten offenbar die Worte. Sie legte einfach auf.

Versonnen hielt Franzi ihr Handy fest umklammert, als ob es ein kleiner, geheimer Schatz wäre. Eine Verbindung zu einer anderen, ehrlicheren Welt? Franzi hatte keine Erklärung dafür, aber sie spürte Wärme. Eine Wärme, die sie so lange schon vermisste. Würde sie bald Antworten auf ihre brennenden Fragen erhalten? Oder würden weitere Unklarheiten auftauchen, um Franzis Gleichgewicht vollends aus dem Takt zu bringen?

Sie verweilte einige Zeit an ihrem Stammplatz. Danach fühlte sie sich stark genug, um Tony aufzusuchen. Sie entdeckte ihn bei einer trächtigen Stute, die demnächst ihr erstes Fohlen erwartete.

Er sah nicht auf, als er ihre Schritte hörte. Dass er sie gehört haben musste, erkannte sie daran, dass er beim Striegeln der Stute, die Lizzy hieß, innehielt. Nun drehte er sich zu ihr um. Tony wirkte übermüdet. Quälten ihn die Fragen genauso wie sie?

Franzi sah ihn prüfend an. »Moin, Tony, wie geht es dir?«

Tony verzog sein Gesicht zu einem freudlosen Grinsen. »Die Frage müsste ich dir stellen.« Er hielt den Blick auf den Boden gerichtet.

»Besser«, sagte Franzi bestimmt.

Tony riskierte einen Blick auf Franzi. Sie konnte erkennen, dass er zweifelte.

»Gibt es Neuigkeiten von der Tierklinik?«

»Noch nicht. Ich hoffe, die lassen uns nicht unendlich lange warten. Aber die Eibenreste im Futtertrog sprechen eigentlich für sich.«

»Wer ist außer Jo noch im Stall gewesen?«, forschte Franzi nach.

»Ich …« Tony spuckte die Worte verächtlich aus.

»Das weiß ich, aber sonst ist dir niemand aufgefallen?«

Tonys Augen wurden schmal. »Die Gräfin beschuldigt mich. Da hast du deinen Täter.« Er warf den Striegel ins Heu und verließ Lizzys Box. »Sie hat mir die Kündigung ausgesprochen. Fristlos.«

»Tony, red keinen Mist, du arbeitest seit dreißig Jahren für uns. Nie würde ich auf die Idee kommen, dich für Dakotas Tod verantwortlich zu machen.«

»Danke …«, grummelte er grimmig. »Deine Oma schon. Das war es mit unserer Zusammenarbeit.«

In Franzi kochte die Wut hoch. Wie konnte Susann etwas Derartiges auch nur denken? »Tony, ich rede mit meiner Großmutter. Bitte, bleib! Die Kündigung ist hiermit unwirksam.« Franzi ermahnte Tony ausdrücklich, seine Arbeit weiterzuführen, und ließ ihn stehen.

Als sie an Dakotas Box vorbeilief, hielt sie kurz inne. Der Schmerz erfasste sie erneut mit gnadenloser Wucht. Die tränennassen Augen erblickten sein Zaumzeug. Es hing am Pfosten, als ob sie jeden Moment mit ihm ausreiten könnte. Sie setzte einen Fuß vor den anderen und ging aus dem Stall. Es fühlte sich an, als ob ihre Beine nicht zu ihr gehörten. Nur mit Mühe erreichte Franzi den Ausgang.

Einige Zeit später saß sie ihrer Oma im Büro gegenüber. Fassungslos erfuhr sie, dass Susann nicht von dem Verdacht, Tony hätte Dakota vergiftet, abzuweichen gedachte.

»Ich habe die Kündigung aufgehoben. Tony bleibt bei uns.«

»Gut, wenn du meinst.«

Franzi fiel aus allen Wolken, Susann gab ihr keine Widerworte?

»Wenn du täglich auf den Mörder deines Pferdes treffen willst. Ich habe es nur gut gemeint.« Susann schob die Unterlippe vor und zeigte sich beleidigt.

Franzi sprang auf. »Oma, er hat es nicht getan. Hör auf mit den Beschuldigungen!«

»Ich sagte bereits, Kind, ich füge mich deinem Willen. Aber jammere am Ende nicht, wenn du herausbekommst, dass Tony Dakota doch vergiftet hat.« Susann erhob sich würdevoll aus ihrem Stuhl und deutete Franzi damit an, dass für sie das Gespräch beendet sei.

Erneut fragte Franzi sich, warum ihre Oma sich so ablehnend verhielt. Ein ungutes Gefühl zerrte an Franzis Nerven. Von der geplanten Englandreise erwähnte sie noch nichts. Sie überlegte, ob sie die Briefe von Elisabeth ansprechen sollte, die Susann Elisabeths Angaben zufolge nie an Franzi weitergegeben hatte. Sie hielt es jedoch für sinnvoller, ihr Wissen nicht preiszugeben. Auch wenn es ihr schwerfiel. Franzi fürchtete sich vor der Reaktion ihrer Oma. Ihr Vertrauen war enorm erschüttert. Eine Tatsache, die Franzi zuallererst verinnerlichen musste. Sie fühlte sich verletzt und angreifbar.

Auf der Suche nach ihrem verlorenen Ich ließ sie Susann zurück. An der schweren Eichentür wandte sie sich noch einmal ihrer Großmutter zu. Susann stand da mit verhärtetem Gesichtsausdruck. Als sie Franzis Blick bemerkte, schenkte Susann ihr ein Lächeln. Es wirkte anders als sonst. Ihr Gesicht war verkniffen und das Lächeln mechanisch. Wie ein Zucken der Gesichtsmuskeln, nicht mehr als eine Höflichkeit, die Susann ihrer Enkelin zukommen ließ. Ihr Herz schien davon unberührt zu bleiben.

Franzis verwirrtes Hirn signalisierte ihr, dass sie etwas Gravierendes versäumt hatte. Sie musste ihrem Chef einen Besuch abstatten. Und ihm erklären, warum sie nicht an ihrem Arbeitsplatz erschienen war.

Franzi stöhnte. »Ich bin ein Trottel.« Die Trauer um Dakota hatte sie vergessen lassen, ihren Chef zu informieren, dass sie sich nicht in der Lage fühlte, ihren Job auszuführen.

Sie dachte an Luke. Er hatte die Freiheit gewählt und schlug sich mit Gelegenheitsjobs durch. Sicherlich entsprach dies nicht der Norm, aber es gab ihm die Unbeschwertheit, die nicht unwichtig für ein glückliches Leben war. Der Verlust seiner geliebten Schwester war verständlicherweise nicht leicht für ihn gewesen. Franzi wollte nicht mit ihm tauschen. Jedem war ein anderer Weg vorbestimmt, sicher würde Franzi ihren auch noch finden.

Luke. Warum dachte sie ausgerechnet an ihn? Sie kannte ihn kaum. Die gemeinsam bei Dakota verbrachte Nacht war für Franzi ein wichtiger Trost gewesen und hatte beide einander nähergebracht. Würde sie Luke jemals wiedertreffen? Sollte sie es erneut dem Zufall überlassen? Oder ihn anrufen?

Franzi entschied, ihr Wiedersehen dem Zufall zu überlassen.

Sie tastete an ihre Gesäßtasche der Jeans. Dort knisterte der Brief ihrer Tante. Er erinnerte sie daran, kurzfristig eine Reise nach England in ihre Planung aufzunehmen. Spätesten zur Abreise würde sie Luke benachrichtigen müssen. Während sie sein Gesicht visualisierte, wurde ihr warm ums Herz.

Sie holte ihre Handtasche aus ihrem Zimmer und fuhr zu ihrem Chef. Sie hoffte, er würde Verständnis für ihre Situation haben und ihre Entschuldigung annehmen.

Franzi hätte ebenso den Telefonhörer zur Hand nehmen und sich krankmelden können. Sie zog aber ein persönliches Gespräch vor. Zumal sie einen Entschluss getroffen hatte, von dem ihr Arbeitsplatz beeinflusst werden würde. Hubert

Schneider hatte ein Recht darauf, schnellstmöglich von ihren Plänen zu erfahren. Zumal sie sein Einverständnis für die Reise benötigte.

Wehmütig verharrte sie vor dem Eingang des Pferdestalls. Hufgeräusche drangen heraus. Traurigerweise nicht die von Dakota. Sie gab sich einen Ruck, schwang sich in ihren Wagen und wischte energisch die aufkommenden Tränen fort.

Danach startete sie den Motor und fuhr in das fünfzig Kilometer entfernte Städtchen Heide. Dort befand sich die Bankfiliale, in der Franzi ihre Ausbildung vor zehn Jahren abgeschlossen hatte und wo sie seitdem gerne arbeitete.

Die Verkehrslage erlaubte kein zügiges Vorankommen, etliche Geschwindigkeitsbegrenzungen taten ein Übriges. Trecker, an denen sie nur schwer vorbeifahren konnte, schienen sich heute gegen sie verschworen zu haben. Hatte sie einen überholt, verbaute die nächste Maschine ihr die Straße. Die Landwirte bestellten ihre Felder, dabei hinterließen sie verdreckte Landstraßen und fluchende Autofahrer. Franzi tröstete ein wenig, dass sie nun genügend Zeit hatte, sich gedankliche auf das bevorstehende Gespräch mit ihrem Chef vorzubereiten. Sie kannte ihn zwar seit vielen Jahren, aber wie er reagieren würde, wenn sie ihm ihre Pläne eröffnete, entzog sich ihrer Vorstellung. Schließlich beeinflussten diese einen ganzen Betrieb, der darauf angewiesen war zu funktionieren.

Franzi trat scharf auf die Bremse, eine rote Katze überquerte lebensmüde die Fahrbahn, gerade noch rechtzeitig verschwand der Stubentiger im hohen Gras der Rabatten. Das folgende Hupkonzert zeugte davon, dass die nachfolgenden Autos Probleme mit ihrem plötzlichen Bremsmanöver hatten.

»Wir träumen wohl alle ein bisschen«, nuschelte Franzi, entschlossen, die Drohgebärden der Hintermänner zu ignorieren.

Franzi warf einen Blick auf die Uhr. Wenn der Verkehr weiter so stockte, würde sie mindestens noch eine halbe Stunde benötigen, um nach Heide zu kommen. Zum Glück hatte sie keinen Termin vereinbart. Franzi hasste Unpünktlichkeit.

Urlaub

Hubert Schneider trommelte mit seinen dicken Fingern auf den Schreibtisch. Ein breiter goldener Ehering blitzte auf, sobald das Lampenlicht einen Schatten brach.

»Frau von Liebermann, Sie bringen mich in einen Konflikt mit Ihrer Großmutter. Weiß sie von Ihren Plänen?«

Franzi schluckte, was hatte ihre Oma damit zu tun? »Bisher nicht«, sagte Franzi ehrlich. »Aber ich wüsste nicht, warum dies eine Bedeutung hätte. Ich bin nicht ihre Schutzbefohlene. Meine Oma hat auf meine Entscheidungen nicht den geringsten Einfluss.«

Schneider lockerte seine Krawatte, so als ob sie plötzlich zu eng geworden wäre. Er räusperte sich verlegen. »Ich fürchte doch.«

Franzi schnappte nach Luft. Was hatte das zu bedeuten? »Wie meinen Sie das, Herr Schneider?« Franzi richtete sich auf. Sie musste vermeiden, dass ihr Kreislauf versagte. Ein Schwindel erfasste sie. Franzi wünschte sich, aus diesem Alptraum zu erwachen.

Um Zeit zu gewinnen, betrachtete Herr Schneider den silbernen Fotorahmen auf dem Schreibtisch. Ein Foto seiner Familie. Franzi kannte das Erinnerungsfoto, aufgenommen in einem gemeinsamen Urlaub an der holländischen Grenze.

»Machen Sie sich über die Krankmeldung keine Sorgen. Ich habe sie vorliegen. Ihre Großmutter hat sie mir schicken lassen.« Er legte Franzi den gelben Urlaubsschein vor. »Wenn

Sie länger brauchen, gibt Ihr Hausarzt Ihnen sicher eine Verlängerung. Da müssen wir nicht über unbezahlten Urlaub reden.«

Franzi klopfte mit dem Zeigefinger auf die Arbeitsunfähigkeitsbescheinigung. Wie konnte es möglich sein, dass ihre Oma an eine solche Bescheinigung kam, noch dazu für Franzi?

»Gut«, antwortete sie atemlos. »Dann kündige ich fristlos. Ich verfasse noch heute ein Schreiben. Ich stehe Ihnen nicht mehr zur Verfügung.« Franzi riss den Stuhl, auf dem sie gesessen hatte, beim Aufstehen um. Er fiel mit einem lauten Knall zu Boden. Gab es im ganzen Umkreis eigentlich jemanden, auf den Susann keinen Einfluss hatte?

Herr Schneider rang nach Worten. »Frau von Liebermann, Ihre Großmutter sitzt am längeren Hebel, überlegen Sie Ihre nächsten Schritte gut.«

»Sie drohen mir?«

»Nein, ich will Sie schützen.«

»Schützen? Ja, so fühle ich mich auch gerade. Behütet und beschützt. Was kann man sich anderes wünschen?« Franzi spürte ihr Herz bis zum Hals pochen. Sie taumelte aus dem Büro ihres – nun ehemaligen – Chefs. Schneider war über die Jahre ihrer Zusammenarbeit stets väterlich und gutmütig mit ihr umgegangen. Er hatte ihr durch die schwierigen Prüfungen geholfen, indem er sie nach Feierabend abfragte und Verbesserungsvorschläge aufgezeigt hatte.

Die bestandenen Prüfungen wurden von ihm gebührend belohnt. Es hatte eine kleine Feier in der Bankfiliale gegeben, und Franzi hatte innerhalb kurzer Zeit ihren eigenen Schreibtisch in der Kreditabteilung bekommen. Franzi war der festen Überzeugung, dass nur ihre Leistungen für die schnelle Beförderung verantwortlich gewesen waren. Ein Trugschluss? Sie schämte sich plötzlich gegenüber ihren Kollegen. Kein Wunder, dass sie nie ihren Einladungen auf das Gut gefolgt waren. Sie hatten in ihr das verwöhnte Fräulein vom Gutshof gesehen, dass ihnen zusätzlich die Karriereleiter versperrte. Weil Franzi bereits oben die Sprossen belegte.

Als sie hinauseilte, grüßte sie die Kollegen, die am Schalter Kunden bedienten. Franzi erwartete keine strahlenden Gesichter, aber die Ignoranz schmerzte sie mehr als sonst.

Am Eingang der Filiale steuerte sie auf den Geldautomaten zu. Sie benötigte etwas Bargeld. Sie führte die Geldkarte ein und sah zu, wie der Automat sie einzog, sie gab ihre Geheimnummer ein und wartete. In fetten Buchstaben stand auf dem Bildschirm, dass ihr Konto gesperrt war. Entsetzen machte sich in ihr breit. Die Karte erhielt sie nicht zurück.

Fieberhaft überlegte sie, ob größere Ausgaben fällig gewesen waren. Unsinn, das war unmöglich. Sie führte die Geschäfte des Guts. Selbst wenn es so wäre. Das gemeinsame Unternehmen, das sie sich mit ihrer Großmutter teilte, hatte einen Kreditrahmen, den sie noch nie überschreiten hatten müssen. Widerwillig ging sie zurück ins Bankgebäude.

»Moin, Ella, würdest du bitte nachschauen, warum meine Karte gesperrt ist?« Franzi wurde langsam nervös. Niemals zuvor hatte sie sich in so einer Situation befunden. Sie war jedoch überzeugt, dass es sich um einen Irrtum handeln müsse.

»Gerne.« Ella ließ sich die Kontonummer geben und tippte sie mit flinken Fingern in den Computer ein. Mit einem bedauernden Augenaufschlag linste sie in Franzis Richtung. »Tut mir leid, Frau Susann von Liebermann hat dir die Vollmacht entzogen und dir jeden Zugang zum Konto untersagt.«

Franzi las etwas in Ellas Augen, das ihr nicht gefiel. War es Genugtuung? Beherzt zückte Franzi eine weitere Bankkarte und legte sie auf den Tresen, der sie von ihrer Kollegin trennte. Sie klopfte darauf und forderte: »Dieses Konto möchte ich auflösen, ich bitte um sofortige Auszahlung.« Ungeduldig wippte sie auf und ab.

Ella überprüfte auch diese Karte und staunte. »Das wären vierhunderttausend Euro.«

»Ich weiß«, verkündete Franzi.

»So viel kann ich heute nicht auszahlen. Ich muss es anfordern!«, piepste Ella kleinlaut geworden.

»Egal, wie du das machst. Ich verlasse die Filiale nicht ohne mein Geld.« Franzi blickte ihr ungeduldig entgegen. »Ich warte solange!«

Franzi hatte ihr Gehalt sorgfältig gespart. Sie hatte bisher von den Einnahmen der Zucht gelebt. Selbst ihre Oma wusste davon nichts. Wie sich nun herausstellte, ein Glücksfall für Franzi. Die Prämien ihrer gewonnenen Reitturniere aus ihrer aktiven Zeit des Westernreitens hatte sie ebenfalls auf dieses Sparbuch überwiesen.

Ella war inzwischen davongeeilt, um herauszufinden, ob sie eine so große Summe verfügbar machen konnte.

Sehnsüchtig dachte Franzi an Dakota. Ihr blieb nicht einmal die Zeit, um über den Verlust zu trauern. Sie musste einen klaren Kopf behalten, um für die Wendungen in ihrem Leben gewappnet zu bleiben. Kopflosigkeit konnte sie sich nicht erlauben.

Als ob Herr Schneider ihr die Beweise dafür erbringen wollte, kam er mit hochrotem Gesicht auf sie zu.

»Franzi ...« Er stockte, als er ihren missbilligenden Blick sah. »Frau von Liebermann«, korrigierte er sich. »Bitte, überstürzen Sie nichts, wollen wir uns nicht in Ruhe unterhalten?«

»Ich bin ruhig, und ich denke, es wurde alles gesagt.« Er berührte ihre Schulter. Franzi wich wütend zurück. »Lassen Sie das!« Sie funkelte Schneider an.

»Sie möchten Ihr Sparbuch auflösen?«

Aha, daher wehte der Wind. »So ist es.« Franzi würdigte

ihn keines Blickes. Sie drehte sich weg, damit sie ihn nicht mehr sehen musste.

»Hätte das vielleicht auch Zeit bis morgen?«, hauchte er hinter ihr.

»Sie meinen, damit meine Oma auch hier ihre Finger ins Spiel bringen kann? Nein!«

»Das kann sie nicht, weil ich Frau von Liebermann darüber nicht informieren werde. Ich gebe Ihnen mein Wort.«

»Ich wüsste nicht, was ich auf Ihr Wort noch geben sollte. Ich verlange die volle Auszahlung.« Franzi ließ sich nicht beirren.

Herr Schneider ging um Franzi herum und sah ihr nun mit gütiger Miene ins Gesicht.

»Meine Antwort kennen Sie bereits«, erklärte Franzi.

»Vertrauen Sie mir denn gar nicht?«

»Nein.«

Herr Schneider nickte betroffen. Bevor er sich in sein Büro verkroch, versuchte er noch mehrmals, auf Franzi einzureden. Er musste die Bemühungen jedoch irgendwann aufgeben.

»Verzeihen Sie mir, ich … hatte keine andere Wahl. Alles Gute für Sie, Franzi! Sie bekommen Ihr Geld »

Verblüfft starrte Franzi ihm nach. Sollte das bedeuten, dass Susann ihn auch unter ihrer Fuchtel hatte? Sie verstand nicht, wie ihre Großmutter es hinbekam, aber wie es schien, besaß sie hier in Friedrichskoog eine Macht, die sie gnadenlos ausspielte.

Ella erschien neben ihr.

»Franzi, wenn du mich bitte begleiten würdest, ich zahle dir dein Geld im Nebenzimmer aus.« Erhobenen Hauptes folgte Franzi ihrer – nun ehemaligen – Kollegin, in das Nebenzimmer. Ein weicher Teppich schluckte ihre Schritte. Für Franzi fühlte es sich so an, als ob er sie gleich mit verschlingen würde. Ihre Beine wurden plötzlich weich. Wie sollte es nur weitergehen? Sie nahm in wenigen Minuten ein kleines

Vermögen entgegen. Aber konnte sie damit ihre Probleme lösen?

»Soll dich jemand begleiten?«, unterbrach Ella ihre wirren Gedanken.

»Vielen Dank, das wird nicht nötig sein.« Franzi ergriff die Geldbombe und verließ die Bank mit einer nicht unerheblichen Geldsumme unter dem Arm und der Erkenntnis, nun über mehr Urlaub zu verfügen, als sie benötigte.

Salongeplauder

Vorsichtig sah Franzi sich um. Auf dem Heider Marktplatz wirkte alles normal. Äußerlich gelassen schlenderte sie zu ihrem Auto, das sie auf einem der begehrten Parkplätze abgestellt hatte. Niemand ahnte von dem Vermögen, das sie mit sich führte. Warum war sie nur so nervös?

Franzi stutzte, weil sie jemanden erkannte, mit dem sie in Heide nicht gerechnet hatte. Jo.

Jo hatte Franzi auch gesehen und näherte sich langsam. Sie lächelte ihn erleichtert an. Es war schön, ihn zu treffen. Nach ihrer Aussprache war er für sie ein Freund, den Franzi jetzt dringend benötigte.

»Jo, wie kommst du hierher? Kleiner Ausflug in die große Stadt?« Belustigt sah sie ihn an.

»So ähnlich. Ich wollte Reitbedarf einkaufen. Aber leider scheinen alle Geschäfte wegen Krankheit geschlossen zu sein.«

»Dann musst du zum Industriegebiet fahren.«

»Das habe ich inzwischen auch schon herausgefunden«, sagte er. »Nur habe ich die Lust verloren. Ich denke, ich fahre wieder nach Hause.«

»Gibst du immer so schnell auf?«

»Das solltest du eigentlich am besten wissen, Franzi.« Er grinste sie an. »Und du? Hast du es eilig, oder wollen wir irgendwo einen Kaffee trinken?«

Franzi haderte für einen Moment mit der Einladung und entschied sich schließlich dagegen.

»Ich will nach Husum, mir eine andere Bank suchen und meinen Freund bei der Gelegenheit besuchen.« Franzi kam eine Idee. »Lust, mich zu begleiten?«

»Ich weiß nicht«, sagte Jo nachdenklich. »Warum musst du in Husum eine Bank suchen?«

»Erzähle ich dir auf dem Hinweg.«

Jo willigte ein und beide gingen weiter zu Franzis Auto. Franzi wählte die A23, um im Anschluss auf der B5 weiterzufahren. Sie wies Jo auf das Geschäft mit dem Pferdebedarf hin.

»Siehst du, hier ist ein guter Laden.« Sie grinste ihn an. »Fürs nächste Mal.«

Jo nahm die Information gelassen entgegen. »Wozu musst du in Husum eine Bank suchen? Ist es nicht ein bisschen zu weit? Du arbeitest doch sogar in der Bank in Heide.«

»Da musst du in der Vergangenheitsform sprechen. Ich habe …«

»Jetzt machst du mich neugierig. Hat man dir gekündigt?« Franzi schüttelte den Kopf und warf ihm einen bedeutsamen Blick zu. »Echt jetzt? Du hast? Wegen Reichtum in den verfrühten Ruhestand?«

»Schön wär's. Aber es ist weitaus unangenehmer. Meine Oma scheint zur Teufelin zu mutieren. Ich muss das Ganze selbst erst einmal verdauen.« Jo schwieg rücksichtsvoll und wartete geduldig ab, bis Franzi ihm die Geschichte anvertraute.

Nachdem Franzi ihm alles erzählt hatte, pfiff Jo leise durch die Zähne. Er wusste jetzt von ihrer gewichtigen Fracht.

»Du bist dir ganz sicher, dass Husum weit genug entfernt ist und der Einfluss deiner Oma nicht bis dorthin reicht?«

»Nichts ist ohne Risiko«, erwiderte Franzi trocken.

Behutsam legte Jo seine Hand auf Franzis Schulter. »Es tut mir leid. Was du im Moment durchmachst, reicht für mehrere Schicksale. Ich hoffe, du kommst bald wieder in die richtige Spur.«

»Danke, könnte ich gut brauchen.« Franzi schluckte die aufkommenden Tränen herunter.

Der Verkehr ging, wie meistens auf der B5, schleppend. Aber sie erreichten Husum, und Franzi stellte ihr Auto im Parkhaus ab. Neben dem Gebäude war auch die Stadtsparkasse ansässig. Wenige Schritte brachten eine erleichterte Franzi in die Filiale. Die vierhunderttausend Euro lasteten schwer in ihrer Hand.

Franzi eröffnete ein Konto. Die fragenden Blicke der Schalterkraft ignorierend, legte sie den Geldbetrag zum Zählen vor.

»Das ist eine stolze Summe, die sie hier anbringen. Darf ich fragen, woher die große Summe kommt?« Franzi hatte mit Fragen gerechnet. Bereitwillig erklärte sie, dass sie es in Heide abgehoben habe und es nun hier zu deponieren gedenke.

»Sie können selbstverständlich in Heide bei Hubert Schneider anrufen und sich vergewissern.« Die Bankangestellte lächelte.

»Das ist nicht nötig, Frau von Liebermann, ich kenne Sie, und Sie werden Ihre Gründe haben.«

»Herzlich willkommen bei der Stadtsparkasse, Frau von Liebermann. Wir haben schon viel von Ihnen gehört und freuen uns, mit Ihnen Geschäfte zu tätigen.«

Franzi stutzte überrascht. »Sie kennen mich?« Sie konnte nicht verhindern, dass ihr Ton misstrauisch klang.

»Ich bin ein großer Fan von Ihnen, ich habe sie auf unzähligen Reitturnieren gesehen.« Die Dame lächelte verlegen.

»Oh, wirklich? Aber das muss schon lange her sein. Ich reite nur noch privat.«

»Und das ist wahrlich bedauerlich. Seit ich Sie gesehen habe, gehe ich zum Reitunterricht in Wesselburen.« Die Bankangestellte nestelte verschämt an ihrer Weste. »Aber ich werde wohl im Leben nicht eine solche Verbindung zu Pferden besitzen, wie Sie sie haben. Ich bewundere Ihre Arbeit sehr, Frau von Liebermann.«

Franzi war gerührt. Für sie war die Arbeit mit ihren Tieren

nichts Besonderes. Es aus der Sicht eines Zuschauers zu betrachten, war ihr zuvor nicht in den Sinn gekommen.

»Wenn Sie selbst unterrichten würden, käme ich liebend gern nach Friedrichskoog.«

Das überraschte Franzi, vor allem, weil sie noch nie über das Unterrichten nachgedacht hatte. Es wäre in jedem Fall eine Überlegung wert, sie könnte Pferdeliebhabern die Seele eines Pferdes näherbringen. Plötzlich fiel ihr schmerzlich ein, dass sie unter Umständen bald keinen Reitstall mehr besaß. »Danke für das Kompliment, aber ich fürchte, das wird nicht durchführbar sein.«

Jo hatte wie ein Bodyguard an Franzis Seite verweilt. Nun rührte er sich und unterbreitete einen Vorschlag. »Mein Gestüt ist zwar auf die englische Reitweise ausgelegt, aber wenn Sie Lust haben, würde ich mich über einen Besuch von Ihnen freuen.«

Die Dame, auf deren Namensschild Eva Brauer stand, strahlte Jo an. »Total gerne, ich freue mich. Danke für das Angebot!« Verlegen schielte sie Jo an.

Nach ihrem Bankbesuch schlenderten Franzi und Jo durch Husum. Franzi hatte mit Tommy telefonisch einen Termin vereinbart. Es galt, eine Stunde bis zu dem Date mit ihrem Friseur zu überbrücken. Die sympathische Stadt verwöhnte sie mit warmen Sonnenstrahlen und einem unverwechselbaren Flair. Jo hatte zwei Eis besorgt, und sie saßen nun zu den Füßen der Tine und schlemmten. Das Wahrzeichen Husums schaute immerfort in Richtung See.

»Gute Idee, dich nach Husum zu begleiten«, bemerkte Jo, während er hingebungsvoll das Eis vertilgte.

Franzi sah ihn von Dank erfüllt an. »Ich bin froh über deine Eskorte.«

»Hast du Pläne, wie es weitergehen soll? Verlässt du Friedrichskoog und das Gut?«

»Bleiben werde ich auf keinen Fall. Meine Oma ist mir unheimlich geworden. Aber bevor ich etwas Neues beginne, fahre ich nach England. Ich will Elisabeth endlich kennenlernen.« Ihre Begleitung Luke verschwieg Franzi. Wärme durchströmte ihre Adern, als sie an ihn dachte. Die Tage, an denen sie ihn nicht gesehen hatte, erschienen ihr unendlich lang.

Tommy empfing sie wie gewohnt mit wärmender Herzlichkeit. Franzi ließ sich von ihm umarmen und verharrte an seiner breiten Brust wie ein Kind, das Zuflucht suchte. Jos Anwesenheit vergaß sie dabei fast völlig. Irgendwann löste sie die Umarmung, um die beiden Männer miteinander bekannt zu machen.

Jo und Tommy hatten ihre eigene Art, ihre Bekanntschaft zu besiegeln. Tommy versank förmlich in Jos Blicken. Franzi glaubte, das Knistern zwischen ihnen zu spüren, und war zufrieden mit dem Ergebnis. Sie spielte nicht gern die Kupplerin, aber in diesem Fall schien sie richtiggelegen zu haben. Möglichst unbefangen lotste sie die beiden in eine Friseurkabine.

»Tommy, wir brauchen dein künstlerisches Talent. Jos Zopf finde ich gut, aber da fehlt etwas.«

Tommy war ganz anderer Meinung. »Liebelein«, näselte er, »ich finde ihn perfekt, er sieht umwerfend aus.« Schlagartig errötete er.

Jo schien das Lob über sein Aussehen unangenehm zu sein. Er hatte Platz genommen und sah Franzi und Tommy durch den Spiegel zweifelnd an. »Hallo, ich bin hier nicht das Sorgenkind. Franzi, du wolltest doch deinen Seelentröster besuchen. Ich bin nicht die Hauptperson«, protestierte er.

Franzi und Tommy unterbrachen abrupt ihre Unterhaltung, und Franzi wurde eindringlich von ihrem Freund gemustert.

»Was ist denn los?«

Franzi schluckte. Es fiel ihr momentan schwer, über ihr Privatleben zu sprechen. Mit jeder Silbe trat das Unheil, das über sie hereingebrochen war, weiter an die Oberfläche. Verzweifelt fragte sie sich, warum alles auf einmal auf sie niederstürzte. Würde sie weitere schlimme Enthüllungen aufdecken? Stockend und mit kurzen Pausen berichtete sie Tommy, wie ihr das Schicksal gleich mehrere Streiche gespielt hatte.

Tommy kreischte entsetzt auf.

»Mein Herz streikt gleich … Das ist ja … Ich finde keine Worte. Franzi, du musst die Polizei rufen.«

Tommy war der Meinung, *dein Freund und Helfer* sei für alles zuständig. In gewisser Weise hatte er sogar recht. Aber Franzi konnte nichts beweisen. Susann hatte zwar das Konto sperren lassen, aber das Gut war immerhin das Imperium ihrer Großmutter. Wenn Susann sie aus der Verantwortung, die Geschäfte zu führen, entlassen wollte, saß ihre Oma definitiv am längeren Hebel. Schmerzhaft wurde Franzi nicht zum ersten Mal bewusst, dass sie ihr Zuhause verloren hatte. Unmöglich, mit Susann länger unter einem Dach zu wohnen. Und noch unmöglicher, gemeinsam ein Gut zu leiten.

»Du musst deine Tante besuchen.« Tommy trampelte durch ihre Überlegungen. »Wann willst du nach England aufbrechen? Hast du schon einen Flug gebucht?«

»Ich fliege nicht, das solltest du doch wissen. Ich fahre mit dem Auto. Die Fährverbindungen muss ich mir allerdings noch raussuchen.« Tommy sah sie verständnislos an.

»Wie lange soll das denn dauern? Da kommst du nie an.«

Franzi lächelte. »Das spielt für mich keine Rolle. Ich habe hier kein Zuhause mehr. Ganz gleich, wie lange es dauert. Ich bin frei. Keinen Job, kein Dach über dem Kopf, aber ich habe ein Auto, sogar mit Schlafmöglichkeiten.«

Jo regte sich unter den flinken Händen Tommys. Der Friseur färbte gerade helle Strähnen in das lange Haar. »Franzi, ist das nicht zu gefährlich? Ganz allein im Auto übernachten, womöglich auf unbewachten Parkplätzen? Ich finde, du hattest schon bessere Ideen.«

»Ich schlafe nicht wirklich im Auto. Außerdem reise ich nicht allein!«

Zwei Augenpaare richteten sich auf Franzi. Tommy fand als Erster die Worte wieder. »Gibt es noch etwas, das du mir sagen solltest?«

»Ich hätte auch Interesse, an deinen Geheimnissen.« Nun war auch Jos Stimme zu vernehmen.

»Katze aus dem Sack«, forderte Tommy neugierig.

Jo schoss aus seinem Stuhl hoch. »Sag nicht, du nimmst den Lebenskünstler von neulich mit!«

Auf Tommys Stirn bildeten sich Falten. »Was denn für einen Lebenskünstler?«, wollte er wissen.

Franzi schnappte nach Luft. Die Jungs bedrängten sie mit Fragen. Sie hatte nicht die geringste Ahnung, wie sie die Beziehung zu Luke erklären sollte. Es war schließlich keine. Aber irgendwie wiederum doch. Er hatte ihr beigestanden in der Nacht, als sie um Dakota geweint hatte. Luke hatte sie gehalten, ihre Tränen getrocknet und mit ihr auf dem harten Stallboden verharrt, ohne zu murren und ohne später nach Beifall zu haschen. Luke war da gewesen und hatte nicht gefragt, sondern er hatte sie getröstet. Selbst nach dem Rauswurf, der durch ihre Oma erfolgt war, war er ruhig geblieben und hatte ihr versichert, für sie da zu sein, bevor er gegangen war. Bisher war er immer irgendwie erschienen, wenn sie ihn gebraucht hatte, ohne dass sie ihn suchen musste. Er lief ihr über den Weg. Einfach so.

Wobei ihr jetzt auffiel, dass er seit zwei Tagen kein Lebenszeichen von sich gegeben hatte. Inzwischen rechnete sie mit allem. Könnte Susann ihn verschreckt haben?

Franzi brauchte dringend eine Antwort auf diese Frage. Deshalb ließ sie die verdutzten Männer einfach stehen und trat vor die Tür, wo sie ungestört ein Telefonat führen konnte. Sie zitterte, als sie seine Nummer wählte. Sofort hörte sie Lukes warme Stimme.

»Moin, Franzi, schön, dass du dich meldest.« Etwas leiser fragte er: »Wie geht es dir?«

Franzi schluckte nervös. »Besser, glaube ich. Es ist inzwischen so einiges passiert. Man könnte auch sagen, dass mein Leben in Scherben liegt. Ich möchte nicht am Telefon darüber sprechen.« Sie fürchtete sich vor der Frage, aber sie musste sie ihm trotzdem stellen. »Luke … gilt dein Angebot noch, mich nach England zu begleiten?«

»Natürlich, wenn du willst, können wir gleich losfahren.« Lukes Stimme hüllte Franzi ein, und sie spürte, wie ihr warm ums Herz wurde. »Franzi? Bist du noch dran?«

»Ja, ja. Ich muss noch einiges packen, aber wenn du bereit bist, können wir übermorgen los?«

»Du gibst aber Gas.« Luke lachte. »Gerne, ich stehe dir zur Verfügung.«

Franzi ließ das ehrliche Lachen auf sich wirken, danach verabschiedeten sie sich voneinander.

Die Türglocke des Salons empfing Franzi wieder in der Welt der Schönheit, warme Luft schlug ihr entgegen, geschwängert mit verschiedenen Düften.

»Liebelein, gut, dass du wieder da bist. Wir überlegen, den Zopf abzuschneiden. Ähm, Jo überlegt, ich bin dagegen«, stellte Tommy klar.

Franzi schlug vor, es bei den Strähnen und einer leichten Kürzung zu belassen. »Abschneiden kann man immer noch, aber wenn weg, dann ganz weg.«

Jo zeigte sich mit dem Vorschlag einverstanden und sichtlich erleichtert, doch nicht eine so schwerwiegende Entscheidung treffen zu müssen.

»Eine Viertelstunde musst du dich gedulden, die Strähnen sind noch nicht hell genug. Ich erhöhe die Temperatur ein wenig.« Tommy richtete die Trockenhaube über Jo aus und stellte die Uhr. »Bin gleich wieder bei dir, Jo. Franzi! Kommst du mal!« Tommy eilte davon und verschwand hinter dem Vorhang zum Aufenthaltsraum. Franzi war seiner Aufforderung gefolgt und stand ihm nun fragend gegenüber. Tommy hob den Zeigefinger Richtung Decke.

»Also, wenn der schwul ist, fresse ich einen Besen. Nie und nimmer. Ein netter Versuch, Franzi, aber das nächste Mal überlege dir gut, wen du mir vorstellst.« Tommy sprach mit gedämpfter Stimme, aber die piepsige Stimmlage drang sicher bis in den Salon hinaus.

»Ich kenne mich damit nicht so aus, entschuldige bitte. Aber er hat es mir selbst gesagt.« Franzi verstand den Ausbruch ihres Freundes nicht. »Vielleicht passt ihr auch einfach nicht zusammen, und es funkt nicht zwischen euch?«

»Nee, das glaube ich nicht, da steckt etwas anderes dahinter. Ich bekomme das schon raus. Ich danke dir trotzdem, dass du versucht hast, mir einen Traummann zu präsentieren.« Er trank einen Schluck Sekt. Dabei hielt er den kleinen Finger elegant vom Glas abgespreizt. »Puh, abgestanden, das Zeug.« Mit einem Knall setzte er das leere Glas ab und schwebte an Franzi vorbei, um die Blondierung auf Jos Kopf zu überprüfen.

Franzi gesellte sich zu ihnen und setzte sich auf den freien Stuhl neben Jo. Tommy arbeitete beflissen. Plötzlich sah er Franzi durchdringend an.

»Sag mal, Liebelein, was ist eigentlich aus diesem Kaspar geworden, den du nach Ansicht deiner Oma heiraten sollst? Wenn er dich nicht in Ruhe lässt … Ich habe da so meine Verbindungen.« Verschwörerisch blicke er abwechselnd von Jo zu Franzi.

Franzi errötete, Jo erging es nicht anders. Nach einem Räuspern fand Franzi ihre Stimme wieder. »Da sitzt er!« Sie wies auf Jo, der tiefer in seinen Stuhl rutschte. Tommy unterbrach die Haarwäsche und zuckte zurück. Er wirkte, als ob er sich gerade die Finger verbrannt hätte. Er warf Franzi einen vorwurfsvollen Blick zu.

Franzi grinste ihn verlegen an. »Ich habe dir noch nicht alles erzählt. Jo und ich, wir haben uns ausgesprochen.« Während Tommy ihr zuhörte, stieß er verschiedene Laute des Entsetzens und der Überraschung aus. Theatralisch schwang er dabei den Kamm durch die Luft. Außer Atem hielt er nun inne und starrte Franzi an.

»Sag mal, wo wohnst du noch gleich? Klein Amerika? Ich dachte immer, das beschauliche Friedrichskoog bringt mit Ausnahme deiner Großmutter nur harmlose Landeier hervor.«

»Na ja, und mich!«, meldete sich Jo kleinlaut zu Wort. Franzi kicherte haltlos, und die beiden Männer stimmten mit ein.

»Hin und wieder gibt es auch Landstreicher, die richtig nett sind.« Franzi musste Luke noch einmal erwähnen. »Tommy, ich habe dir doch bei meinem letzten Besuch von einem erzählt, erinnerst du dich nicht mehr?«

»Mir dämmert es, und mit dem willst du nach England?«

»Ja, und er auch mit mir«, konterte Franzi und sah die beiden Jungs herausfordernd an. Tommy und Jo hatten verstanden und behielten ihre Einwände für sich.

Für Jo und Franzi war der Tag im Salon eine Bereicherung gewesen. Sie hatten ihren Alltag vergessen und genossen die Stunden in Tommys Schönheitsparadies. Franzi hatte ihre Naturfarbe wieder. Tommy war der Meinung, dass sie ihrer Tante nicht wie ein Feuermelder gegenübertreten dürfe. Der erste Eindruck sei schließlich wichtig. Nur widerwillig ließ Franzi ihren Freund gewähren. Am Ende war die Entscheidung richtig gewesen. Franzi freute sich, ihr altes Ich im Spiegel zu entdecken.

»Liebelein! So gefällst du mir. Den Feuermelder heben wir uns für besondere Anlässe auf.« Er zwinkerte Franzi aufmunternd zu.

Jo sah mit den blonden Strähnen aus wie ein Model. Der

Dreitagebart verlieh seinem Äußeren einen verwegenen Ausdruck. Franzi war beeindruckt. Die langen Haare fielen in weichen Wellen auf seine Schultern.

»Fast engelhaft«, näselte Tommy beeindruckt, der offenbar nun doch keine Zweifel mehr hegte, dass Jo auf Männer stand. Hoffentlich auch auf ihn?

Jo erhob sich aus dem Stuhl. Es war ihm immer noch unangenehm, Lob aus Tommys Mund zu hören. »Nun übertreib mal nicht«, grummelte er. »Aber trotzdem danke, Tommy, ich finde, du hast gute Arbeit geleistet.« Er schenkte Tommy ein Lächeln. Entzückt strahlte Tommy zurück. Ihre Blicke trafen sich. Es fiel offenbar beiden schwer, Abschied zu nehmen.

Auf dem Weg nach Hause starrte Jo schweigend zum Fenster hinaus. Er musste nun endlich einen Weg finden. Einen, der in die richtige Richtung führte. Er musste Franzi reinen Wein einschenken. In seiner Hand hielt er den kleinen Zettel fest umschlossen, den Tommy ihm zugesteckt hatte. Er vermutete, dass es sich um seine Telefonnummer handelte. Jo sah ihn nicht an. Der Zettel brannte in seiner Faust.

Franzi blickte ihm belustigt von der Seite ins Gesicht.

»Gib dir einen Ruck, sieh dir an, was Tommy dir geschrieben hat.«

»Ich trau mich nicht, Franzi.«

»Ich kann mir vorstellen, wie schwer es für dich sein muss. Aber ich denke, wenn du einen Schritt nach vorn machst, wird es großartig.« Franzi ahnte offensichtlich nicht, was Jo wirklich dachte. Jo hielt an seiner Geschichte fest.

»Es ist jetzt schon ein tolles Gefühl. In Husum kennt mich niemand, ich konnte den Tag heute richtig genießen. Aber wie wird es sein, wenn ich in Friedrichskoog mein wahres Ich zeige?«

»Nicht anders«, sagte Franzi bestimmt. »Du wirst sehen, auch deine Eltern werden sich an den Gedanken gewöhnen.«

Jo bemühte sich, skeptisch zu wirken. Franzi wusste nichts von der Lüge, die er ihr aufgetischt hatte. Zum Glück blickte sie auf die Fahrbahn, sonst hätte sie vermutlich bemerkt, dass er ihr nicht in die Augen sehen konnte.

Abschied

Ein innerer Kampf tobte in Franzi. Sie fuhr die Auffahrt hinauf. Dieses vornehme Anwesen war von Kindesbeinen an ihr Zuhause gewesen. Ein Haufen Scherben lag nun vor ihr. Würde sie ihrer Großmutter verzeihen können? Franzi bezweifelte das. Noch fiel die Vorstellung schwer, dass das Gut von Liebermann nicht mehr ihr Lebensmittelpunkt sein würde.

Jo hatte ihr vorgeschlagen, auf seinem Gestüt zu wohnen, bis sie etwas Passendes gefunden hatte. Aber Franzi hatte sein Angebot abgelehnt. Übermorgen würde sie nach England aufbrechen. Sie wollte sich erst nach ihrer Rückkehr Gedanken darüber machen, wo in Zukunft ihr Leben stattfinden sollte. Vielleicht blieb sie ja sogar in England?

Franzi überlegte, ob sie ihre Oma zur Rede stellen oder einfach darüber hinwegsehen sollte, was sie getan hatte. Auf keinen Fall würde sie von ihren Reiseabsichten berichten. Wer wusste schon, welche Ideen ihre Oma sonst noch aufbringen würde, um Franzis Pläne zu durchkreuzen. Es fiel Franzi nicht leicht, sich eingestehen zu müssen, dass sie sich vor ihrer Oma fürchtete.

Sie stellte ihr Auto ab und schlich in den Stall. Dakotas Box war leer. Franzis Herz krampfte sich schmerzhaft zusammen und wog schwer in ihrer Brust. Wie sollte sie diesen Schmerz nur jemals verwinden? Die Obduktion hatte wie erwartet eine Vergiftung ergeben. Franzi stellte sich immer wieder die Frage, wer so herzlos sein konnte, Dakota zu töten?

Langsam öffnete sie die Tür zu Dakotas Box und schlüpfte

hinein. Sie berührte das Stroh, auf dem er gestanden hatte. Selbst die Pferdeäpfel hatten für Franzi nun eine Bedeutung. Sie sah sich um und lächelte wehmütig.

»Ich tu, als ob … du immer noch da wärst …« Franzi schluckte. Deutlich spürte sie die Bewegungen ihres Pferdes. Seinen starken Geist, der durch den Stall huschte. »Ich werde dich immer bei mir haben, mein Dicker.« Franzi ließ ihren Tränen freien Lauf. Einmal noch Abschied nehmen. Einmal noch Dakotas Nüstern in ihrem Nacken spüren. Sie würde alles dafür geben. Sie lag ausgestreckt im Streu und versuchte, ihrem Pferd nahe zu sein.

Tony erschien plötzlich und betrachtete Franzi sorgenvoll. »Tut verdammt weh, nicht?« Franzi nickte. Tony verstand sie gut, ihm brauchte sie nichts vorzumachen. Er kratzte sich am Kopf. Es schien, als ob er nachdächte. Dann gab er sich einen Ruck.

»Wenn du aus England zurück bist, habe ich vielleicht eine Überraschung für dich. Du kommst doch wieder?« Tony sah sie direkt an.

»Ich denke schon … Wo soll ich sonst auch hin? Aber hier auf dem Hof werde ich nicht mehr wohnen.« Trotzig schob sie ihr Kinn vor. »Tony, ich hoffe, du hältst hier die Stellung. Ich fürchte, meine Oma wird dich ärgern. Sie hat ja nun sonst niemanden mehr.«

»Du musst mit ihr sprechen, bevor alles kaputtgeht. Das hier ist doch unser aller Leben. Bitte bring sie wieder zur Vernunft.«

Franzi sah ihn traurig an. »Ich weiß wirklich nicht, wie ich das anstellen soll. Sie hat mir die Konten gesperrt, sie meint es ernst!«

Tony war fassungslos. »Was meint sie ernst?«, fragte er zögernd.

»Sie will mich rauskicken. Ich verstehe ja selbst nicht, wie das alles passieren konnte. Von heute auf morgen …« Franzi fehlten die Worte.

»Du musst mit ihr sprechen«, drängte Tony noch einmal.

»Du kannst dir gar nicht vorstellen, was sie alles getan hat.« Franzi wollte ihm nicht alles erzählen.

Tony schloss für einen Moment die Augen.

»Vorstellen kann ich mir vieles. Ich habe schon einiges erlebt in den vergangenen Jahren. Glaub mir, manchmal haben Wände Ohren. Du bist auf dem richtigen Weg, Franzi. Fahr zu deiner Tante. Ich bin mir ziemlich sicher, dort werden einige Antworten auf dich warten.«

Franzi sah Tony misstrauisch an. Wusste er mehr, als er zugab? Sie beobachtete Tonys versteinerte Miene. Ihm würde sie nichts entlocken.

Franzi ging ins Haus, um einige Sachen zu packen. Sie würde nicht viel mitnehmen. Nur so viel wie in ihren Koffer hineinpasste. Sicher hatte Elisabeth eine Waschmaschine. Alles andere würde sich dann finden.

Susann stand am Fenster und sah Franzi dabei zu, wie sie sich von Tony verabschiedete. Sie ärgerte sich, dass alles so aus dem Ruder lief. Franzi hatte erwähnt, nach England fahren zu wollen. Ein zufriedenes Grinsen erhellte ihr Gesicht. Dazu musste sie erst einmal herausfinden, wo Elisabeth wohnte. England war zwar eine Insel, aber nicht klein. Franzi hatte keine Ahnung, wo sie ihre Tante suchen sollte. Aber auch dies würde keine unlösbare Aufgabe für Franzi bleiben. Es bedeutete lediglich einen Aufschub.

Susann zerbrach sich seit Tagen den Kopf, wie sie Franzi stoppen könnte. Sie musste es wohl hinnehmen, sie biss sich auf die Lippen, Franzi war für sie verloren. Eine gewisse Trauer erfasste sie, aber sie hatte schon einige Male alles verloren. Sie würde darüber hinwegkommen. Obwohl sie gestehen musste, dass es ihr niemals so schwergefallen war wie jetzt.

Susann war der Meinung, Franzi auf die richtige Bahn geführt zu haben. Franzi war einer der wenigen Menschen, der sie, Susann, liebte. Wie Susann dies geschafft hatte, entzog sich ihrer Vorstellungskraft. Es war wohl einfach so passiert. Susann fuhr sich mit der Hand ans Herz. Seit Wochen zwickte es dort. Meist nur für Sekunden. Dann war es wieder weg.

»Mein Herz ist gebrochen worden, von all den Menschen, die mein Geld und meine Fürsorge nicht verdient hatten.« Sie spuckte die Worte heraus. Sie hatte nur Verachtung im Herzen. Das musste sie ändern. Bei Franzi würde es ihr leichtfallen. Wenn es nicht bereits zu spät war. Ob Franzi schon bemerkt hatte, dass sie keinen Zugang mehr zum Konto besaß? Schneider hatte ihr zumindest keine Nachricht zukommen lassen. Auf ihn war immer Verlass. Susann grinste. Sie hatte ihn in der Hand. Schneider musste auf seinen Ruf achten. Susann wusste, wie sie ihn zerstören konnte.

Sie trat ein Stück vom Fenster weg. Franzi sah zu ihr herauf. Susann hielt den Atem an. Sie hatte ein Funkeln in Franzis Augen erkannt. Etwas stimmte nicht. Franzis Bewegungen wirkten hölzern. Sie hörte, wie die Eingangstür ging und Franzi das Haus betrat.

Die Schritte im Flur stampften laut auf, so als ob Franzi zornig wäre. Susann wartete geduldig darauf, dass Franzi ins Wohnzimmer stürmte. Ihren Blick behielt sie dem Hof zugewandt. Sie drehte sich nicht um, als Franzi eintrat, zuckte jedoch zusammen, als Franzis Stimme durch das Zimmer hallte.

»Wir müssen uns unterhalten, Großmutter!«

Bedächtig drehte Susann ihren schlanken Körper herum. Die Spitzen des hellgrünen Kleides rauschten dabei sanft. Ihre Handflächen ruhten darauf. Fast glückte es Susann, die Fassung zu bewahren. Am liebsten wäre sie auf ihre Enkelin zugestürzt, um sie in die Arme zu schließen. In Susanns Kopf hämmerte es unentwegt.

Du musst sie zurückgewinnen … gewinnen … es muss dir gelingen.

»Franzi, schön, dich zu sehen, mein Kind. Wie war dein

Tag?« Susann versuchte, Wärme in ihre Stimme zu legen. Sie scheiterte kläglich. Franzi sah sie durch zu Schlitzen zusammengezogene Augen an. Susann kannte diesen Ausdruck, gleich würde sie vor Wut auf sie losgehen.

Schneider, du Arschloch.

Er hatte versäumt, sie zu informieren. So wäre sie zumindest vorbereitet gewesen. Susann versuchte es mit einem milden Lächeln, das ihrem Gesicht eine Maske verlieh.

»Wie mein Tag war? Sag du es mir! Du bist doch bestimmt gut unterrichtet, oder?« Franzi zitterte. »Willst du mich loswerden, Oma? Warum nicht einfach auf einem fairen Weg? Aber das kannst du ja nicht«, donnerte Franzi zornig.

»Franzi! Rede nicht so unverschämt mit mir! Ich kann Geschrei nicht leiden.« Susann war es gelungen, ihren Panzer anzulegen.

Franzi erschauderte, als sie die Kälte ihrer Oma spürte. Es lag ein eisiger Hauch in der Luft, den Franzi bis in die Haarspitzen fühlte, denn er legte ihre Kampfbereitschaft lahm. Franzi fühlte sich außerstande, Susann Paroli zu bieten.

»Lass es gut sein, Oma«, flüsterte sie stattdessen traurig. Danach ließ sie Susann stehen und schlich in ihr Zimmer. Was hätte sie ihr auch vorwerfen können? Jo durfte sie nicht erwähnen. Susann würde seinen Eltern sofort die Felder absprechen. Mit Herrn Schneider würde sie sicher auch abrechnen. So viel hatte Franzi inzwischen gelernt: Susanns Unmut konnte mitunter sehr unangenehm werden. Franzi hoffte inständig, dass ihre Großmutter wenigstens Tony in Ruhe lassen würde, bis sie aus England zurück war.

In ihrem Zimmer fror Franzi immer noch. Es war unmöglich, auch nur eine weitere Nacht hier zu verbringen. Mechanisch ergriff sie ihr Handy und wählte Lukes Nummer.

Sofort ertönte wieder seine wärmende Stimme am anderen Ende der Leitung.

»Luke, es ist mir …, nein, es ist mir nicht peinlich. Darf ich bei dir übernachten?« Ihr Herz pochte, als ob es zerspringen wollte.

»Klar, ich bin in der *Pension Helga.*«

»Die kenne ich, passt es dir sofort?«

»Ich freue mich auf dich. Bis gleich!«

»Danke …«, hauchte Franzi, erleichtert, nicht mehr mit Susann unter einem Dach schlafen zu müssen. Sie suchte ihre Kulturtasche, stopfte Zahnbürste und Zahncreme hinein und verließ fluchtartig das Haus. Franzi ahnte, dass Susann wieder am Fenster ihren Beobachtungsposten eingenommen hatte. Sollte sie nur dort stehen und versauern. Franzi war sich ihrer Sache sicher. Gedanklich verabschiedete sie sich von ihrem Heim, welches wohl nie ganz ihres gewesen war. Warum sonst fiel ihr der Abschied plötzlich so leicht?

So was wie Glück?

Luke saß auf dem Friesenwall, der als Abgrenzung des Grundstücks der Ferienwohnung diente. Lässig ließ er die Beine baumeln und wartete auf Franzi.

Franzi konnte sich gerade nichts Schöneres vorstellen, als diesen lautlosen, aber warmen Empfang. Er lächelte ihr auf einem Grashalm kauend zu und sprang vom Steinwall herunter. Franzi schloss das Auto ab und bewegte sich auf ihn zu. Lange sahen sie sich an, bis Luke ihre Hand ergriff.

»Schön, dass du da bist. Komm doch herein. Ich habe uns eine Nudelpfanne gemacht. Hast du Hunger?«

Franzi nickte dankbar. »Ich denke schon«, sagte sie zögerlich.

»Wir können draußen auf der Terrasse die letzten Sonnenstrahlen ausnutzen. Es ist herrlich auf der anderen Seite des Hauses.« Franzi folgte ihm in die Wohnung. Ein würziger Duft strömte aus der Küche. Sie nahm die bereitgestellten Teller und beförderte sie auf den kleinen Tisch im Außenbereich. Weite Felder erstreckten sich vor ihr, außerdem eine himmlische Ruhe, wie man sie von Friedrichskoog kannte. In der Ferne drehten sich Windkraftanlagen, die auch hier das Landschaftsbild bestimmten.

»Schön ist es hier!«, rief sie ins Haus hinein, ohne den Blick abzuwenden.

»Ich weiß«, hauchte er ihr ins Ohr. Sie hatte nicht bemerkt, dass er auf die Terrasse getreten war und nun dicht hinter ihr stand. Franzi wandte sich ihm zu, so dass seine Lippen flüchtig ihre Wange berührten. Sie schloss die Augen. Dabei atmete sie seinen Duft ein. Ein Hauch von Pinien und Zedern-Öl betörte ihre Sinne. Luke schien die vertrauliche Berührung ebenfalls nicht kaltzulassen. Dennoch löste er den Zauber auf und trat einen Schritt zurück. Bestürzt blickte er in die Weite der Felder.

Franzi verwirrte Lukes Reaktion sehr. »Luke«, begann sie vorsichtig, »stimmt etwas nicht?«

»Doch, doch, alles in Ordnung.« Er vermied den Blickkontakt mit Franzi. »Es ist nur …« Zerknirscht sah er Franzi an. »Ich bin zwar nicht arm wie eine Kirchenmaus, aber mit einem Gut in der Größenordnung …, das passt leider nicht. Ich kann dir gar nichts bieten!«, platzte Luke heraus.

Franzi grinste ihn frech an. »Na so was.« Sie kicherte vergnügt. »Da kann ich dich beruhigen, ich besitze kein Gut und keine Pferdezucht. Unter Umständen vielleicht irgendwann ein Erbe, aber sicher hat meine Großmutter bis dahin auch vorgesorgt. Sind dies deine einzigen Bedenken, oder gibt es sonst noch etwas? Bist du vielleicht schwul?«

Luke sah sie belustigt an. »Wie kommst du auf schwul?«

»Weil bisher alle netten Männer, denen ich begegnet bin, dem anderen Geschlecht zugewandt waren.«

Luke kratzte sich am Kinn. »Nett? Bin ich nett? Der kleine Bruder von scheiße?«

Franzi verdrehte die Augen. »Jetzt reicht es aber!« Sie zog ihn am Kragen näher, sah ihm tief in die Augen, bevor sie ihn küsste. Eine Lawine löste sich in ihrem Inneren. Als Luke ihre Küsse zunächst zart und später fordernd erwiderte, war es um Franzi geschehen. Wellen der Erregung schlugen in ihr hoch und rissen beide mit sich. Luke hielt sie etwas von sich weg und betrachtete Franzi liebevoll. Er schluckte. »Das Essen wird kalt.«

Franzi lachte leise. »Das wollen wir auf gar keinen Fall zulassen.« Sie kuschelte sich an ihn. »Aber was, wenn ich keinen Hunger habe?«

Luke hob sanft ihr Kinn, damit er in ihre leuchtenden Augen sehen konnte. »Du bist bezaubernd, weißt du das?«

Nur widerwillig ließ Franzi ihn in die Küche gehen, um die Pfanne mit den duftenden Nudeln zu holen.

Franzi fühlte sich nach langer Zeit wieder glücklich. Lukes Nähe gab ihr eine Sicherheit, die sie seit Ewigkeiten nicht empfunden hatte.

Die laue Windbrise schmeichelte ihrer Haut. Sie kostete die Mahlzeit und staunte darüber, dass sie Appetit hatte. »Schmeckt wirklich großartig«, lobte sie kauend. Sie hielt seinem Blick stand, der sie einzufangen schien. Franzi stockte der Atem. Ihr Hunger auf etwas anderes entflammte, und sie vermochte ihm kaum zu widerstehen. Luke nahm sein Weinglas und berührte dabei wie zufällig Franzis Hand. In ihren Adern brodelte ein Lavastrom, der alles bisher Dagewesene in den Schatten stellte.

»Ich freue mich auf unsere Reise«, flüsterte Luke heiser. Seine Stimme gehorchte ihm offensichtlich nicht.

Das stille Pflänzchen der Liebe schlang seine Ranken um beide und verwirrte ihre Herzen.

»Ich freue mich auch sehr, obwohl ich noch keine Ahnung habe, was auf mich zukommt«, gestand Franzi nachdenklich.

»Ist deine Tante informiert über deinen Besuch?«

»Nicht wirklich, ich habe mit ihr telefoniert und ihr mitgeteilt, dass ich in Erwägung ziehe, nach England zu kommen. Sie weiß jedoch nicht, dass wir übermorgen bereits aufbrechen. Ich möchte den Überraschungseffekt nutzen, um sie bei unserer ersten Begegnung besser einschätzen zu können.«

»Verstehe«, sagte Luke. Obwohl er sich nicht sicher war, ob er Franzi wirklich verstand.

Franzi wurde plötzlich vom Reisefieber gepackt. Sie rutschte auf ihrem Stuhl hin und her. »Wir fahren mit der Fähre rüber und übernachten an Bord. Ich fürchte mich ein wenig vor dem Linksverkehr. Hast du damit schon Erfahrungen gesammelt?« Hoffnungsvoll blickte sie Luke an.

Er schüttelte langsam den Kopf. »Nein, aber ich denke, wir lassen es langsam angehen. So schwer wird es schon nicht werden. Wo genau lebt deine Tante?«

»In Tetbury, einem süßen kleinen Städtchen mit alten Häusern und Kirchen. Tetbury ist damals im Krieg kaum angegriffen worden, so dass die traumhafte Kulisse bestehengeblieben ist. Es wird dir gefallen. Du bist doch ein leidenschaftlicher *Bob vom Bau.*« Franzi lachte ihn übermütig an.

»Hört sich gut an, dann habe ich eine Beschäftigung, während du deine Tante besser kennenlernst.«

Franzi wurde ernst. »Aber du kommst doch wieder mit nach Deutschland?« Sie bekam plötzlich Angst. Was wäre, wenn Luke sein Vagabundenleben in England fortsetzen wollte? Davon abgesehen, dass sie allein den weiten Weg zurückfahren müsste, wollte sie Luke nicht verlieren. Luke sah, dass Franzis Augen sich verdunkelten.

»Gut möglich«, scherzte er belustigt und boxte spielerisch gegen ihren Oberarm. »Ich lasse dich nicht ohne Begleitschutz zurück nach Old Germany reisen. Obwohl …« Er schien nachzudenken. »Nein, so günstig werde ich nie wieder dorthin gelangen.« Sein warmer Blick blieb an Franzis Gesicht hängen, und Franzis Körper wurde erneut von heißen Wellen erfasst. Ihre Wangen glühten, und ihr Herz schlug pochend in ihrer Brust. Luke erhob sich langsam von seinem Stuhl und zog auch Franzi hoch. Nun legte er seine weichen Lippen in ihre Halsbeuge. Franzi erzitterte unter den Liebkosungen des Mannes, den sie kaum kannte.

Ein störendes Geräusch ließ beide aufhorchen. Aus Franzis Smartphone erklang eine Melodie. Kurz überlegte sie, das Klingeln zu ignorieren, aber es gelang ihr dann doch nicht.

Jo!

»Jo, was gibt es?« Franzi klang etwas genervt, und es tat ihr sofort leid. Jo würde sie nie anrufen, wenn es nicht wichtig wäre.

»Entschuldige die Störung, aber ich habe gerade einen Notfall auf dem Hof. Ein Verkehrsunfall mit Pferdeanhänger. Das Tier ist völlig verstört. Ich dachte … du könntest ihn mal ansehen? Wir bekommen ihn nicht aus dem Anhänger, und er beginnt bereits, alles kurz und klein zu schlagen.«

»Ich bin unterwegs, fahr den Anhänger auf eine geschlossene Weide, du wirst ihn in keinen Stall hineinbekommen.« Franzi tippte auf den roten Hörer auf dem Display ihres Telefons und sah Luke bedauernd an.

»Tut mir leid, aber ich muss noch mal weg. Jo hat ein Problem.«

Luke sah Franzi zwar skeptisch an, aber er nickte verständnisvoll. »Ich begleite dich!«

Aber Franzi rannte schon zum Auto und rief ihm nur noch ein deutliches *Nein* zu.

Das Gestüt der Familie Berendes war mit Flutlichtern hell erleuchtet. Einige Personen umringten den Anhänger, ohne etwas zu unternehmen. Franzi beschirmte die Augen mit der Hand, die Strahler blendeten sie so sehr, dass sie nur Umrisse erkennen konnte. Der Insasse des Anhängers polterte ununterbrochen, Holz splitterte.

Franzi blieb ruhig.

»Jo?«, rief sie fragend in die Runde.

»Franzi, bin ich froh, dass du da bist.« Er umarmte sie, als ob sie gerade einen Flugzeugabsturz überlebt hätte.

»Ich habe keine Ahnung, was du von mir erwartest, ich kann auch keine Wunder bewirken. Sorge erst einmal dafür, dass dieses grässliche Licht verschwindet. Ist das Tier verletzt? War ein Tierarzt da?«

»Die Polizisten hielten es für besser, ihn nicht herauszulassen. Nein, er ist weder untersucht noch versorgt. Er ist direkt vom Unfallort hierher befördert worden.«

Franzi stöhnte verzweifelt.

»Auch das noch. Warum ist er noch nicht frei? Macht das Gatter zu.« Franzi hüpfte mit einem Satz über den Zaun, zog im Gehen ihre Lederhandschuhe an und scheuchte die Umstehenden aus dem Paddock.

»Franzi, komm sofort zurück, bist du lebensmüde?« Jos Vater war außer sich.

Franzi bedeutete ihnen, dass sich alle leise verhalten sollten. Endlich wurde auch das grelle Licht gelöscht. Franzi öffnete die Seitentür, um das Tier zu begutachten. Bevor er über die Wiese preschte, wollte sie zumindest wissen, wie schwer die Verletzungen wogen. Vor Angst geweitete Augen taxierten Franzi. Sie erschrak, dieses Pferd kannte sie. Es war der Wallach ihrer Großmutter.

»Baxter!«, flüsterte sie sanft. »Es wird alles gut, mein Kleiner.« Es schien nichts gebrochen, aber Blut floss aus der Flanke, und eine Fessel war ebenfalls blutverschmiert. Franzi beschloss, dass die Verletzungen nicht zu schwer wogen, sie wollte ihn zunächst in die Freiheit lassen. Hier in der Enge des Anhängers erinnerte ihn nur alles an den Unfall. Er musste raus. Sie versuchte, ihn zu berühren, aber Baxter wich zurück. Franzi vergewisserte sich, dass niemand in der Nähe war, bevor sie Baxter in die Freiheit entließ. Sie schrak zusammen, als plötzlich jemand mit einer Flinte neben ihr auftauchte.

»Was zum Teufel haben Sie hier zu suchen?«, zischte sie wütend.

»Ich schieße ihn nieder, wenn er uns angreifen will.«

Franzi sah rot. Wütend griff sie den verdutzten Mann an. »Machen Sie, dass Sie hier verschwinden, hier wird nicht geschossen. Ich erlaube lediglich einen Tierarzt mit einer Betäubungsspritze. Aber auch das ist im Moment zu riskant. Hat ihn jemand informiert?« Forschend blickte sie in die gaffende Meute am anderen Ende des Zaunes.

»Ich erreiche ihn nicht«, erklang die zitternde Stimme von Nicoline Berendes.

»Das ist ja mal etwas Neues«, flüsterte Franzi empört. Der Mann mit der Flinte im Anschlag stand immer noch bei ihr und dachte nicht daran, den Platz zu verlassen. Franzi baute sich vor ihm auf und zeigte auf das Fahrzeug, aus dem Baxter sich herauszustampfen gedachte.

»Das ist mein Pferd, und hier wird nicht durch die Gegend gefeuert. Gehen Sie endlich!«

Mit einem Satz sprang Jo über den Zaun und packte den Scharfschützen am Arm, dabei zerrte er ihn von Franzi weg. Jo warf ihr einen sorgenvollen Blick zu. Offensichtlich war er nicht sicher, ob er das Richtige tat. Franzi nickte ihm zu und kümmerte sich nun endlich um Baxter. Vorsichtig löste sie die Verankerung des Schlosses. Sie verschanzte sich hinter der Tür und gewährte dem aufgeregten Tier die Freiheit des eingezäunten Paddocks. Baxter stürmte wiehernd hinaus. Dabei verletzte er Franzi am Arm. Schmerzerfüllt krümmte sie sich, besann sich jedoch gleich wieder auf den Mann mit der Flinte im Anschlag und richtete sich auf. Sie stand direkt in der Schusslinie. Er würde zuerst Franzi treffen, bevor er Baxter niederschießen konnte.

Baxter rannte blindlings los und blieb abrupt am Ende der Einzäunung stehen. Sofort änderte er die Richtung und preschte auf Franzi zu. Ein erschrockenes Raunen ging durch die Menge der Zaungäste. Franzi blieb jedoch ruhig. Sie stellte sich dem Pferd entgegen und wartete gespannt auf die Reaktion des Tieres. Schnaubend verharrte es vor Franzi, stampfte mit dem Huf. Franzi nutzte die Nähe, um nach weiteren Verletzungen zu suchen. Unterdessen sprach sie liebevoll auf den Hengst ein.

Baxter hatte augenscheinlich noch nicht genug vom Rennen und stürmte davon. Langsam bewegte Franzi sich zum Anhänger, verschloss leise die Türen, schlich um das Fahrzeug herum und schob sich hinter das Lenkrad. Jo eilte herbei, um das Tor zu öffnen. Im Schritttempo fuhr sie das Gespann in die wartende Menge. Im Rückspiegel sah sie, dass Jo im Begriff war, das Tor zu schließen. Und dass der Mann mit dem Gewehr immer noch wartete. Jo kam auf sie zu und riss die Autotür auf.

»Gott sei Dank, Franzi! Das war ja kinoreif.« Er schloss sie in die Arme. Er schien erleichtert, dass ihr nichts passiert war.

»Verdammt, Jo, das ist der Wallach meiner Oma. Hast du gehört, wie das passiert ist?«

»Nein, leider nicht.« Überrascht blickte er Franzi an.

»Der kommt von eurem Gut? Das ist ja ein Ding.«

Hufgetrappel erinnerte Franzi daran, dass ihre Aufgabe noch nicht abgeschlossen war. Sie eilte auf den Mann zu, der immer noch auf einen Schuss zu hoffen schien. Sie krallte ihre Finger in dessen Arm, damit er sie endlich wahrnahm. »Hier gibt es nichts zum Abknallen, machen Sie sich vom Acker, sonst zeige ich Sie an.« Franzi funkelte ihn böse an.

Endlich ließ er die Flinte sinken. »Ich habe es doch nur gut gemeint«, maulte er beleidigt, sicherte seine Flinte und sah Franzi provozierend an. »Das wird auch für deine Oma Ärger geben.«

Franzi verstand nicht, worauf er hinauswollte, es interessierte sie aber auch nicht weiter. Dennoch erkannte sie plötzlich in dem Gespann, welches sie eben gefahren hatte, das ihrer Oma wieder. In der Aufregung und Sorge um Baxter hatte Franzi nicht wahrgenommen, um welches Fahrzeug es sich gehandelt hatte. Auch hatte sie keinen Gedanken daran verschwendet, wie Baxter hierhergekommen war.

Franzi verstand nicht, warum Susann von Liebermann um diese Zeit mit Baxter unterwegs gewesen war. Susann fuhr nicht gern mit Anhänger, schon gar nicht mit ihrem Wallach.

Baxter verabscheute Transporte in diesem Gefährt. Alles ungünstige Bedingungen, denen sich ihre Oma für gewöhnlich nicht aussetzte.

Franzi beschloss, den Fragen später nachzugehen. Baxter war nun wichtiger. Er musste unbedingt beruhigt werden. Er kam sonst womöglich noch mehr zu Schaden, als er es ohnehin schon war.

»Mensch, Liebermann, das war ja ’ne Glanzleistung.« Jos Schwester Nicoline klopfte Franzi auf die Schulter.

»Unsinn, alles nicht der Rede wert, das hätte Jo auch hinbekommen.«

»Nie im Leben, dazu hat er viel zu viel Schiss«, widersprach Nicoline laut und provozierend. Dabei suchte sie den Blickkontakt mit ihrem Bruder.

Jo schlich an den beiden Frauen vorbei und streifte mit der Schulter den Körper seiner Schwester.

»Nick, halt die Klappe! Franzi weiß über alles Bescheid«, raunte er Nicoline ins Ohr, so dass nur sie und Franzi es verstanden. Nick war stets vorlaut, ihre grünen Augen funkelten jeden an, der versuchte, ihr den Mund zu verbieten. Jetzt war sie sprachlos. Ein seltener Fall.

Franzi musste grinsen.

»Jo, kannst du mir eine Decke besorgen, bitte?«

Jo zögerte. »Du hast aber nicht vor, die Nacht hier draußen zu verbringen, oder?«

»Kommt ganz darauf an, wie lange Baxter braucht.« Sie zwinkerte Jo zu. »Er muss sich erst beruhigen, ich lasse ihn hier nicht allein.«

»Verstehe.« Jo machte sich auf die Suche, um für Franzi eine Decke zu organisieren.

»Es gibt hier nichts mehr zu sehen, bitte verzieht euch, ich kümmere mich um Baxter.« Zufrieden stellte Franzi fest, dass die Schaulustigen den Rückzug antraten. Abwartend verharrte sie am Zaun und beobachtete Baxter. Er dachte nicht daran, ruhiger zu werden. Er drehte schnaufend seine Runden. Für einen Moment blieb er in angemessener Entfernung stehen und fixierte Franzi. Erkannte er in ihr eine vertraute Person? Leise sprach Franzi auf ihn ein.

Jo kam mit einer Decke und legte sie Franzi um. Dankbar blickte sie ihn an.

»So wird es gehen, danke«, raunte sie ihm zu. Beherzt kletterte sie über die Umzäunung und ging mit Bedacht in die Mitte der Arena. Dort setzte sie sich auf den Boden und wartete geduldig. Irgendwann würde er zu ihr kommen, dann hätte sie gewonnen.

Baxter lief inzwischen langsamer, behielt Franzi dabei jedoch im Blick. Er bewegte seinen Kopf auf und ab, dann preschte er abermals los.

»Puh, das könnte eine lange Nacht bedeuten«, flüstere Franzi. Um sie herum war es still geworden, sie spürte jedoch, dass sie nicht allein war. Als Franzi sich umdrehte, entdeckte sie Jo. Er hockte am Zaun und rührte sich nicht. Ein gutes Gefühl für Franzi, denn er signalisierte ihr damit, dass sie nicht als Einzige im Freien übernachten würde.

Ein Fahrzeug erhellte den Hof, Franzi vermutete, dass der Tierarzt doch noch erschien. Sie versuchte, die aufkommende Wut herunterzuschlucken. Baxter würde ihren Ärger spüren, und das könnte dazu führen, dass er zusätzlich Stress hatte. Sie dachte an Dakota, der qualvoll gestorben war, weil der Veterinär nicht erreichbar gewesen war. In ihrem tiefsten Inneren trug der Arzt die Schuld an Dakotas Tod. Zumindest wäre der Kampf für ihr Pferd nicht so grausam verlaufen, wenn es erlöst worden wäre. Franzi schloss die Augen. Nur nicht daran denken. Sie zuckte zusammen, als jemand ihren Namen rief. Auch das noch.

»Frau von Liebermann?«, schallte es laut durch die Nacht.

»Verdammter Mist«, stöhnte Franzi.

»Ich muss Sie kurz sprechen. Ich bin Polizeimeister Scholl aus Heide. Ist das ihr Wagen hier?«

Franzi erhob sich nur widerwillig, die Störung würde sie um Stunden zurückwerfen. Sie vermied es, über den Platz zu rufen, sondern ging jetzt bedächtig auf den Polizisten zu. Dabei warf sie immer wieder einen Blick auf Baxter.

Franzi schwang sich über den Holzzaun und stand nun dem Störenfried gegenüber. »Natürlich nicht. Wenn Sie von der Polizei sind, wissen Sie doch bereits, auf welchen Namen das Fahrzeug zugelassen ist. Es gehört Susann von Liebermann. Ich bin Franziska von Liebermann.«

Herr Scholl zog die linke Augenbraue hoch. »Sie sind verwandt mit der Fahrzeughalterin?«, fragte er genervt.

»Sieht ganz danach aus. Ich bin die Enkelin.«

»Frau von Liebermann, wissen Sie etwas über den Unfallhergang?«

»Nein, ich wurde zu diesem Notfall gerufen«, sie deutete auf Baxter, »um den ich mich jetzt kümmern muss.«

»Sie wollen nicht wissen, wie es Ihrer Großmutter ergangen ist?«

Franzi zitterte. »Nein … doch, natürlich. Wie ist das werte Befinden meiner Oma?« Franzis Stimme klang gleichgültig.

Der Polizeibeamte sah sie durchdringend an, offensichtlich gefiel ihm ihr Ton nicht. Franzi hielt seinem Blick stand.

»Frau von Liebermann ist mit dem Heli ins Heider Krankenhaus geflogen worden, es geht ihr jedoch den Umständen entsprechend gut.«

»Wurde noch jemand verletzt bei dem Unfall?«, wollte Franzi nun doch wissen.

»Nein, zum Glück nicht, aber es gibt leider keine Zeugen, die über den Hergang berichten könnten.«

»Nun, ich kann Ihnen da nicht weiterhelfen. Wie Sie sehen, habe ich zu tun. War's das?«

»Bitte bewegen Sie das Fahrzeug nicht von der Stelle, ich schicke jemanden von der Spurensicherung vorbei.«

»Alles klar«, antwortete Franzi knapp.

Herr Scholl tippte zum Gruß gegen seine Mütze und ging zum Auto.

»Was war das denn?«, hauchte Jo, der die ganze Zeit neben ihr gestanden hatte.

Franzi fühlte sich miserabel, die Nachricht ließ sie beileibe nicht kalt, auch wenn sie sich so gegeben hatte.

»Idiot, nun wird die Nacht umso länger.« Böse sah sie dem Polizeiauto nach.

»Willst du ins Krankenhaus, um zu sehen, wie es deiner Oma geht? Ich fahre dich gerne, ich denke, es wäre besser, wenn dich jemand hinfährt.«

»Ich muss mich um Baxter kümmern!«, entschied Franzi nachdrücklich. Sie spürte Jos besorgten Blick im Rücken, als sie schwerfällig über den Zaun kletterte, um ihre Position erneut einzunehmen.

Während Franzi darauf wartete, dass Baxter Vertrauen fasste und zu ihr kam, dachte sie über die Wirrungen der letzten Tage nach. Nun fiel ihr ein, dass Luke auf sie warten würde. Franzi lächelte. Sie fühlte die Zärtlichkeiten, die sie in der Ferienwohnung ausgetauscht hatten. Nie zuvor hatte Franzi dergleichen erlebt.

Meinte das Schicksal es endlich gut mit ihr? Oder würde sich alles nur als Trugschluss und Lüge herausstellen? Sie hatte jedes Gefühl dafür verloren, ob sie ihren oder auch Lukes Gefühlen trauen durfte. Sie wünschte es sich so sehr, aber ebenso fürchtete sie den Verlust. Die quälende Frage, wer ihrem Liebling Dakota so grauenhaft mitgespielt hatte, stand immer noch im Raum. Und da waren auch noch der Brief sowie das Telefonat mit Elisabeth. Warum hatte ihre Großmutter in all den Jahren die Post ihrer Tante unterschlagen? Warum stürzten jetzt ihre Traumschlösser vor ihren Augen zusammen? Sie hatte so viele Lebensjahre ein Zuhause gehabt. Nicht vornehmlich liebevoll, dennoch beständig und verlässlich.

Franzi erwischte sich dabei, dass sie ein schlechtes Gewissen bekam, als sie an Susann dachte, die im Krankenhaus ihre Verletzungen behandeln lassen musste, von denen sie noch nicht einmal ansatzweise wusste, wie schwer sie waren. Für einen längeren Aufenthalt würde Susann einiges benötigen. Wer sollte diese Dinge besorgen? Tony? Nein. Franzi würde sich dazu überwinden müssen. Aber konnte oder wollte sie das? In ihrem Hirn tobte der Widerstand. Ihr Herz widersprach ihrem Kopf.

Sie hielt den Atem an. Vorsichtiges Schnaufen drang an ihre Ohren. Es kitzelte. Baxter! Er beschnupperte sie, auf die gleiche Art, wie Dakota es geliebt hatte. Behutsam hielt sie ihm die Hand entgegen. Er zuckte leicht, blieb aber bei ihr.

»Baxter! Mein Großer! Willst du mir etwas erzählen?« Franzi ließ ihren Tränen freien Lauf. Er war zu ihr gekommen. Sie holte aus ihrer Jackentasche ein Leckerli hervor und reichte es ihm. Gott sei Dank, er knabberte es aus ihrer Hand. Franzi drehte sich auf die Knie und sah an ihm hoch. Die Augen des Pferdes waren nicht mehr panisch. Der übliche warme Glanz erreichte Franzi.

Sie erhob sich mühselig. Ihre Glieder waren steif geworden. Baxter blieb gelassen. Franzi schlenderte einige Schritte weg von ihm und stellte überglücklich fest, dass Baxter ihr folgte.

Jo war erschrocken aufgesprungen, als er mit ansehen musste, dass Franzi Baxter zu reiten gedachte.

»Franzi«, zischte er aufgebracht, »bist du verrückt? Das ist definitiv verfrüht!« Franzi lachte befreit:

»Wie du siehst, ist alles in bester Ordnung.«

»Teufelsbraut, du!« Jo wirkte erbost, in seinen Augen glitzerte jedoch so etwas wie Bewunderung. Franzi rutschte von Baxter herunter, darauf bedacht ihn nicht an der verletzten Flanke zu berühren.

»Wir müssen die Wunden versorgen, ein Tierarzt kommt wohl nicht mehr heute Nacht«, meinte Franzi.

»Ich glaube, Nicoline hat ihm auf dem Anrufbeantworter eine Nachricht hinterlassen. Er hat aber kein Lebenszeichen von sich gegeben.«

»Die Tierarztsituation muss dringend geändert werden, Friedrichskoog braucht Ärzte, die erreichbar sind. Die Gemeinde besteht zum größten Teil aus Landwirtschaft. Da leben nun mal Tiere.« Franzi war außer sich.

»Ich verstehe das auch nicht, er ist sonst so zuverlässig. Vielleicht stimmt da was nicht!«, gab Jo zu bedenken. »Du kannst Baxter bei mir in eine freie Box stellen, dort werden wir zunächst seine Verletzungen behandeln, so gut es geht.«

Baxter folgte ihnen tatsächlich in den Stall. Auch die fremden Pferde schienen ihn nicht zu stören. Im Licht des Stalls begutachtete Franzi die blutverkrustete Flanke. Zum Glück verweigerte Baxter die ihm zugewiesene Box nicht. Jo gab ihm Futter, auf das Baxter sich sofort stürzte. Nachdem Jo die verfügbaren Hausmittelchen zusammengesucht hatte, säuberten sie gemeinsam die Wunde. Franzi sprach beruhigend auf Baxter ein.

»Schau einmal, hier am Bauch habe ich eine Schramme entdeckt. Sieht aber nicht bedenklich aus.« Franzi strich mit der Hand langsam an der Seite des Pferdes entlang. Zufällig berührte sie Jos Finger, der ebenfalls an Baxter entlangfuhr. Ihre Blicke trafen sich, und Franzi hielt die Luft an. Jo, nur noch mit einem dünnen T-Shirt bekleidet, sah umwerfend aus. Sein Körper bestand ausschließlich aus Muskeln, die in der Nachtbeleuchtung glänzten. Die Wirkung des Anblicks traf Franzi unerwartet. Sie schluckte.

Warum sind die schönsten Männer eigentlich immer schwul? War das nicht Verschwendung? Franzi hatte keine Erklärung dafür, aber plötzlich fühlte sie sich zu Jo hingezogen. Sie musste ihrem Impuls widerstehen, um ihn nicht zu berühren. Am liebsten wäre sie mit den Fingern durch seinen Zopf gefahren.

Franzi konzentrierte sich geschwind auf Baxter und hoffte, Jo würde es ihr gleichtun. Sie wollte sich nicht auch noch in einen schwulen Cowboy verlieben. War sie nicht erst am frühen Abend unter Lukes Küssen dahingeschmolzen?

Jo, dem nicht entgangen war, dass Franzi auf seinen Körper reagierte, hielt nun gebührend Abstand.

»So«, sagte Franzi, als sie fertig waren, »dann hoffe ich mal, dass der verschollene Tierarzt morgen früh Zeit für einen Besuch hat.« Ärger schwang in ihrer Stimme mit.

»Baxter kann so lange bleiben, bis er stark genug ist für einen Transport.«

»Eigentlich will ich übermorgen nach England fahren. Sieht irgendwie danach aus, als ob ich mir das abschminken könnte.«

»Wer weiß, womöglich geht es deiner Oma gar nicht so schlecht, und du kannst bald fahren.« Jo versuchte, sie zu trösten.

»Es kann mir doch im Grunde genommen egal sein. Susann hat sich gegen mich entschieden.« Trotzig schob Franzi die Unterlippe vor.

Bevor Franzi abfuhr, nahm Jo sie in seine starken Arme. »Ich bewundere deine Art, Pferde zu leiten. Ich bin froh, dass ich dich in meiner Nähe habe.«

Franzi schloss die Augen und versank in Jos Umarmung. Es tat ihr einfach gut, eine warmherzige Geste, die ihr Mut gab.

»Danke für deine Unterstützung!«

Franzi lächelte. Müde fuhr sie zum Gut ihrer Großmutter. Luke wollte sie um diese Zeit nicht stören und deshalb erst morgen mit ihm sprechen.

Dakotas Erbe

Franzi hatte mehr schlecht als recht geschlafen. Schlaftrunken taumelte sie ins Bad, um unter die Dusche zu gehen. Die Pflichtschuldigkeit hatte gesiegt, Franzis Gewissen drängte darauf, Susann im Krankenhaus zu besuchen. Alles sträubte sich in ihr, sie wollte Susann eigentlich nicht sehen.

Franzi suchte die Nachtwäsche und Kosmetik ihrer Oma zusammen und legte alles in eine Reisetasche.

Danach rief sie Luke an, um ihm mitzuteilen, dass die Englandreise unter Umständen aufgeschoben werden musste. Luke sagte nicht viel, stellte keine Fragen, äußerte sich auch nicht zu dem verschobenen Reisetermin. Der Zauber zwischen ihnen schien verflogen wie ein Luftzug, der um die Ecken sauste. Auch die Neuigkeiten in Bezug auf Susann bewegten ihn nicht dazu, ihr anzubieten, sie zu begleiten. Er blieb während des Telefonats wortkarg.

»Luke? … Stimmt irgendetwas nicht? Bist du sauer, weil ich die Nacht bei Baxter verbracht habe?«

Luke räusperte sich umständlich. »Nein, aber du hättest dich trotzdem melden können. Ich habe mir Sorgen gemacht.«

»Vielleicht hast du recht, aber ich habe dir doch eben erklärt …« Franzi brach ab. Warum musste sie sich eigentlich rechtfertigen? Die vergangene Nacht war entsetzlich genug gewesen, da hatten ihr Lukes Vorwürfe gerade noch gefehlt.

»Verzeih, ich habe nicht viel geschlafen«, lenkte Luke zerknirscht ein.

»Hm, ich auch nicht, stell dir vor.« Franzi wurde mürrisch. Sie hatte keine Lust auf eine Diskussion. Ihre Augen füllten sich mit Tränen, die sie tapfer herunterschluckte.

»Ich muss jetzt los.« Franzi legte auf. Erschöpft ging sie zu ihrem Auto. Auf dem Hof eilte Tony ihr entgegen. Franzi stöhnte auf. Tony! Er wunderte sich gewiss, dass Baxter verschwunden war.

»Franzi, Baxter ist nicht in der Box!« Verständnislos starrte er Franzi an.

»Ich weiß, er steht bei Jo Berendes im Stall.«

Verblüffung spiegelte sich in Tonys Gesichtsausdruck wider.

»Deern, wie das? Er ist doch ein Wallach, der feiert keine Hochzeiten mehr!«

Tonys Scherz belustigte Franzi, sie spürte, wie gut er tat. Rasch berichtet sie Tony von der letzten Nacht.

»Was wollte die Gräfin am Abend mit dem Anhänger?«, platzte Tony hervor.

»Das weiß ich noch nicht, ich bin auf den Weg zu ihr.«

»Du fährst zur Gräfin? Dann hat sie also wieder erreicht, was sie wollte? Ich habe bei Gott keine Ahnung, wie sie es immer wieder schafft!«

»Ich auch nicht, Tony. Ich werde trotzdem das Gut verlassen, wenn du das meinst.«

Tony nickte zerknirscht. »Franzi, kommst du bitte zu mir, wenn du zurück bist?«

»Klar, mach ich, bis später!«

Durch die Verzögerung wegen der Unterhaltung mit Tony schaffte Franzi es nicht mehr, Baxter zu besuchen. Sie wählte auf dem Weg zum Krankenhaus Jos Nummer, das Handy steckte in ihrer Freisprechanlage. Er ging sofort an den Apparat.

»Moin, mit Baxter ist alles in Ordnung«, begrüßte er Franzi gleich. »Der Tierarzt hat versprochen, heute Vormittag vorbeizukommen.«

Franzi atmete erleichtert auf.

»Ich bin auf dem Weg nach Heide, ich schaue im Anschluss bei dir vorbei, wenn es dir recht ist.«

»Klar, ich freue mich … und Baxter genauso«, fügte er rasch hinzu. »Viel Glück bei deiner Oma«, flüsterte er besorgt.

Franzi lächelte, von Dank erfüllt. Jo war ein echter Freund für sie geworden. Sie legte auf und folgte konzentriert der Straße.

Der Besucherparkplatz auf dem Krankenhausgelände bot genügend freie Plätze. Geschickt parkte sie ihren Flitzer und eilte zur Auskunft. Die sympathische Dame wies ihr den Weg in den dritten Stock, mit der Bemerkung, dass Franzi sich zuerst an die Stationsschwestern wenden solle. Eine Welle der Unruhe befiel Franzi, während sie auf den Fahrstuhl wartete. Schweiß drang aus ihren Poren, sie vertrug die Gerüche in Krankenhäusern nicht sonderlich gut. Franzi kämpfte mit Fluchtgedanken.

Die Krankenschwester empfing sie zwar gutherzig, aber sie konnte einen vorwurfsvollen Ton in ihrer Stimme nicht verheimlichen. »Schön, dass doch noch jemand kommt, um die arme Frau von Liebermann zu besuchen. Sie scheint eine Spur verwirrt. Wir sorgen uns um ihre Großmutter. Warum kommen Sie erst jetzt?«

Darauf wollte Franzi nicht antworten. Sie fand, dass es diese Schwester nichts anging. Ungeachtet dessen blieb Franzi höflich, aber entschieden. »Jetzt bin ich ja da«, sagte sie knapp. »Wo finde ich meine Oma?«

»Zimmer hundertvierzig. Bitte überfordern sie Frau von Liebermann nicht.« Mahnend betrachtete sie Franzi.

»Danke, Schwester!« Franzi bewegte sich auf die Zimmertür zu. Sie atmete einmal kräftig durch und klopfte zaghaft. Das Bett stand direkt am Fenster, aus dem Susann versonnen hinaussah. Als Franzi eintrat, blickte ihre Oma sie an. Ein

Leuchten huschte über ihr Gesicht, das sie sofort wieder in eine Leidensmiene verwandelte, als Franzi an das Bett trat.

Susann war in eines der schmucklosen Krankenhausgewänder gekleidet. »Kind«, schluchzte sie theatralisch. Zitternd streckte Susann ihr die faltige Hand entgegen, die Franzi ignorierte. Sie blieb in gebührendem Abstand vor Susann stehen. Auf keinen Fall konnte sie eine Berührung ertragen.

»Wie ist das alles passiert?« Forschend sah Franzi ihrer Oma ins Gesicht.

Susann bettete ihren Kopf ins Kissen und legte ihren Handrücken auf die Stirn. »Du willst nicht wissen, wie es mir geht?«

»Das sehe ich doch. Du siehst gut aus.«

Susann hob den Kopf aus dem Kissen, die Hand behielt sie an der Stirn. »Du hast mir Sachen mitgebracht? Ist auch mein Serum dabei? Die Luft hier macht die Haut so irrsinnig trocken.«

»Wenn du keine anderen Sorgen hast.« Franzi hob die Reisetasche hoch und deutete dann an, gehen zu wollen.

»Franzi! Du willst mich doch wohl nicht hier so liegen lassen. Ich muss mich umkleiden, der Chefarzt wird bald hier erscheinen.«

»Und? Sieht er gut aus? Oder warum ist das bedeutend?«, fragte Franzi kalt. »Wo bist du verletzt?«

»Ach, ich habe nur ein paar Schrammen davongetragen, aber mein Herz macht mir Scherereien.«

Franzi sah sie verblüfft an. »Was ist damit?«

»Es schmerzt. Weil ich dich verloren habe«, jammerte Susann.

»Die Schmerzen hast du dir selbst zuzuschreiben. Ein verhärtetes Herz kann schon mal Probleme machen. Mir war ehrlich gesagt nicht aufgefallen, dass du eines besitzt.« Franzi funkelte ihre Großmutter an. Erhobenen Hauptes schaute sie Susann in die Augen. Unter keinen Umständen würde sie ihr erlauben, die Macht über sie zurückzuerlangen.

»Bitte, Franzi, nimm dir einen Stuhl! Ich will mit dir reden. Wenn es zu schaffen ist, in einem angemessenen Ton.« Susann legte Gewicht in ihre Stimme.

Franzi rückte eine Sitzgelegenheit heran und setzte sich mit verschränkten Armem ihrer Oma gegenüber.

»Ich höre!«

»Kind, ich war so dumm! Aus der Einsamkeit heraus habe ich Baxter in den Anhänger verfrachtet und mich auf den Weg nach St. Peter-Ording gemacht. Dort fand ein Strandreiten statt. Nachts am Sandstrand entlang. Ich wollte daran teilnehmen.« Susann schluchzte. »Ich bin von der Fahrbahn abgekommen und bekam das Gespann nicht in den Griff. Der Anhänger schlingerte zusätzlich und kippte um. Ich erlitt einen Schock und einen gebrochenen Zeh.« Zum Beweis hob sie ihren bandagierten Fuß an. Um Mitleid heischend sah sie Franzi flehend in die Augen. »Ich werde dich in Zukunft brauchen, du darfst mich in meinem Zustand nicht verlassen.« Susann wirkte aufgrund ihrer Erklärungen aus heiterem Himmel zufrieden.

Sie rechnete offensichtlich nicht mit Franzis Reaktion. »Baxter wäre heute Nacht um Haaresbreite durchgedreht.« Zornig sah sie auf Susann herab. »Du weißt doch ganz genau, dass du nicht in der Lage bist, mit dem Anhänger auf Tour zu gehen.«

»Ich muss zugeben, dass ich mich unmöglich verhalten habe.« Schniefend nestelte Susann ein Taschentuch hervor, betupfte ihre Augen und blinzelte Franzi unschuldig an.

Als sie das sah, platzte Franzi der Kragen. Sie beugte sich drohend vor. »Du hast viele Dummheiten gemacht. Wobei ich dumm für zu milde ausgedrückt halte. Du ruinierst alle in deinem Umfeld und zeigst nicht einmal Reue. Glaubst du tatsächlich, dass ich bei jeder Kleinigkeit zurück auf das Gut gekrochen komme? Da irrst du dich gewaltig.«

»Ach, Franzi, vergiss doch diesen Kinderkram.«

»Kinderkram?«, schrie Franzi auf. »Leb wohl, Oma! In den nächsten Tagen verreise ich. Du wirst dir denken können, wohin.

Susann schoss aus dem Bett hoch. Zornig starrte sie Franzi aus glasigen Augen an.

»Ich verbiete es dir!«

Diese Reaktion brachte Franzi fast zum Lachen. Kopfschüttelnd verließ sie ihren Stuhl und bewegte sich zum Ausgang.

Hysterisch kreischte Susann ihrer Enkelin nach: »Ich will nicht, dass dieser Unfall völlig umsonst gewesen ist. Glaubst du, ich liege zum Vergnügen im Krankenhaus? Du undankbares Stück!« Abrupt verstummte Susann.

Franzi wandte sich ihrer Oma zu. Kreidebleich starrte sie sie an, die Zähne fest aufeinandergepresst, knirschend unter dem Druck des Kiefers. In ihrer Brust stolperte der Herzschlag, als ob ihr Herz jeden Moment herausspringen würde. Kalte und heiße Wellen liefen ihr abwechselnd über den Körper. Schwindel befiel sie, so dass sie fürchtete, ohnmächtig zu werden. Nur mühselig brachte sie die Worte heraus: »Ich muss mich jetzt um mein Herz kümmern.«

Franzi stürmte besinnungslos zum Ausgang, ihre Oma würdigte sie keines Blickes. Blind vor Tränen verließ Franzi das Krankenhausgebäude. Schwer atmend und zitternd schwankte sie zum Parkplatz. Dort angekommen warf sie sich in den Sitz ihres Autos. Erstarrt verharrte sie darin, frierend und verzweifelt. Krampfhaft überlegte Franzi, ob sie zu Tommy fahren sollte. Langsam rollte sie aus der Parklücke und fuhr rumpelnd auf die Straße, um sich in den fließenden Stadtverkehr einzureihen. Ohne es zu merken, lenkte sie ihren Wagen nach Friedrichskoog, direkt auf den Hof der Berendes.

Staub wirbelte auf, als Franzi den Wagen scharf zum Stehen brachte. Jo und dessen Vater sahen verdutzt aus den Stallungen heraus, um nachzuschauen, wer angekommen war. Jo ging mit ausladenden Schritten auf Franzi zu, die auszusteigen versuchte, ohne dass ihr die Beine versagten. Jo erfasste die Situation sofort und griff ihr unter die Arme, um ihr Halt zu geben. Franzi brach weinend zusammen. Sie schrie inbrünstig Dakotas Namen. Jo hielt sie besorgt fest und flüsterte ihr beruhigende Worte zu. Die wärmende Kraft verhalf Franzi dazu, sich zu fassen. Sie presste ihr verweintes Gesicht in seine Jacke. Sie wollte niemanden sehen müssen.

»Kleines, du bist bei uns, alles wird gut, ich verspreche es dir!« Jo kämpfte nun selbst mit den Tränen. Die starke Franzi in diesem Zustand zu sehen, brach ihm anscheinend das Herz.

»Sie hat den Unfall absichtlich verursacht, damit ich nicht nach England fahren kann …«, schluchzte Franzi erschüttert. Dabei dachte sie an Baxter, dessen Schmerzen Susann in Kauf genommen hatte. Tiere leiden zu sehen, hatte Franzi noch nie ertragen können. Wenn dabei auch noch Menschenhand im Spiel war, wurde sie zur Furie. Sie hatte bisher geglaubt, ihre Oma besäße die gleiche Einstellung.

Jo umschloss Franzis zitternden Körper. Seine Lippen ruhten an ihrer Schläfe. Er streichelte ihr über das Haar und versuchte, sie zu beruhigen.

»Komm ins Haus, meine Mutter hat sicher einen Tee fertig. Der wird dir guttun«, raunte Jo zärtlich.

Willenlos erlaubte Franzi ihm, sie hineinzuführen. Franzis Schluchzen hallte durch die Diele, so dass es doppelt so laut klang. Sie erschrak, als sie ihr Weinen vernahm. War sie das wirklich?

Frau Berendes stürzte aus der Küche. Mitleidig sah sie Franzi an.

»Mutter, bekommen wir einen Tee?«

Laura Berendes nahm Franzi liebevoll auf. Fürsorglich legte sie den Arm um sie und führte sie in die Küche. »Du kannst so lange bleiben, bis es dir bessergeht, ich richte dir gern ein Gästezimmer her.«

Danke, Frau Berendes …«

»Laura! Bitte nenne mich Laura«, unterbrach sie Franzi sanft.

»Laura, ich bin gleich wieder in Ordnung, aber vielen Dank! Du glaubst es womöglich nicht, aber es bedeutet mir sehr viel.« Franzi schluckte und sah Laura bekümmert an.

Laura befüllte die Becher mit heißem Tee und reichte Franzi das Getränk. Auf dem blauen Becher stand: *Lieblingsmensch.*

»Trink erst einmal, Liebes.« Die Fürsorge der Familie Berendes erfüllte Franzi mit unendlicher Dankbarkeit. Sie erhielt Hilfe von Personen, von denen sie es nicht erwartet hatte. Langsam ging es ihr besser. Stockend erzählte sie, wie der Besuch bei ihrer Oma sie komplett aus der Bahn geworfen hatte.

»Das ist mehr, als ein junges Herz zu ertragen vermag«, sagte Laura niedergeschlagen. »Ich hoffe, du kommst bald darüber hinweg und die Sonne bereichert dein Leben wieder, so wie es sein soll.« Laura kämpfte mit aufkommenden Tränen.

Am Nachmittag begleitete Jo Franzi zum Auto. Sie war stark genug, um nach Hause zu fahren. Sie wollte Laura und Jo nicht zur Last fallen. Jo umarmte Franzi. »Bitte melde dich, oder komm vorbei. Wir unterstützen dich, wo wir können.« Beide sahen sich an. Es war etwas zwischen ihnen, etwas Wunderschönes: Vertrauen. Trotzdem war Franzi verwirrt. Die Berührungen ließen sie nicht kalt. Jo schien es genauso zu gehen.

Franzi hoffte, dass ihre Oma nicht doch schon aus der Klinik entlassen worden war, als sie auf dem Gut ankam. Sie verspürte kein Bedürfnis, auf Susann zu treffen. Sie hatte Tony versprochen, bei ihm vorbeizuschauen. Sie durfte ihn nicht enttäuschen. Nach dem einsilbigen Telefonat mit Luke wusste sie nicht, ob sie bei ihm willkommen war. Franzi ärgerte sich,

Lauras Angebot, ein Gästezimmer herzurichten, abgelehnt zu haben.

Tony lief ihr gerade entgegen, offensichtlich hatte er das Motorgeräusch ihres Wagens erkannt. Er öffnete den Wagenschlag, bevor Franzi den Zündschlüssel herausgezogen hatte. Er kniff die Lider zusammen. Franzis Anblick erschütterte ihn. »Deern, wie siehst du nur aus? Noch mehr schlechte Nachrichten?«

»So einige, Tony.« Unglückliche Augen sahen Tony an. Während beide zur Scheune gingen, erzählte Franzi in groben Zügen, was sie im Krankenhaus erfahren hatte. Ihr fehlte die Kraft, erneut auszuholen. Tony musste sich mit der Kurzfassung zufriedengeben.

Er wurde wütend, versuchte jedoch offenbar, es sich nicht anmerken zu lassen. »Begleite mich bitte in die Scheune«, sagte er heiser. »Ich hoffe, du freust dich!«

Franzis Interesse war geweckt. Tony führte sie in den hinteren Bereich, dorthin, wo für gewöhnlich die trächtigen Stuten untergebracht waren. Vor Bella blieb Tony stehen. Sie war eine hervorragende Zuchtstute mit einem liebenswerten Gemüt.

»Ich befürchte, du schmeißt mich raus, aber das ist es mir wert.«

Franzi wusste nicht, worauf Tony anspielte, nur, dass es sich als bedeutend herausstellen würde. Er legte eine Pause ein und betrachtete Franzi forschend. »Raus mit der Sprache, ich platze vor Neugier«, forderte sie ihn auf.

Tony war sichtlich nervös, er trat von einem Bein aufs andere und knetete seine Mütze. »Ich habe vor einigen Wochen, ohne es mit dir abgesprochen zu haben, den Besamer kommen lassen. Er kam gut mit dem Teufel klar …« Tony sah zu Boden und schwieg.

Franzi schluckte, sie verstand noch immer nicht, worauf Tony hinauswollte. »Tony, ich verstehe nicht …« Abrupt wurde Franzi blass, ein Leuchten erhellte ihre Augen. Unterschiedliche Gefühle tobten in ihrem Inneren. Hatte sie Tony richtig verstanden?

Mit gesenktem Kopf schielte Tony zu ihr hoch. Er schob Strohhalme, die auf dem Boden lagen, mit dem Fuß hin und her. Er wurde sichtlich angespannter.

»Nicht dein Ernst! Du … Bella …!« Franzi schnappte nach Luft.

»Kannst du mir verzeihen?«, fragte Tony nun demütig. »Ich habe nicht die geringste Ahnung, warum ich so gehandelt habe, irgendetwas reizte mich daran, ich kann dir heute nicht mehr sagen, was es war. Aber nun ist es so.« Tony senkte erneut den Blick, er schien es nicht ertragen zu können, Franzi anzusehen, weil das schlechte Gewissen ihn quälte.

»Jetzt mal Klartext! Bella trägt ein Kind von Dakota in sich?«

Tony blinzelte Franzi an. »Genauso ist es!« Er wirkte unsicher. »Soll ich jetzt verschwinden?«

Franzi war so bewegt, dass sie Tony um den Hals fiel. Übermütig kreischte sie ihm ins Ohr. »Tony! Tony! Ich freue mich wahnsinnig!«

Tony räusperte sich. »Da bin ich aber froh, Kleines«, flüsterte er ergriffen.

Plötzlich wurde Franzi panisch. »Wir müssen sie wegschaffen«, sagte sie entschieden.

Tony ahnte, was Franzi meinte.

»Bin ganz deiner Meinung. Hast du eine Idee, wohin?« Tony sah sie besorgt an. Er schien ebenfalls an Susann zu denken. »Wer weiß, ob es Bella sonst nicht genauso ergehen wird wie Dakota.«

»Ja, davor habe ich Angst«, antwortete Franzi frostig. »Ich rufe Jo an, er wird eine Lösung für unser Problem finden.« Sofort zückte sie ihr Handy und wählte mit zittrigen Fingern Jos Nummer. Sie zappelte nervös herum, bis er endlich ranging.

Zweifel

Bella war eine gute Reisebegleitung, ihr war es noch nie schwergefallen, einen Transport im Anhänger zu akzeptieren. Die Vorbereitungen für ihre Umsetzung liefen auf Hochtouren. Franzi schaffte den Pferdeanhänger herbei, und Tony führte Bella aus der Box. Sie nahm die Aufregung ihrer Besitzerin und des Pferdewirts beeindruckend gelassen hin. Eine werdende Mutter ohne Hang zur Panik, trotz der Hektik, die auf dem Hof herrschte.

Franzi hatte einen Telefonanruf aus der Klinik erhalten, dass ihre Großmutter verlangte, nach Hause geholt zu werden. Um Zeit zu gewinnen, bedankte Franzi sich umgänglich für den Anruf, verschwieg jedoch, dass sie nicht daran dachte, Susann aus dem Krankenhaus abzuholen. Susann würde es zur gegebenen Zeit merken und die Heimreise mit einem Taxi antreten. Bis dahin musste Bella das Gut verlassen haben.

Jo stellte Franzi eine zusätzliche freie Box zur Verfügung. So stand dem Umzug auf das Gestüt der Berendes nichts im Wege.

»Tony? Verdächtigst du Susann, Dakota vergiftet zu haben?«

»Ich weiß nur, dass die Gräfin für gewöhnlich keine Gartenarbeit verrichtet. Aber an dem Tag, als Dakota starb, hat sie im Garten gearbeitet.«

»Aber wir haben keine Eiben auf dem Hof, das wäre ja auch mehr als leichtsinnig.«

Tony nickte gedankenverloren. »Aber drüben auf dem Feldweg findet man vereinzelt welche. Trotzdem haben wir keine Beweise. Wir können lediglich hoffen, dass die Gräfin sich eines Tages genauso verrät, wie sie es dir gegenüber im Krankenhaus schon getan hat. Es ist trotz alledem geschickt, Vorsichtsmaßnahmen zu treffen und unsere Bella in Sicherheit zu bringen.«

Franzi stöhnte auf. »Ich dachte immer, solche Schweinereien gibt es nur in billigen Filmen. Es ist ein beklemmendes Gefühl, mittendrin zu stecken.«

»Ich weiß. Mach jetzt, dass du wegkommst. Ich räume hier noch auf.«

Franzi sah ihren langjährigen Mitarbeiter dankerfüllt an. »Tony?«

»Chefin?« Er schmunzelte unterdessen.

»Danke«, hauchte Franzi ergriffen.

»Nix für ungut, hau jetzt ab«, befahl er gutmütig.

Franzi schwang sich in ihr Auto und fuhr die wertvolle Fracht vorsichtig vom Hof. Ihr Auto hatte zwar eine Anhängerkupplung, war jedoch für einen Pferdetransport nicht zugelassen. Franzi nahm das Risiko, erwischt zu werden, auf sich und tuckerte vorsichtig vom Hof. Das kleine Stück zu den Berendes würde sie mit Sicherheit schaffen.

In der Vergangenheit war Franzi schon oft dazu gezwungen gewesen, ihr Fahrzeug für solche Zwecke zu verwenden. Meistens war es Tony gewesen, der ihr im Anschluss daran eine Standpauke gehalten hatte. Heute jedoch starrte er ihr wohlwollend hinterher. Sichtlich froh darüber, dass Bella in Sicherheit gebracht wurde.

Jo und Nicoline liefen bereits ungeduldig und voller Erwartung vor der Scheune auf und ab. Nicoline begrüßte Franzis Ankunft mit stürmischem Winken. Beide Geschwister vermittelten den Eindruck, dass sie sich auf den neuen Gast freuten. Franzi lächelte, als sie das Geschwisterpaar entdeckte. Hier war sie willkommen. Für Franzi ein enormes Glück. Auch wenn sie keine Familie in Friedrichskoog mehr hatte, neue Freunde waren ihr in jedem Fall sicher.

Jo hielt sie warmherzig im Arm, nachdem sie ausgestiegen war.

»Ein Glücksfall. Oder?« Prüfend sah er Franzi an.

»Na ja«, knurrte Franzi gespielt grimmig. »Er hat nicht um Erlaubnis gefragt.« Sie umarmte Nicoline und rief: »Dessen ungeachtet ist es phantastisch! Dakota wird weiterleben, in seinen Nachkommen. Ein bescheidener Trost in dieser verrückten Situation!«

»Lasst uns Bella ihre neue Unterkunft vorführen, ich bin gespannt, ob sie sich wohlfühlen wird!« Nicoline jubelte ausgelassen.

Franzi runzelte die Stirn. Wusste Nicoline nicht, dass Bella zu Franzi gehörte? Jo bemerkte Franzis Zögern.

»Keine Angst, Nicoline freut sich immer so überschwänglich. Sie ist sich schon im Klaren darüber, dass Bella zu dir gehört«, versicherte er nachdrücklich. Nicoline lachte herzlich.

»Ja, an mich muss man sich erst gewöhnen!«

»Stimmt nicht Nicoline, du bist genau richtig so, wie du bist«, korrigierte Jo seine Schwester grinsend.

Franzi ließ Bella in aller Ruhe aus dem Anhänger gehen. Die werdende Mutter folgte den vergnügten jungen Menschen zu den Stallungen. Protestierendes Wiehern ertönte, als Bella mit den ersten Hufschlägen den Stall eroberte. Genauso wie die anderen Pferde spitzte Baxter beim Eintreffen der neuen und gleichzeitig vertrauten Mitbewohnerin die Ohren. Bereitwillig ging Bella in die Box und fiel über die Futterration her, die Jo vorbereitet hatte.

Franzi war erleichtert.

»Ich passe gut auf sie auf, versprochen«, raunte Jo ihr ins Ohr. Franzi genoss mehr und mehr die Nähe ihres Freundes. Unerklärlich, aber es ließ sich nicht verleugnen.

Ihre Gedanken schweiften zu Luke. Gab es für sie beide

eine Zukunft? Sie rief sich das kühle Telefongespräch in Erinnerung. Vielleicht war es möglich, dass Eifersucht im Spiel gewesen war? Er ahnte ja nicht, welche Probleme sie mit Baxter zu lösen hatte. Eigentlich, so dachte Franzi, hatte sie ihm die Lage, in der sie steckte, erklärt. Ob er nun immer noch bereit war, sie nach England zu begleiten? Franzi wollte das gleich klären. Ihrer Meinung nach war es ohnehin albern, auf einen schwulen Freund eifersüchtig zu werden.

Laura erschien im Stall, leise trat sie an die Box heran.

»Oh …«, flüsterte sie ergriffen. »Welch ein wunderschönes Mädchen. Sie wird eine gute Mutter werden, da bin ich mir ganz sicher«, prophezeite sie entzückt. Sie reichte Franzi zwei Schlüssel.

Fragend sah Franzi sie an.

»Damit du in dein Zimmer gelangst. Ich habe es hergerichtet. Der andere passt für das Scheunentor.« Sie blinzelte Franzi verschwörerisch zu.

Bei so viel Fürsorge schossen Franzi die Tränen in die Augen. Laura vertraute ihr die Schlüssel ihres Hauses an. Franzi konnte sich der Emotionen nicht erwehren, die sie überfielen.

»Fahr du nur nach England, wir kümmern uns um die Pferde«, betonte Jo zusätzlich.

»Aber Baxter ist der Wallach meiner Oma! Sie wird ihn zurückverlangen. Ich möchte euch nur ungern in diesen Konflikt hineinziehen.«

Franzis Zweifel wurden von Laura zerstreut. »Da mach dir mal keine Gedanken, mit der Gräfin werde ich schon fertig.« Die sanfte Hausherrin sah Franzi aus hellblauen Augen an. Laura hatte eine füllige Figur, trotzdem war sie eine ungemein schöne Frau, durchaus in der Lage, ihren Willen durchzusetzen. Ihre liebevolle Art täuschte darüber hinweg, dass Laura genau wusste, was sie wollte. Für ihre Familie ging sie durchs Feuer, wenn es sein musste. Franzi bekam langsam den Eindruck dazuzugehören.

»Du hast dein Zimmer direkt neben meinem«, erklärte Nicoline aufgeregt. »Ich habe mir immer eine Schwester gewünscht. Wenn du nicht schlafen kannst, komm einfach rüber!« Nicoline strahlte Franzi an.

»Das ist sehr lieb von dir, ich weiß gar nicht, wie ich das alles wiedergutmachen soll.«

»Och, da fällt uns bestimmt etwas ein«, ereiferte sich Laura. Alle wussten offenbar, worauf sie anspielte. Doch niemand fühlte sich dazu imstande, Laura von ihren Plänen abzubringen. »Ich habe inzwischen eine Weide gefunden, die wir, mit viel Glück, zur Pacht überlassen bekommen. Die Gräfin kann sich ihren Vertrag sonst wohin stecken. Wir sind frei.« Verschwörerisch blinzelte sie ihrem verlegenen Sohn zu.

Franzi konnte nicht verhindern, dass sie ein schlechtes Gewissen beschlich. Sie dachte an Luke. Würde sie diese Freundschaften verlieren, wenn sie mit Luke die Englandreise antrat? Franzi hatte keine Ahnung, wie die Beziehung zu Luke sich entwickeln würde. Die Zärtlichkeiten, die beide miteinander ausgetauscht hatten, waren wunderschön gewesen. Die Erinnerung daran berauschte Franzi nachhaltig.

Der Wunsch, Luke zu sehen, wuchs von Minute zu Minute. Das Telefongespräch verdrängte sie mittlerweile, sie fühlte regelrecht seine sanften Berührungen. Versunken in ihre Gedanken zuckte sie zusammen, als Jo ihr einen Kuss auf die Wange gab. Sie träumte von Luke, und beim Erwachen stand Jo neben ihr? Franzi war nicht einmal in der Verfassung, die beiden Männer in ihrer Phantasie voneinander zu trennen. Verwirrt löste sie sich von dem Pfosten, an dem sie gelehnt hatte, und tat ihre Absicht, nun aufzubrechen, kund.

Nicoline sah sie enttäuscht an. »Ich dachte, wir trinken zumindest ein Sektchen zur Feier des Tages.« Sie schmollte mit vorgeschobener Lippe.

»Das müssen wir verschieben, ich muss zu Tony und einige Dinge erledigen«, log Franzi und fühlte sich unwohl in ihrer Haut. Sie verschwieg den Anwesenden, dass sie zu Luke fahren würde.

In ihrem Magen begann es augenblicklich zu kribbeln. Eilig verabschiedete Franzi sich, nicht ohne das Versprechen abzugeben, bis zu ihrer Abreise die Unterkunft im Hause Berendes anzunehmen. Laura strahlte sie an, und Nicoline gelang es ebenfalls nicht, ihre Begeisterung zu verbergen.

Auf der Straße, die zu der Ferienwohnung und zu Luke führte, schimpfte Franzi lauthals vor sich hin. »Warum habe ich nur versprochen, dort zu wohnen? Eigentlich wollte ich doch bei Luke übernachten. Bin ich denn von allen guten Geistern verlassen?«

Franzi bemühte sich, das Chaos in ihrem Kopf zu ordnen. Es misslang ihr jedoch gehörig. Auf der einen Seite wünschte sie sich die Zärtlichkeiten, die Luke ihr zukommen ließ, auf der anderen Seite wusste sie nicht, ob er genauso fühlte.

Sie hatte ihm eine kurze Nachricht geschickt, woraufhin er mit einem freudigen Smiley geantwortet hatte. War dies ein Beweis dafür, dass er sie ebenso vermisste, wie Franzi glaubte, dass er ihr fehlte? Ungeduldig rutschte sie auf ihrem Fahrersitz hin und her. Wenn sie gleich um die Ecke bog, würden ihre Fragen bald beantwortet sein.

Ihr Herz hüpfte vor Freude, als sie Luke entdeckte, der die Wartezeit wieder auf dem Friesenwall verbracht hatte. Alles schien beim Alten geblieben zu sein. Franzi stieg aus dem Auto und suchte den Blickkontakt mit Luke. Er schlenderte auf Franzi zu und hielt ihrem Blick stand. Nun stand er dicht vor ihr und lächelte.

»Hey, du … Schön, dass du da bist«, raunte er.

Franzi wurde warm ums Herz. Alle Zweifel rückten in den Hintergrund. Luke war da und zog sie magisch an. Grüne Augen mit fröhlichen Sprenkeln musterten Franzi fasziniert.

»Finde ich auch«, stotterte Franzi nervös. Da sie aber selten Fragen offenließ, platzte sie sofort damit heraus. »Warum warst du am Telefon so kühl und reserviert? Ich beschäftige mich seither ununterbrochen damit.« Franzi schluckte und betrachtete ihn aus fragenden, ängstlichen Augen.

Luke blieb ihr die Antwort jedoch schuldig. Er küsste sie auf den Mund und verschloss so die Quelle jeglicher weiterer Fragen, gleichzeitig öffnete er damit die Tore der Sehnsucht. Franzi schmolz wie Eis in der Sonne, augenblicklich versagten ihr die Beine. Sein Kuss schmeckte nach honigsüßen Erdbeeren. Ein Seufzen entwich ihrer Kehle.

»Komm erst mal rein, ich habe Tee zubereitet und Brötchen belegt.« Luke ergriff ihre Hand, als sie sich voneinander gelöst hatten, und zog sie mit ins Haus.

Dort wurde sie vom lieblichen Duft eines Friesentees empfangen. Die dicke Keramikkanne wartete auf einem Stövchen darauf, dass die Teestunde eingeläutet wurde. Rührei mit Krabben und Schinkenbrötchen erinnerten Franzi daran, dass ihre letzte Mahlzeit am frühen Morgen gewesen war. Die Leckereien zogen ihre Aufmerksamkeit auf sich. Unüberhörbares Magenknurren machte sich bemerkbar, und Franzi griff ohne Aufforderung zu. Herzhaft biss sie in ein Brötchen. Franzis Blick schweifte über den schön gedeckten Tisch. Luke hatte obendrein an Erdbeeren gedacht, damit erklärte sich der schmackhafte Kuss bei ihrer Ankunft. Beherzt steckte sie sich eine Frucht in den Mund. Luke beobachtete sie und grinste vergnügt.

»Da ist aber jemand ausgehungert.« Er gluckste.

»Hm, ich …«, antwortete Franzi mit vollem Mund.

Nachdem der größte Hunger gestillt war, fühlte Franzi sich in der Lage, Luke zu berichten, womit sie sich in den letzten Stunden beschäftigen hatte müssen.

»Du wohnst bei den Berendes? Ist das nicht ein bisschen bizarr? Du wolltest doch bei mir wohnen!« In Lukes Stimme klang ein Vorwurf mit.

»Wobei wir wieder beim Thema wären«, brummte Franzi, deren Laune sich verschlechterte. »Die Ereignisse haben sich so sehr überschlagen, und ich war mir nach unserem kühlen Telefonat unsicher, ob dein Angebot Bestand haben würde.«

Luke sah ihr flehend in die Augen. »Das wusste ich ehrlich gesagt genauso wenig.« Er wich ihren Blicken aus.

»Sag, was ist los?«, ermunterte Franzi ihn.

Luke wand sich wie ein Aal im Netz. Er hatte deutliche Schwierigkeiten, die angemessenen Worte zu finden.

Franzi fühlte, wie ihr Mageninhalt versuchte, wieder an die Oberfläche zu gelangen. Waren die Krabben schuld, oder warum wurde ihr mit einem Mal so übel? Irgendetwas schnürte ihre Kehle zu, am liebsten wäre sie auf die Straße gerannt und geflüchtet.

»Bitte versteh mich richtig.« Luke stockte. »Ich fühle mich überfordert mit den Geschichten rund um deine Großmutter. Ich weiß nicht, ob ich dieser Sache gewachsen bin. Kennst du das Gefühl, im falschen Film zu sein?«

»Nur zu gut, glaube mir. Ich hätte mir auch etwas anderes gewünscht, als alles zu verlieren, was mir im Leben etwas bedeutet hat. Noch mehr Komplikationen kann ich im Moment nicht brauchen. Danke, dass du mir gleich reinen Wein eingeschenkt hast.« Franzi kämpfte mit den Tränen der Enttäuschung, tapfer schluckte sie sie herunter.

»Franzi, du bist eine wundervolle Frau, ich habe mich schon bei unserer ersten Begegnung in dich verliebt. Ich kann an nichts Schöneres denken als an dich.« Flehend redete Luke auf Franzi ein. Trotzdem hatte er gesagt, was gesagt werden musste.

Schweren Herzens gab Franzi sich einen Ruck. »Zweifel haben zur Zeit keinen Platz in meinem Leben, ich muss herausfinden, wohin mein Weg führt. Vielleicht ist es besser, wenn ich das ohne dich tue.«

»Ich kann dich gut verstehen, Franzi. Unter Umständen

gibt es eines Tages eine neue Chance für uns, die besser passt.«

Franzi schnappte nach Luft. Das Gespräch nahm eine ungeahnte Wendung. Hatte Luke nicht eben noch von Liebe gesprochen? Und jetzt stimmte er ihr zu?

»Lass uns nach England reisen, dann sehen wir weiter«, sagte er versöhnlich.

»Ich reise allein«, bestimmte Franzi ernüchtert. »Ich kann nämlich nicht garantieren, dass mir in England nicht weitere ungünstige Dinge begegnen. Damit möchte ich dich nicht belasten.«

»Vielleicht gibt es für uns doch noch eine zweite Chance, wenn wir beide unser Schicksal verarbeitet haben?«

Für Franzi waren Lukes Worte ein Schlag ins Gesicht. Sie fühlte sich unwohl und wollte Lukes Wohnung so schnell wie möglich verlassen. Sie legte das angebissene Brötchen auf den Tisch und zückte ihren Schlüsselbund mit dem Autoschlüssel. Der Bund war schwerer als normalerweise, da zwei Schlüssel zusätzlich daran klimperten. Sie schloss die Augen. Sie würde ihr Versprechen, bei den Berendes zu wohnen, halten. »Mach's gut«, flüsterte sie heiser und sah zu Boden. Fluchtartig verließ sie die Wohnung und den duftenden Tee. Sie hatte genug von seinem *vielleicht, vielleicht auch nicht.*

Sie fuhr direkt auf das Gestüt der Familie Berendes, stellte ihr Auto ab und schlich in die Scheune. Bella döste in ihrer Box, es schien ihr gut zu gehen. Franzi schlüpfte zu ihr und hockte sich ratlos ins Stroh. Das hatte sie als Kind schon gerne getan. Hier waren ihre Sorgen kaum spürbar, und die Zuneigung der Pferde tröstete Franzi.

»Moin, Deern, willst du hier übernachten?« Lennard, Jos Vater, linste über die Brüstung und zwinkerte ihr zu. »Komm mit ins Haus, dort ist es gemütlicher«, sagte er mit dunkler Stimme, die wie Balsam in Franzis Ohren klang, und öffnete die Tür zur Box.

Franzi rappelte sich auf, von Dankbarkeit erfüllt, dass ihr jemand eine Richtung vorschlug. Fürsorglich legte Lennard den Arm um Franzi und begleitete sie hinein. Sie gingen in das zweite Stockwerk und traten in ein liebevoll eingerichtetes Gästezimmer. Rosa gestreifte Tapeten schmückten die Wände, und Rosenbettwäsche lud Franzi zur guten Nacht ein. Laura hatte Kekse und eine Kanne Tee bereitgestellt, eine Lampe auf dem Nachttisch verbreitete ein warmes Willkommenslicht.

»Wir sind für dich da, wenn du möchtest. Wir akzeptieren auch deinen Wunsch nach Ruhe, du hast die Wahl. Ich hoffe, du fühlst dich wohl. Gute Nacht!« Er legte zum Gruß den Finger an die Hutkrempe und schloss die Tür.

Franzi blieb allein zurück. Zurückhaltend sah sie sich im Zimmer um. Dies würde also für die nächste Zeit ihre Bleibe sein. Es hätte schlechter für sie laufen können, denn Franzi spürte die Geborgenheit und die Gastfreundlichkeit der Bewohner. Der angenehme Duft von Lavendel schwängerte die Luft. Fast ehrfürchtig betrat Franzi das Badezimmer. Weiche Badteppiche schmeichelten ihren nackten Füßen, auch hier war alles in Rosa gehalten. Die cremefarbenen Fliesen ließen den Raum hell und freundlich wirken. Franzi wanderte zurück ins Schlafzimmer und schlüpfte aus ihrer Kleidung, die sie achtlos auf den Boden gleiten ließ. Als sie sich in die frisch bezogene Bettdecke kuschelte, glaubte sie, sofort in das Reich der Träume hinübergleiten zu können. Doch leider war das nicht der Fall.

Plan B

Obwohl Franzi hundemüde war, konnte sie nicht einschlafen, sondern wälzte sich in ihrem Bett unruhig hin und her. Die fremden Geräusche des Hauses holten sie ständig aus einem ohnehin nur leichten Dämmerschlaf. Ein Kauz schrie durch die laue Nacht, Pferdehufe hallten durch das geöffnete Fenster. Taghelles Mondlicht schien durch die Seidengardine. Franzi starrte hinaus. Für gewöhnlich liebte sie es, wenn die Nacht erhellt war. Aber heute hinderte es sie an einem erholsamen Schlaf. Abrupt setzte sie sich auf die Bettkante. Hatte Nicoline nicht gesagt, sie dürfe klopfen, wenn sie jemanden zum Reden brauchte? Franzi zögerte, sollte sie Jos Schwester wecken? Sie gab sich einen Ruck und schlich auf den ellenlangen Flur. Dort wiesen gedämpfte Leuchter ihr den Weg zu Nicolines Zimmer. Zaghaft klopfte sie und lauschte.

»Herein!«, tönte es augenblicklich. Nicoline saß aufrecht im Bett und empfing sie mit einem Grinsen. »Ich habe schon befürchtet, du lässt mich hier versauern!«, begrüßte sie Franzi fröhlich.

»Du schläfst nicht?«

»Nö, ich dachte mir, dass du vorbeikommst. Mutti hatte mich ermahnt, dich nicht zu stören, aber es ist mir irrsinnig schwergefallen.« Nicoline kicherte. Sie trommelte mit beiden Händen neben sich und forderte Franzi auf, ins Bett zu kommen.

Franzi schloss lautlos die Tür und kam der Aufforderung

bereitwillig nach. Nicoline griff seitlich zur Bettkante und brachte eine Flasche Sekt zum Vorschein. In Windeseile entkorkte sie das edle Getränk und ließ es prickelnd in die Sektgläser fließen. Bevor Franzi etwas sagen konnte, hielt sie ein Glas in der Hand.

»Prost! Auf das Leben!« Nicoline rückte vertraut an Franzi heran und trank einen enormen Schluck. Franzi nippte nur an ihrem Sekt, bemerkte dennoch gleich, wie gut er schmeckte. Sie setzte erneut an und ließ den Sekt in ihrer Kehle prickeln. »Zum Wohl, Nicoline, und danke für die Einladung!« Sie grinste ihre Bettnachbarin an.

»Was ist jetzt mit deinem Vagabunden? Die große Liebe?« Nicoline holte Franzi in die Realität zurück. Der Alkohol verlor schlagartig seine Wirkung. Ernüchtert erzählte sie ihrer neuen Freundin von der Enttäuschung. Nicoline hörte zu, ohne Franzi zu unterbrechen. Für Nicoline eine Glanzleistung, denn für gewöhnlich fiel es ihr schwer, ihre Zunge zu zügeln. Nach einer Weile rutschte sie ungeduldig hin und her.

»Das glaub ich ja alles nicht. Dieser Vollpfosten!«, empörte sie sich lauthals.

Franzi zögerte. »Na ja, ein bisschen kann ich ihn doch verstehen. Wer schlittert schon gerne in eine heikle Familiengeschichte hinein. Jeder hat am Ende genug eigene Sorgen.«

»Franzi, bitte, nimm ihn nicht auch noch in Schutz! Er hat dich fallen lassen wie eine heiße Kartoffel.« Nicoline sah sie entsetzt an. »Du bist viel zu gut für die Welt, kein Wunder, dass dich jeder verarschen will.«

Franzi fand Nicolines Ausdrucksweise ein wenig drastisch, jedoch durchaus treffend. »Stimmt, es wird höchste Zeit, das zu ändern. Ab sofort wird zurückgeschossen.«

Nicoline kicherte. »Na endlich!«, jubelte sie begeistert. »Trink dein Glas leer«, forderte sie Franzi auf. »Danach schmieden wir Pläne.«

Franzi gefiel die lustige, unverkrampfte Art ihrer Freundin.

Sie hatte sich lange nicht so leicht und befreit gefühlt. Ob es nun am Alkohol lag oder an Nicoline, entzog sich ihrer Kenntnis. Beide lachten und quatschten bis in den frühen Morgen hinein. Zum Schluss wurden sie sich einig, dass sie gemeinsam zu Franzis Tante nach England fahren wollten. Nicoline verfügte in den Semesterferien über genügend Zeit. Und Lust auf Reiseabenteuer hatte sie ohnehin ausreichend.

»Nicoline, was studierst du eigentlich?«, lallte Franzi angetrunken.

»Pah, meine Eltern denken, Betriebswirtschaft, das passte ihnen gut in die Planung. In Wirklichkeit studiere ich Schauspielerei. Aber … pssst … meine Eltern haben keine Ahnung davon. Die streichen mir sofort die Kohle, wenn sie es erfahren.«

»Hm, das sieht dir ähnlich, aber ich könnte mir gut vorstellen, dass du es richtig machst und deinen eigenen Weg gehst. Warum nur haben alle Geheimnisse? Macht es nicht alles viel schwieriger?«

»Bestimmt, aber ich weiß nicht, wie ich ihnen jetzt noch die Wahrheit sagen soll. Und ein bisschen spannend ist es doch auch, oder?« Nicoline grinste sie vielsagend an.

»Verrücktes Huhn, du!« Franzi lachte herzlich. Sie konnte die Unbeschwertheit in vollen Zügen genießen. Der Sekt war sicher ein Grund dafür, aber Nicolines fröhliche, unbekümmerte Art machte es ihr zusätzlich leicht.

Irgendwann fielen die Frauen in einen traumlosen Schlaf.

Am nächsten Morgen erwachte Franzi mit Kopfschmerzen, woran der Alkohol keinen unwesentlichen Anteil haben mochte. Nicoline erging es nur geringfügig besser. Als Franzi sich umsah, lagen drei leere Flaschen neben dem Bett. Franzi stöhnte und fragte sich, wann der Inhalt der Flaschen in ihren Magen gewandert war.

Nur mit Top und Slip bekleidet, tapste sie auf den Flur, um

eine Toilette zu suchen. Nicoline schlief so tief, dass Franzi sie nicht wach bekommen hatte. So hatte sie allein die Suche antreten müssen.

Auf dem Flur sahen alles Türen gleich aus. Wie sollte sie herausfinden, wo sich das Bad befand? Sie hörte eilige Schritte auf der Treppe, erschrocken wollte sie zurück in das Zimmer gehen. Leider war es zu spät. Jo stand grinsend vor ihr.

Franzi stotterte: »Moin, Jo … Ich suche die Toilette!« Gott, dachte Franzi, welch geistreiche Unterhaltung am Morgen. Peinlich berührt, weil ihr einfiel, dass sie kaum bekleidet war, sah sie zu Boden. *Wo war der Restalkohol, wenn man ihn brauchte?*

Jo übersah ihren Aufzug und erklärte ihr unbefangen den Weg zum Bad. Erleichtert schlüpfte Franzi hinein und schloss die Tür. Mit zusammengekniffenen Augen lehnte sie stocksteif an der schweren Eichentür. Warum gelang es Jo immer häufiger, sie aus der Fassung zu bringen? Franzi gab dem Alkohol die Schuld. Sie überlegte, ob es unverschämt wäre, die Dusche zu benutzen, obwohl sie keine eigenen Toilettenartikel besaß. Sie entschied sich dafür, die vorhandene Cremedusche zu verwenden und ein flauschiges Handtuch aus dem Schränkchen zu entnehmen. Nach der Dusche fühlte sie sich viel besser, die Kopfschmerzen waren fast verschwunden, jedoch wollte sie Laura zur Sicherheit um eine Aspirin bitten.

Nachdem sie sich angekleidet hatte, ging Franzi erfrischt die Treppe hinunter und steuerte auf die Küche zu. Der herrliche Duft von Kaffee und knusprigen Brötchen stieg ihr in die Nase. Der Rest der Familie Berendes saß gemütlich beisammen und sah Franzi warmherzig entgegen, als sie sich näherte.

»Moin«, sagte Jo grinsend, heute nicht zum ersten Mal.

Laura bot ihr den freien Stuhl an. »Gut geschlafen?«, fragte sie fürsorglich.

»Irgendwann ja«, gestand Franzi beschämt. »Ich habe mit Nicoline ein bisschen gefeiert.«

Sechs Augenpaare starrten sie verständnislos an. Jo fand als Erster die Sprache wieder.

»Was gab es zu feiern?«

Franzi kicherte. »Nicoline hat einen Grund gefunden, und ich habe mich darüber gefreut. Man könnte auch sagen, wir haben die gemeinsame Reise nach England besiegelt.« Franzi verharrte, denn sie war sich nicht sicher, ob sie nicht zu viel verraten hatte. Hätte Nicoline es ihren Eltern lieber selbst erzählt?

Lauras Reaktion ließ ihre Zweifel schwinden. »Großartig, da kommt das Mädel mal unter die Leute. Sie wollte schon lange die Briten besuchen. Das passt doch hervorragend.« Laura lächelte milde.

Franzi nickte und trank einen Schluck Kaffee, den Laura ihr eingeschenkt hatte. Jo teilte ein Brötchen und ließ Franzi dabei nicht aus den Augen. Ohne Worte reichte er ihr eine belegte Hälfte über den Tisch. Franzi nahm sie entgegen, als ob dies zu ihren täglichen Ritualen gehörte. Unbekümmert biss sie hinein. Ob ihr Magen schon bereit war, feste Nahrung aufzunehmen? Als Laura dann auch noch aufstand und Franzi eine Aspirin auflöste, kam sie aus dem Staunen nicht mehr heraus. Sah so Familie aus? War es das, was sie ihr Leben lang verpasst hatte? Gedankenverloren kaute sie auf ihrem Brötchen herum und musterte einen nach dem anderen.

»Bella geht es übrigens sehr gut«, sagte Jo und riss sie aus ihren Gedanken.

»Danke«, hauchte sie ergriffen. Ihr fehlten die Worte, um ihre Dankbarkeit auszudrücken.

»Willst du gleich mit mir in den Stall kommen? Dann kannst du dich persönlich davon überzeugen. Baxter hat sich nebenbei bemerkt gut an die ungewohnte Box gewöhnt. Deine Großmutter hat ihn bisher nicht zurückgefordert«. Jo beendete den Lagebericht.

»Meinst du, ich kann Baxter schon wieder reiten?«

Jo lachte. »Du bist doch die Pferdeflüsterin, du müsstest das am besten wissen, aber ich denke schon. Du könntest auch eines meiner Pferde nehmen, wenn du ausreiten möchtest.« Er zwinkerte ihr verständnisvoll zu.

»Ich würde Baxter gern nach Hause bringen, damit ihr während meiner Abwesenheit keinen Ärger mit der Gräfin bekommt. Aber ich möchte ihn nicht auf einem Anhänger transportieren.«

»Verstehe«, brummte Jo kurz angebunden. Franzi verstand nicht, woher sein Stimmungswandel kam.

»Warum bist du urplötzlich derart brummig? Habe ich dich verärgert?«

»Nein, natürlich nicht, entschuldige. Es ist nur, dass die Erwähnung deiner Oma mir den Magen verdirbt.«

»Das kann ich gut verstehen, mir ist auch nicht wohl dabei, ihr zu begegnen. Aber ich muss meine Habseligkeiten vom Hof schaffen, und Tony möchte ich auch Auf Wiedersehen sagen.«

»Ich begleite dich gerne. Wie willst du deine Siebensachen denn fortschaffen, wenn du mit Baxter hinreitest?« Daran hatte Franzi noch gar nicht gedacht. Aber Jo hatte ohne Zweifel recht.

»Ich reite mit Baxter vor, und du … Kommst du mit dem Auto nach?«

Jo lächelte sie an. »So wird es gemacht. Du rufst mich an, sobald du auf dem Gut angekommen bist.«

»Prima, vielleicht ist es besser, wenn Baxter und ich zu Fuß gehen. Es würde uns ohne Frage beiden guttun.«

Vater und Sohn erhoben sich, um in den Stall zu gehen. Franzi blieb mit Laura zurück.

Forschend betrachtete Laura Franzi. »Hattet ihr einen schönen Abend? Du und Nicoline?«

»Ich glaube, ich habe noch nie so viel Sekt getrunken. Mein Kopf wird es mir nicht danken.« Franzi schmunzelte.

»Schön, wenn ihr euch versteht. Nicoline ist zeitweise eine Idee zu ungestüm, aber sie wird dir eine gute Freundin sein.« Laura bekam einen liebevollen Ausdruck. Franzi sah ihr deutlich an, wie sehr sie ihre Tochter liebte. Franzi verstand nicht, warum Nicoline ihr nicht vertraute und die Studienlüge beichtete. Als ob Laura ihre Gedanken lesen könnte, lenkte sie das Gespräch auf das Studium. Sie räusperte sich umständlich.

»Ich weiß es längst …!«

Franzi starrte sie erstaunt an. »Wie bitte?« Sie schluckte.

Laura lachte unvermittelt auf. »Dass sie eine kleine Schauspielerin ist.«

Franzi dachte in Windeseile nach. Das könnte alles bedeuten, es musste nicht zwingend auf ihr heimliches Studium hinweisen. Franzi beschloss, erst einmal nicht darauf zu reagieren.

»Du meinst, sie ist beileibe keine Freundin für mich, sie spielt mir alles nur vor?«

Laura lachte schallend, nur mit Mühe rang sie um Beherrschung. »In dir hat sie in jedem Fall eine verschwiegene Kumpanin. Du verrätst nicht das Geringste!«

»Ich verstehe immer noch nicht, worauf du hinauswillst!«, stotterte Franzi, jetzt merklich verunsichert.

»Dummerchen, glaubst du wirklich, ich weiß nicht, was meine Tochter so treibt? Um deutlicher zu werden: Ich weiß längst, dass uns bald eine ausgebildete Schauspielerin ins Haus steht!«

Franzi hielt die Luft an und ließ sie stoßweise entweichen. Laura hatte offensichtlich Freude daran, Franzi auf die Folter zu spannen. Sie lachte Tränen und tupfte diese mit der Serviette trocken. »Aber bitte auf keinen Fall erzählen, ich befürchte, ihr vergeht die Lust daran, wenn sie weiß, dass sie nichts Unerlaubtes tut.«

»Du kennst deine Kinder gut, nicht wahr?« Die Familie Berendes beeindruckte Franzi zunehmend.

»Na klar, dafür bin ich doch Mutter geworden!« Laura wurde ernst. »Ich liebe meine Kinder über alles, und ich würde nie etwas tun, was ihnen schaden könnte.«

Franzi lächelte versonnen. »Da haben die beiden großes Glück.« Franzi seufzte schwermütig. Dabei musst sie an ihre eigene Situation denken. Sie hatte nie eine Mutter gehabt, die sich um sie sorgte oder ihre geheimsten Gedanken erraten konnte. Umso mehr freute sie sich darüber, dass es Familien gab, die zusammenhielten, trotz aller Widrigkeiten, die das Leben bereithielt.

Franzi hatte die Berendes völlig falsch eingeschätzt. Ob Laura auch über Jos Geheimnisse Bescheid wusste? Franzi wollte es lieber nicht auf einen Versuch ankommen lassen.

»Ich muss mich auf den Weg machen, um Baxter nach Hause zu bringen. Danke für den Tee … und … für alles, Laura!«

»Es ist mir ein Vergnügen, mit dir Tee zu trinken«, erwiderte Laura sanft.

Franzis Siebensachen

Baxter folgte Franzi anscheinend ziemlich gelassen die Straße entlang. Es herrschte kaum Autoverkehr, und der Spaziergang verlief ohne Schwierigkeiten. Dennoch bemerkte Franzi, dass Baxter schwitzte, obwohl sie in einem gemächlichen Schritttempo gingen. Ein Zeichen dafür, dass er gestresst war. Franzi ging, so weit es möglich war, nicht darauf ein. Je häufiger sie ihn zu beruhigen versuchte, desto unsicherer wurde das Tier. Franzi wählte einen Pfad über die Felder, sie würden zwar länger unterwegs sein, aber Baxter gefiel die Strecke deutlich besser. Beide genossen die Tour über die Wiesen.

Franzi rief Jo an, als sie das Gut erreichte, und war erleichtert, dass er sofort abhob.

Es überkam sie ein ungutes Gefühl, als sie den Wagen von Susann entdeckte. Ihre Großmutter war zu Hause. Franzi fürchtete sich vor der Konfrontation mit ihrer Oma. Würde es wieder Streit geben? Franzis Nervenkostüm ertrug keinen zusätzlichen Stress. Sie führte Baxter in den Stall. Er lief selbstständig in seine Box und schien sich zu freuen, in seine vertraute Umgebung zurückzukehren.

»Zumindest einer, der sich freut«, seufzte Franzi befangen. Mit gesenktem Kopf schlich sie an Dakotas ehemaliger Box vorbei.

Alles in ihr rebellierte. Ihr Magen schien sich zu drehen. Eilig verließ sie den Stall. Für Baxter gab es eine Futterration extra. Jo erwartete sie unterdessen bereits am Auto.

»Ich habe einige Umzugskartons mitgebracht. Ich denke, die wirst du brauchen!«, rief er ihr zu.

»Das ist nett von dir, aber ich nehme nur einen Koffer mit. Kommst du mit ins Haus?«, fragte sie unsicher.

Jo stieß sich vom Auto ab und begleitete sie hinein.

In Windeseile verstaute Franzi einige Dinge, von denen sie glaubte, dass sie unentbehrlich seien. Jo schaute ihr dabei nachdenklich zu.

Am Ende wusste Franzi nicht, warum der Koffer so schwer geworden war. Jo übernahm den Abtransport, und Franzi sah sich noch einmal prüfend um. Mehr würde sie nicht benötigen. Froh darüber, Susann nicht begegnet zu sein, eilte sie, gefolgt von Jo, die Treppe hinunter. Dummerweise hatte sie sich zu früh gefreut. Am Treppenabsatz stand Susann und blickte ihr entgegen.

»Danke, dass du Baxter hergebracht hast!«, rief Susann ihr zu. Ihre Oma stützte sich auf einen silbernen Stock und wirkte dabei besonders hilfsbedürftig. Mit vorwurfsvollem Blick schaute sie Franzi an. »Ich schaffe es derzeit nicht. Es ist äußerst ungünstig, dass du mich jetzt allein lässt. Ich komme nicht zurecht ohne dich!«

Franzi schnaubte wütend. »Du brauchst niemanden, mich schon gar nicht!«

Misstrauisch musterte Susann Franzis Begleitung. »Habt ihr euch doch noch gefunden? Da siehst du, dass ich beileibe nicht im Unrecht bin!«, triumphierte die Gräfin. In mitleiderregender Körperhaltung drehte Susann sich auf den Stock gestützt weg, um zu gehen. »Wenn du morgen zurück bist, reicht mir das. Die Wäsche muss dringend gewaschen werden«, jammerte sie theatralisch.

Franzi platzte der Kragen. »Ich reise morgen nach England. Und falls du es nicht verstanden haben solltest, ich ziehe weg von dir!« Franzi schrie den letzten Satz voller Inbrunst.

Fassungslos sah Susann zu ihr auf, zornig blinzelte sie ihre

Enkelin nun an. »Das kommt nicht in Frage!« Sie stellte sich Franzi in den Weg. Franzi drängte sich an Susann vorbei und verließ das Haus unter den hysterischen Rufen ihrer Oma. Jo hielt den Koffer vor seinen Körper und schob sich an der Gräfin vorbei ins Freie.

Zitternd wartete Franzi am Auto und sah Jo zerknirscht an. »Es ist mir unendlich peinlich, dass du alles mitbekommen hast. Ich hoffe, du bist nicht sauer auf mich?«

Verständnislos schaute er Franzi ins Gesicht. »Wie kommst du denn darauf? Du kannst doch am allerwenigsten dafür!« Kopfschüttelnd hievte er den Koffer in den Kofferraum und übernahm ohne weiteren Kommentar das Steuer. Franzi sah zum Stall hinüber, sie konnte Tonys Fahrrad nicht entdecken. Ob er doch die Kündigung angenommen hatte? Kurz entschlossen rief sie ihn an.

»Tony, wo bist du im Moment?« Unerträgliches Schweigen ließ Franzi panisch werden.

»Deern, ich habe das Gut verlassen, freiwillig, bitte verstehe mich. Es ist nicht einfach mit der Gräfin, aber sie ist diesmal deutlich zu weit gegangen. Jeder glaubt, ich als Stallbursche bekäme nichts von den Vorfällen mit. Aber ich weiß inzwischen zu viel, und es ist für mich nicht mehr tragbar. Bitte, Franzi, fahre zu deiner Tante, warte nicht zu lange. Wenn du mich sonst irgendwie brauchst, melde dich bei mir. Versprochen?«

Franzi schluchzte auf. »Gut, Tony … Danke für alles! Pass auf dich auf! Aber denke bitte nicht, dass du ein einfacher Stallbursche bist, du bist weitaus mehr!«

»Sowieso! Und du auf dich!« Tonys Stimme schwankte auffällig. Schnell verabschiedete er sich von Franzi.

Jo sah Franzi besorgt von der Seite an. Er hatte den Wagen bereits auf die Straße gelenkt. Mit hochgezogenen Brauen blickte er sie fragend an.

»Tony hat das Gut verlassen!«, sagte Franzi betroffen. »Wer

soll nun die Pferde versorgen? Ich fürchte, aus der Reise wird nichts!«

»Du musst hart bleiben, so schwer es auch für dich ist. Ich werde einen Mitarbeiter bitten, die Pflege zu übernehmen. Ich denke, wenn mein Vater mit der Gräfin spricht, wird sie zur Vernunft kommen. Mach dir keine Sorgen, die Berendes regeln das auf ihre Weise.«

Franzis Kopf schnellte herum. »Du meinst, Lennard könnte Einfluss auf meine Oma haben?«

»Ich weiß es nicht, aber einen Versuch ist es wert. Die Gräfin hat ohnehin keine andere Wahl!«, beteuerte Jo zuversichtlich.

Franzi atmete tief ein und aus. »Vielleicht hast du recht, ich kann nicht mehr zurück und will es auch nicht. Bella ist in Sicherheit, und die restlichen Pferde werden sicher nicht untergehen, wenn ich nicht da bin. Ich muss es riskieren.«

»So gefällst du mir schon besser. Wer weiß, womöglich tut sich bei deiner Tante etwas auf, womit du nicht rechnest. Ich für meinen Teil bin jedenfalls gespannt, wie es dort so für dich läuft.« Aufmunternd blinzelte er ihr zu.

»Halt mal an, bitte«, hauchte Franzi. Jo trat auf die Bremse und brachte den Wagen zum Stehen. »Kannst du mich bitte mal in den Arm nehmen? Ich brauch das jetzt irgendwie.« Sie sah Jo aus traurigen Augen an.

»Wenn es weiter nichts ist!« Er streckte die Arme aus, so dass Franzi hineinrutschen konnte. Eine innige Umarmung folgte. Liebevoll streichelte Jo über Franzis Haar. Er hauchte einen zarten Kuss darauf. Franzi schloss die Augen, sie genoss die Vertrautheit mit Jo. Sie spürte den Herzschlag ihres Freundes, der ihr Innerstes in Aufruhr versetzte. Jo hielt sie ein wenig von sich fern. Mit beiden Händen nahm er ihr Gesicht, streichelte dabei mit dem Daumen über ihre Lippen.

Franzi erzitterte unter seiner Berührung. Er war ihr jetzt ganz nahe. Sanft legte er seine Lippen auf ihre. Zuerst vorsichtig, dann immer fordernder erforschte er ihren geöffneten Mund. Heiße Wellen eroberten Franzi im Sturm, zögernd zog sie ihn näher an sich heran. Als Jo seine Hand in ihre Bluse schob, war es um beide geschehen. Schwer atmend küsste Jo sich an ihrem Hals entlang zu ihren festen Brüsten. Für einen kurzen Augenblick hielt Franzi erstaunt inne, dann ließ sie sich fallen in die Arme eines Mannes, der nicht auf Frauen stand. Sie verschwendete keinen Gedanken mehr daran. Nur der Moment zählte, und er fühlte sich verdammt richtig an.

Es kostete Jo ein bisschen Mühe, seinen Körper kurze Zeit später auf den Fahrersitz zurückzubringen. Sehnsuchtsvoll blickte er Franzi an. Kam nun die Ernüchterung für Franzi? War es nur ein kurzer Moment gewesen, in dem Jo vergessen hatte, dass er eigentlich die Liebe zu Männern bevorzugte? Konnte diese innige Zuneigung, die beide noch vor wenigen Minuten erfüllt hatte, ein Irrtum gewesen sein?

Franzi zwang sich, nicht danach zu fragen. Sie wollte dieses wundervolle Erlebnis nicht mit einem Satz zerstören. Sie fürchtete sich vor Jos Antwort. Verlegen schaute sie ihn an. Jo hatte Mühe, Franzi anzusehen, er lächelte jedoch verheißungsvoll. Als er sich räusperte und zum Sprechen ansetzte, hielt Franzi den Atem an.

»Entschuldige, Franzi ... ich ...«

»Schon gut, du musst mir nichts erklären ...«, antwortete Franzi schnell.

»Doch ... ich habe dich belogen! Und das hast du in der letzten Zeit öfter erleben müssen. Ich schäme mich.« Jo senkte schuldbewusst den Kopf.

Franzi straffte die Schultern. »Du hast mich angelogen? Nur weil wir unglaublich guten Sex miteinander hatten?«

Jo sah sie nun direkt an.

»Es hatte nichts zu bedeuten?« Franzi stotterte unsicher.

»Für dich, dachte ich ...... oder ...... nicht?« Er nahm ihre Hand und hauchte einen Kuss in die Innenfläche. Konnte ein schwuler Mann so viel Zärtlichkeiten für eine Frau aufbringen? Franzi fing Jos flehende Blicke auf. Sie verstand ihn nicht.

»Ich habe dich schon geliebt, bevor deine Oma diesen Deal mit meinen Eltern einging. Es wäre für mich das Schlimmste gewesen, wenn du mich geheiratet hättest, nur weil es so gefordert wurde. Ich hatte große Angst, mich zu verlieren. Eine Ehe mit einer Frau, die mich nicht mag. Ich musste das verhindern, mit garstigen Bemerkungen und Handlungen. Glaube mir, es hat mir jedes Mal das Herz gebrochen, dich derart zu verletzen. Ich hoffe, du kannst mir irgendwann verzeihen.«

Franzi starrte zum Seitenfenster hinaus. Langsam wandte sie ihren Kopf in seine Richtung. »Hab ich das nicht längst?«, flüsterte sie ergriffen. »Ich müsste dir dankbar sein, dass du versucht hast, uns beide zu schützen. In welch einer verrückten Welt leben wir nur? Du bist nicht schwul? Hatte Tommy also doch recht, als er behauptete, dass etwas nicht stimmt?«

Jo grinste verschämt. »Habe ich mir gleich gedacht, dass Tommy mich durchschauen würde.«

»Ja, hat er, aber ich habe ihm nicht geglaubt!« Franzi lachte befreit. Sie hatte sich demzufolge nicht getäuscht, die zufälligen Berührungen, die vertrauten Gesten sowie die spürbare Nähe, die sie beide in den vergangenen Tagen verbunden hatten, waren ein Nährboden für eine innige Verbindung gewesen. Sollte das Schicksal es doch gut mit ihr meinen? Liebevoll betrachtete sie Jo, der weiterhin verlegen wirkte.

»Küss mich«, forderte sie ihn schlicht auf.

Jo ließ sich kein zweites Mal bitten.

Da Franzi am darauffolgenden Tag nach England fahren würde, beschlossen sie, einen Spaziergang am Deich zu unternehmen. Sie waren sich darüber einig, es den anderen erst einmal nicht mitzuteilen, dass sie sich verbunden fühlten. Daher genossen sie die Zweisamkeit am Deich. Es wurde eine lange Wanderung, die sie Hand in Hand verbrachten. Immer wieder sahen sie sich verliebt in die Augen. Sie achteten darauf, von niemandem erkannt zu werden. Der Strand war ohnehin menschenleer. Franzi fühlte, wie sie ruhiger wurde, wenn nicht das Reisefieber hin und wieder ihr Innerstes aufwühlte oder einfach nur die Nähe und die Zärtlichkeiten Jos.

»Ich weiß gar nicht, wie ich es ohne dich aushalten soll, während du dich in England aufhältst!«, gestand Jo zerknirscht.

Franzi lachte unbekümmert. »Ich auch nicht, zumal ich keine Ahnung habe, wie lange ich fortbleiben werde. Zum Glück gibt es Telefone. Und ich habe deine Schwester dabei, das wird mich trösten«, erwiderte Franzi liebevoll und nahm Jo fest in ihre Arme.

»Lustig, und wer bleibt bei mir?«, jammerte Jo gespielt entrüstet.

Jetzt kicherte Franzi frech. »Meine Oma!«

»Nur ein schwacher Trost«, maulte Jo.

Beide lachten übermütig.

Am späten Nachmittag fuhren sie zum Gestüt zurück. Franzi musste sich auf die Reise vorbereiten. Sie hatte es bisher nicht geschafft, die Fähre zu buchen, und eine Unterkunft benötigte sie sicher auch. Sie konnte nicht davon ausgehen, dass Elisabeth ein Bett für sie bereithielt, zumal Franzi nicht davon abgewichen war, nichts von ihrer Ankunft zu erwähnen.

In der folgenden Nacht verbrachten Jo und Franzi ihre vorerst letzte gemeinsame Zeit. Nicoline schmollte, als Franzi ihr verwehrte, in ihrem Zimmer zu übernachten. Sie fügte sich Franzis Wunsch nur widerwillig.

Tetbury

Nicoline saß neben Franzi auf dem Beifahrersitz und plapperte in einem fort. Dabei knabberte sie hingebungsvoll Kartoffelchips und trank Cola dazu. Sie waren gut vorangekommen und würden in zwei Stunden Hoek van Holland erreichen. Dort legte die Fähre nach Harwich ab.

Franzi hatte eine Kabine gebucht, in der sie einige Stunden schlafen konnten.

Zumindest wenn Nicoline es schaffte, ein paar Stunden ruhig zu bleiben. Die Frauen lösten sich alle zwei Stunden mit dem Fahren ab. Nicoline erwies sich als gute Fahrerin. Während sie sich auf den Verkehr konzentrierte, verstummte sie und sprach nur das Nötigste. An der nächsten Raststätte stand ihnen ein Wechsel bevor. Nicoline würde die restliche Strecke zur Fähre übernehmen. Was leider zur Folge hatte, dass Franzi sich bei ihrer Ankunft in England dem Linksverkehr würde stellen müssen.

Der Abschied von der restlichen Familie Berendes war in der Morgendämmerung kurz und schmerzlos verlaufen. Laura hatte Franzi in den Arm genommen und ihr ins Ohr gehaucht: »Ich freue mich für euch!« Franzi hatte Jo einen überraschten Blick zugeworfen. »Er hat nichts verraten, aber ihr beide strahlt um die Wette, das sieht ein Blinder, wie ihr aufgeblüht seid.« Laura kicherte verschwörerisch.

»Na, wenn das so ist!« Franzi war auf den ahnungslosen Jo zugegangen und hatte ihn zum Abschied geküsst. Nicoline war vor Begeisterung aus allen Wolken gefallen. Daher hatte es auf der Fahrt bis Göttingen nur ein Thema gegeben. Franzi lächelte glücklich. Sie spürte von Stunde zu Stunde ihre alte Lebenslust zurückkehren. Nur dass sie niemals zuvor so verliebt gewesen war.

»Da, siehst du, eine Raststätte. Ich muss dringend zur Toilette«, jammerte Nicoline.

»Kein Wunder, wenn du Cola in diesen Mengen trinkst.«

»Man muss viel trinken«, belehrte Nicoline sie beleidigt. Franzi lenkte das Auto in eine Parkbucht, und Nicoline stürmte los, um die Örtlichkeiten aufzusuchen. Belustigt schüttelte Franzi ihren Kopf. In aller Ruhe verschloss sie ihren Wagen und folgte ihrer Freundin.

Etwas erfrischt setzten sie ihren Weg fort. Franzi nutzte die Gelegenheit, ihr Handy zu checken. Luke schrieb ihr laufend SMS und beteuerte, wie leid ihm alles tue. Franzi ignorierte die Nachrichten und löschte sie sofort. Überrascht entdeckte sie eine Kurznachricht von Tony. Er schrieb eigentlich nie, es musste ihn große Mühe gekostet haben. Franzi lächelte, sie stellte sich bildlich vor, wie er versucht hatte, die Buchstaben des Handys in Einklang zu bringen. Als sie die ersten Zeilen las, wurde sie blass.

Liebe Franzi, bitte verzeihe mir, dass ich dir nicht von meinen Beobachtungen berichtet habe. Aber ich kann es dir nicht länger verheimlichen. Es war die Gräfin! Zumindest bin ich mir ziemlich sicher. Ich habe auf dem Weg zur Arbeit gesehen, wie sie draußen im Feld auf einer brachliegenden Wiese herumkraxelte. Ich bin froh, dass du zu deiner Tante unterwegs bist. Du wirst dort auf weitere, aber ich denke, positive Überraschungen stoßen. Pass gut auf dich auf, Deern! Tony.

Franzi ahnte, dass diese Zeilen bedeutsam waren, jedoch verstand sie nicht, worauf Tony hinauswollte. Nicoline blickte abwechselnd von Franzi zur Fahrbahn. Sie sah ihrer Freundin die Ratlosigkeit an.

»Was ’n los?«, drängelte sie unruhig.

»So genau weiß ich es nicht, aber Tony bittet mich um Verzeihung!« Franzi sah ihre Freundin verständnislos an.

»Lies mal vor«, verlangte Nicoline. Aufmerksam hörte sie Franzi zu. Jetzt stieß sie aufgeregt hervor. »Boah! Er meint Dakota! Ich bin mir ganz sicher! Die Gräfin hat die Eiben gesammelt und ihn damit gefüttert!«

Franzi ließ ihr Handy auf ihren Schoß sinken. Sie starrte durch die Windschutzscheibe.

»Ehrlich gesagt, wundert mich das auch nicht mehr. Es tut nur unendlich weh«, flüsterte Franzi kaum hörbar.

»Diese alte Schnepfe«, schimpfte Nicoline, »mir ist noch nie zuvor ein schlechterer Mensch begegnet. Warum tut sie so etwas?«

Franzi beförderte ihr Telefon in das Handschuhfach, dort würde sie es nur in Notfällen wieder herausnehmen.

»Wir hatten eine tolle Fahrt bisher, so soll es auch bleiben, Dakota macht es nicht wieder lebendig, und wir belasten uns jetzt nicht mehr mit dem Scheiß!«, sagte Franzi mit fester Stimme. »Mein Handy bleibt in der Verbannung, ich habe keine Lust auf blöde Nachrichten!«

Nicoline nickte und konzentrierte sich auf die Autobahn. »Franzi? Ist dir klar, dass auch Jo dich so nicht erreichen kann?« Sie grinste belustigt.

»Ja«, knurrte Franzi. »Ich vermisse ihn jetzt schon«, gestand sie ihrer Freundin zerknirscht.

Nicoline lachte diebisch. »Du kannst gerne mein Handy benutzen.« Sie reichte es Franzi großzügig. »Schreib ihm, dass du ab sofort nur über diese Nummer zu erreichen bist!« Nach kurzem Zögern nahm Franzi das Angebot an. Sie erhielt prompt eine Antwort, Jo vermisste sie genauso sehr. Franzi lächelte und strich mit dem Daumen über die zärtliche Nachricht.

»Ihr seid ziemlich verliebt, stimmt's?« Nicoline hatte die Geste beobachtet. Ihr Bruder hatte diese tolle Frau verdient, dass die beiden endlich zueinandergefunden hatten, gefiel Nicoline ausgesprochen gut und erwärmte ihr Herz.

Franzi sinnierte. »Ich denke, so kann man es bezeichnen. Er ist in mein Herz gedrungen, ohne dass ich es verhindern konnte, und hat sich dort eingenistet.«

»Ja, so ist er, mein Bruder!« Für Nicoline war es der willkommene Aufhänger, sich zum x-ten Mal die Liebesromanze der beiden erzählen zu lassen. Franzi kam ihrem Wunsch nur zu gerne nach. Sie schwelgte in Erinnerungen, während sie erzählte.

»Allerdings kann ich die vergangenen Tage nicht als Romanze bezeichnen, sie bestanden eigentlich nur aus Turbulenzen!«, fügte Franzi stöhnend hinzu.

Nicoline schenkte nun dem Verkehr ihre ungeteilte Aufmerksamkeit. Plötzlich rief sie aufgeregt: »Da, sieh, die Fähre! Boah, ist da ein Andrang, hoffentlich passen wir noch mit drauf?«

»Na klar, ich habe doch gebucht, wir werden einen Platz zugewiesen bekommen.«

Die Wartezeit bis zur Abfertigung war kürzer, als am Anfang gedacht. Nicoline lenkte das Auto über die Gangway und fuhr geschickt in die ihr angezeigte Parkbucht.

Für ein paar Stunden konnten die beiden Frauen die Verantwortung an den Kapitän abgeben. Der würde die Fähre verlässlich in den Hafen von Harwich fahren.

Nicoline und Franzi suchten die Kabine auf, die sie gebucht hatten. Beim Betreten stieß Nicoline einen Schrei aus. »Ach du liebe Lotte, ist das beengt hier! Etagenbetten! Wir können gar nicht angemessen quatschen!«

Franzi verdrehte die Augen. »Wir müssen ohnehin schlafen, ich für meinen Teil bin hundemüde.« Sie ersparten sich die Auslosung, wer oben liegen sollte. Franzi griff kurzerhand zur Matratze in der zweiten Etage und wuchtete die Liegefläche herunter. Sie legte sie auf den Fußboden und verfrachtete Kissen und Bettdecke ebenfalls nach unten.

»So, nun kannst du quatschen, aber bitte geräuschlos!«, sagte Franzi und lachte amüsiert. Sie betteten sich so, dass sie zum Bullauge hinausschauen konnten. Ausgerechnet Nicoline mit ihrem unerschütterlichen Redebedarf schlief unverzüglich ein. Franzi kicherte zufrieden, auch sie kuschelte sich in die Decke hinein. Die Ungewissheit, was sie in England erwarten würde, hinderte sie jedoch daran, sofort einzuschlafen. Die unverständlichen Taten ihrer Großmutter geisterten zusätzlich in ihrem Hirn herum. Die Schiffsbewegungen verursachten ihr zunächst eine leichte Übelkeit, hoben sie dann aber doch noch sanft in einen traumlosen Schlaf.

Im Morgengrauen ertönte ein unschöner Ton aus den Lautsprechern und kündigte die baldige Ankunft in Harwich an. Franzi schreckte auf, sie musste zuerst überlegen, wo sie sich befand. Mit einem Schlag fiel es ihr wieder ein. Nicoline schlief tief und fest. Sie bekam von der Ankündigung nichts mit. Leicht rüttelte Franzi ihren Arm. Jetzt öffnete sie verschlafen die Augen. Abrupt setzte sie sich auf.

»Sind wir da? Müssen wir zum Auto?« Im selben Augenblick schob sie die Beine aus dem Bett. Ihre Haare hingen ihr wirr ins Gesicht.

»Wir haben noch eine halbe Stunde, aber mit der Morgentoilette wird es knapp«, erwiderte Franzi gelassen.

»Macht nichts«, jubelte ihre Freundin, »wir sind in England!« Nicoline freute sich wie ein Schulkind. Eilig verschwand sie im winzigen Bad und kam, nachdem sie die Zähne geputzt hatte, erwartungsfroh wieder heraus. Franzi zog ebenfalls die Katzenwäsche vor und schlüpfte in die Nasszelle ihrer Kabine.

Die Hände fest um das Steuer geklammert, wartete Franzi gespannt auf die Aufforderung, das Autodeck zu verlassen. Ihrem Gehirn befahl sie, nur noch links zu denken, zumindest beim Straßenverkehr.

»Wir haben noch nicht einmal gefrühstückt!«, jammerte Nicoline auf dem Beifahrersitz. Franzi begann zu schwitzen, obwohl sie noch nicht einmal gestartet waren.

»Bei der nächsten Gelegenheit besorgen wir uns etwas Essbares, versprochen. Aber lass mich bitte jetzt in Ruhe, ich muss mich konzentrieren!«, antwortete Franzi ungeduldig.

»Wir fahren doch noch gar nicht!«, protestierte Nicoline beleidigt. Ein mahnender Blick von Franzi genügte, und ihre Freundin verstummte. Drei bis vier Stunden Fahrt standen ihnen bevor. Franzi würde London weiträumig umfahren und später die M25 in Richtung Tetbury nehmen.

Landschaftlich hatte die Gegend einiges zu bieten. Nicoline sog alles in sich auf, Franzi nur am Rande, denn ihre Aufmerksamkeit gehörte dem Linksverkehr. Trotz höchster Konzentration hätte sie fast einen Unfall verursacht, als sie beim Umfahren einer Verkehrsinsel wie gewohnt auf die rechte Seite fuhr. Franzi war dem Gegenverkehr ausgewichen, indem sie auf den Bürgersteig gefahren war. Es hatte gehörig gerumpelt, aber beide Frauen waren mit dem Schrecken davongekommen.

»Verdammt, jetzt brauche ich einen Kaffee und eine Pause«, zischte Franzi.

Sie hielt an einer Raststätte und atmete tief durch, als sie den Wagen zum Stehen brachte.

»Du machst das sehr gut!«, schmeichelte ihr Nicoline. Offensichtlich fürchtete sie einen Fahrerwechsel.

Franzi grinste sie an: »Alte Schleimerin!«

»Ich meinte das ernst!«, empörte sich Nicoline.

»Schon gut, ich denke, wir kriegen das hin.«

»Wo werden wir eigentlich wohnen?«, fragte Nicoline neugierig.

»Ich habe ein ganz bezauberndes Hotel gefunden. *The*

Snooty Fox. Es liegt in der Nähe des Hauses meiner Tante, ich kann zu Fuß dorthin schlendern und unverfänglich an der Tür klingeln.«

Nicoline schluckte.

»Unverfänglich? Bist du nicht aufgeregt?«

Franzi kicherte nervös. »Da kannst du Gift drauf nehmen!«

Beide entschieden sich für ein typisches englisches Sandwich, dazu nahmen sie einen Tee, da sie vermuteten, dass der Kaffee nicht ihrem Standard entsprechen würde. Der Tee würde dagegen sicher *very english* schmecken. Sie nahmen draußen auf einer Holzbank Platz und lauschten beim Kauen dem vorbeirauschenden Verkehr. Nicoline legte ihren Kopf an Franzis Schulter.

»Es ist schön, mit dir zu reisen. Danke, dass du mich mitgenommen hast!«

Franzi trank einen Schluck Tee, nun hielt sie die Tasse gesenkt vor sich und blickte auf Nicoline. »Das Kompliment kann ich nur zurückgeben!« Die Frauen strahlten sich an. Schweigend genossen sie den Rest der Pause und ließen ihre Gedanken schweifen.

Franzi fieberte dem Besuch bei Elisabeth entgegen, sie hatte noch keine Vorstellung davon, wie Elisabeth ihn aufnehmen würde. Zumal sie unverhofft an ihrer Tür klingeln wollte. Das zurückliegende Telefonat war gut verlaufen, aber wie es sich wohl entwickeln würde, wenn beide aufeinandertrafen? Franzi verwarf die Zweifel und beschloss, dem Treffen mit positiven Gedanken entgegenzusehen.

Gestärkt und frohen Mutes begaben sie sich für den Rest der Fahrt ins Auto.

Tetbury zeigte sich von der sonnigen Seite. Mit wunderschönen Blumen in Kübeln und Pflanzkästen empfing die zauberhafte Stadt ihre neuen Gäste. Hier waren im Krieg tatsächlich kaum Gebäude zerbombt worden, so dass die alte Bauweise weitgehend erhalten geblieben war. Die alte Markthalle mit ihren Säulen dominierte das Stadtbild. Hier wurde zweimal die Woche ein Wochenmarkt abgehalten. Beeindruckt fuhren sie an dem Teehaus vorbei, welches dem Prinz of Wales gehört hatte. Zahlreiche Touristen tummelten sich vor dem Eingang.

The Snooty Fox war ein Eckhaus unweit der steilen Straße, die zu Elisabeth führte. Die Freundinnen ließen die harmonische Atmosphäre auf sich wirken. Allerdings war auf den schmalen Straßen nicht viel Raum für Parkplätze. Franzi konzentrierte sich verkrampft auf den Linksverkehr, was in den schmalen Straßen doppelt so schwer war. Sie kurvte etliche Male um das Hotel herum, bis sie entdeckte, dass es hauseigene Stellplätze gab.

»Passen wir überhaupt durch die enge Einfahrt?«, fragte Nicoline besorgt und streckte ihren Hals, damit sie die Breite des Autos besser einschätzen konnte.

»Wir werden es gleich feststellen«, erwiderte Franzi trocken. »Wenn wir stecken bleiben, hat es nicht gepasst!« Franzi gluckste und versuchte gelassen zu wirken. Souverän ließ sie ihr Auto durch einen gemauerten Torbogen rollen, darauf gefasst, jederzeit einen Außenspiegel abzufahren. Ohne Crash gelangten sie in den Innenhof und waren froh darüber, dass es freie Parkplätze gab. Sie holten ihr Gepäck aus dem Kofferraum und betraten die Lobby des Hotels.

Franzi schenkte dem eleganten Empfangsbereich keine große Beachtung. Nicoline dagegen bestaunte die barocken Möbel und die harmonischen Farben, die für eine gelungene Abrundung der Einrichtung sorgten. An der Bar befand sich ein gemauerter Kamin, der auch ohne Feuer eine heimelige, ländliche Atmosphäre erzeugte.

Das Innere des Hotels ließ niemanden vermuten, dass vor seiner Tür eine moderne Stadt lag. Es schien, als ob nicht nur das Mauerwerk Jahrhunderte überlebt hätte, auch im Herzen des Hauses fühlte der Betrachter sich in eine längst vergangene Zeit versetzt.

Franzi ergriff nach dem Check-in ihren Koffer und drängte Nicoline, ihr auf das Zimmer zu folgen. Franzi wollte nicht länger warten und Elisabeth sofort aufsuchen.

Als sie ihr Zimmer betraten, pfiff Nicoline anerkennend. »Wow! Das ist wunderschön hier. Schau mal, dort die Minibar ist einem Sattel nachempfunden. Als ob die auf uns gewartet hätten!«

Franzi schmunzelte. »Wegen der Bar oder dem Sattel?«, fragte sie belustigt. »Du, Nicoline, ich mache mich gleich auf zu meiner Tante, ist es okay für dich, wenn ich dich deinem Schicksal überlasse?«

»Na klar, du musst dir um mich keine Sorgen machen, ich komm schon zurecht.«

»Darf ich dein Handy benutzen, ich möchte Jo unsere Ankunft mitteilen, damit er sich nicht sorgt!«

Nicoline sah sie verständnislos an. »Du musst doch nicht immer fragen.« Sie schüttelte ihr Haupt, um ihre Empörung zu unterstreichen.

Familienbande

Franzi lief an der Markthalle vorbei und nahm eine hügelige Seitengasse. Von hier aus würde sie direkt zu Elisabeths Haus gelangen. Die Häuserreihen wirkten etwas bizarr, so als ob man sie nur anstoßen müsste, um sie wie Dominosteine umzuwerfen. Auch hier wiesen ihr Blumenkübel mit sommerlichen Blüten den Weg. Ein Duft von Lavendel schwängerte die warme Luft.

Franzis Herz klopfte und drohte zu zerspringen. Nur war ihr nicht ganz klar, ob dies durch die Steigung der Straße zustande kam oder ob es der Aufregung zuzuschreiben war. Franzi vermutete Letzteres, sie war im Training und auch harte Arbeit gewohnt. Ihre rechte Hand umklammerte einen großen Blumenstrauß, den sie an der Ecke des Hotels erworben hatte. Das feuchte Papier klebte und drohte zu verrutschen. Atemlos stand sie kurz darauf am Eingang, der Klingelknopf aus Messing wurde vor ihren Augen riesengroß. Drück mich, schien er ihr zurufen zu wollen. Mit zitterndem Zeigefinger betätigte sie ihn. Ein melodischer Dreiklang ertönte und trieb ihre Anspannung ins Unermessliche.

Schritte waren zu hören, und schließlich öffnete Elisabeth. Erstarrt sah sie Franzi an. Es kam kein Ton aus ihrem offenen Mund. Sie hob die Arme und ließ sie gleich wieder sinken. Sie machte auf dem Absatz kehrt und ging ins Haus zurück, ohne Franzi hereinzubitten.

Franzi vernahm ein Schluchzen. Verunsichert folgte sie

ihrer Tante in die Küche. Durfte sie nun eintreten oder nicht? Elisabeth hatte ihr den Rücken zugekehrt, ihre Schultern zuckten verdächtig.

»Du hättest mich vorwarnen sollen«, schniefte sie tränenerstickt. Sie zückte ein Taschentuch aus ihrer Schürze, putzte ihre Nase und wandte sich ruckartig Franzi zu. Mit ausgebreiteten Armen nahm sie ihre Nichte auf und drückte sie liebevoll an sich. Minutenlang verharrten sie in einer vertrauten Umarmung.

»Endlich darf ich dich bei mir haben. Unglaublich viel Zeit ist inzwischen vergangen. Ich bin so dankbar!« Elisabeth flüsterte die Worte nur, aber in Franzi lösten sie Lawinen von Glücksgefühlen aus.

»Gibt es einen Tee in diesem bezaubernden Haus?« Franzi versuchte, die Situation aufzulockern.

»Ich heize den Kessel an!«, flötete Elisabeth. Während sie die Teestunde vorbereitete, sah sie immer wieder zu Franzi. »Groß bist du geworden!«, meinte sie und musterte Franzi dabei von oben bis unten.

Franzi lachte heiter. »Das kann man so sagen. Es ist eine Weile her.«

»Achtundzwanzig Jahre, acht Stunden und …«, Elisabeth sah auf ihre Armbanduhr, »achtunddreißig Minuten!«

Franzi blieb der Mund offen stehen, sie schnappte hörbar nach Luft. »Du weißt das wirklich so sicher?«

»Ganz sicher, es war ein Lebensereignis, welches ich so schnell nicht vergessen werde!«, betonte Elisabeth mit bedächtiger Stimme.

»Bei mir ist ebenfalls einiges geschehen.«

»Ach, hat die Gräfin ihren silbernen Dolch gezückt und dich getroffen?« Bitterkeit lag in der Stimme ihrer Tante. »Ich hoffe, es ist nicht so heftig ausgegangen?« Elisabeth richtete ihren Körper zu voller Größe auf. In Kampfstellung deutete sie an, ein Gewehr zu heben, das zum Abschuss bereit war. »Ich töte sie für dich!« Langsam ließ Elisabeth ihre Arme wieder sinken.

Franzi wirkte verängstigt. »Nur ein Scherz, ich bin keine Mörderin, auch wenn die Gräfin etwas anderes behauptet.« Elisabeths Gesicht nahm einen weichen Ausdruck an, sie betrachtete Franzi liebevoll. Elisabeths blaue Augen wirkten feucht. Die Jahre waren nicht spurlos an ihr vorübergegangen. Falten zogen feine Linien von den Wangenknochen bis zu den Mundwinkeln. Franzi hatte leider nie Fotos aus der Zeit in Friedrichskoog gesehen, die ihre Tante in jungen Jahren zeigten. Aber sie war immer noch eine schöne Frau. Elisabeth besann sich darauf, den Tee zu kochen. Das Wasser brodelte bereits im Kessel.

»Wir können den Tee auf der Terrasse trinken, dort wärmt die Sonne noch herrlich. Ein Stündchen wird sie uns noch wohlgesonnen ihre Strahlen zur Verfügung stellen.« Elisabeth lächelte ihrer Nichte aufmunternd zu. Sie nahm zwei Tassen aus dem Küchenschrank und wies mit dem Kinn in die Richtung, in die Franzi sich bewegen sollte.

Der Platz an der Sonne entpuppte sich als eine kleine Oase. Blumen in allen Farben leuchteten um die Wette. Schmetterlinge tummelten sich dort, und Vögel sangen hingebungsvoll ihre Sommerlieder. Franzi fühlte sofort, wie sie sich entspannte. Nach der langen Fahrt war sie nun nicht nur körperlich angekommen.

Elisabeth stellte Kekse in einer filigranen Porzellanschale dazu. Franzi ließ sich in einen Korbsessel fallen und sah ihre Tante an. Elisabeth wirkte vertrauenswürdig auf Franzi. Die Schilderungen ihrer Großmutter über die verstoßene Tochter konnte sie im Augenblick nicht nachvollziehen. Wahrscheinlich hatte auch das zu den dreisten Lügen der von Liebermann gehört.

Elisabeth führte die Tasse an den Mund und behielt Franzi dabei im Blick. Als sie das Getränk zurückstellte, forderte sie Franzi auf: »Erzähl, wo drückt der Schuh?«

Franzi kam der Aufforderung nur zu gerne nach. Auch wenn sie ihre Tante nicht sofort bei der Ankunft damit überfallen hatte wollen, war sie froh darüber, ihr Herz ausschütten zu können. Allerdings brannte Franzi zuvor noch eine Frage auf den Nägeln: »Wie kam es, dass du mich gleich erkannt hast, als ich vor deiner Tür gestanden habe?«

Elisabeth reagierte zurückhaltend. »Nun … ich … habe deine Reitturniere verfolgt, im Internet und in den deutschen Pferdezeitschriften. Daher weiß ich, wie du heute aussiehst.«

Um Zeit zu gewinnen, übernahm Franzi die Aufgabe, ihre Tassen neu zu füllen. Es rührte sie, dass Elisabeth sie nicht vergessen und sogar die Medien genutzt hatte, um Informationen über ihre Nichte zu finden. Versonnen blickte Franzi in den wunderschönen Garten, den ihre Tante so liebevoll gestaltet hatte. Ohne den Blick abzuwenden, begann sie zu erzählen, wie es ihr in Friedrichskoog ergangen war, angefangen bei dem tragischen Unglück, das ihrem Pferd widerfahren war. Dabei konnte sie ihre Tränen nicht verhindern. Elisabeth hörte still zu, auch ihr entwich hin und wieder ein Schluchzen. Franzi atmete am Ende ihrer Geschichte tief durch. Beide Frauen schwiegen betroffen, bis Elisabeth als Erste die Stimme wiederfand.

»Ich habe viele Fehler in meinem Leben gemacht. Susann hatte es nicht immer leicht mit mir. Aber ich habe unter Susann auch viel gelitten. Ich dachte, bei dir wäre es anders. Aber nun scheint sich alles zu wiederholen.« Traurig sah sie ihre Nichte an.

»Oma hat von dir stets nur Böses berichtet. Wenn ich es mir jetzt genauer überlege, war aber nie etwas Konkretes dabei.«

Eine gefühlte Ewigkeit sah Elisabeth Franzi an. Dann nickte sie kurz und erhob sich umständlich aus ihrem Sessel. Mit schweren Schritten ging sie ins Haus. Franzi wartete geduldig auf ihre Rückkehr. Unterdessen betrachtete sie den Garten und freute sich über die Vielzahl der Schmetterlinge.

Elisabeth kam außer Atem auf die Terrasse. Spinnweben hatten sich an ihrer Kleidung verfangen, und Staub bedeckte ihr rosiges Gesicht.

»Ich war auf dem Dachboden!«, schnaufte sie verschwitzt.

Sie hielt ein in braunes Leder gebundenes Buch in der Hand. Zögerlich reichte sie es ihrer Nichte. »Ich habe es für dich verwahrt, damit du es eines Tages lesen kannst. Ein anderes Exemplar ist bei meinem Notar hinterlegt. Wenn du möchtest, darfst du ins obere Stockwerk gehen, dort befindet sich ein Gästezimmer. Nicht sonderlich groß, aber gemütlich.«

Ehrfürchtig nahm Franzi das Buch an sich. Es fühlte sich weich und kostbar an, abgesehen von den Staubresten, die daran hafteten.

»Warum erzählst du mir nicht einfach, was dort steht?«

Elisabeths Gesicht verhärtete sich plötzlich. »Weil ich möchte, dass du es selbst liest, und wenn du mir verzeihen kannst, gibst du es mir zurück!«

Zaghaft strich Franzi über das braune Leder. »Okay, wenn du es für besser hältst, will ich das gerne tun.«

Ein Lächeln huschte über Elisabeths Gesicht. »Schön, ich begleite dich hinauf, damit du dich nicht verirrst!«

Mit jeder Stufe, die sie ging, wurde Franzi nervöser. Würde ihr erneut der Boden unter den Füßen weggezogen? Oder gab es endlich Klarheit über ihre Vergangenheit?

Elisabeth schien es nicht besser zu gehen. Angstvoll betrachtete sie Franzi, als ob die Schwelle zum Gästezimmer ein Abschied für sie wäre.

1985 – Elisabeth

Elisabeth sah aus dem Küchenfenster, sie hatte den Abwasch erledigt und rieb das Spülbecken trocken. Sie beobachtete währenddessen die Hofeinfahrt des Nachbarhauses. Dort wohnten Bettina und Richard. Ihre Schwester Bettina würde gleich ihre wöchentliche Fahrt zum Psychologen antreten. Elisabeth hatte versprochen, unterdessen ihre Tochter zu beaufsichtigen.

Elisabeth grinste zufrieden, die zweijährige Esta würde schlafen wie ein Murmeltier. Sie holte den selbst gebrannten Obstler aus dem Keller und befüllte ein Schnapsglas. Zusätzlich rührte sie Honig in das scharfe Zeug. Ein schiefes Grinsen breitete sich auf ihrem markanten Gesicht aus. Sie schob ihr kantiges Kinn vor und sah erneut zur Hofeinfahrt. Bettina rollte gerade mit ihrem VW Käfer vom Gut.

Elisabeth nahm die Schürze ab und strich mit der flachen Hand über ihre Rundungen, die in einem kleinen Schwarzen steckten. Eigentlich zu schade für die Stallarbeit. Sie wusste jedoch, dass ihr Schwager sich darüber freuen würde. Sie spürte bereits seine schwieligen Hände unter ihrem Rock. Ihre dumme Schwester, wie konnte sie Richard nur vernachlässigen? So einen Mann durfte man nicht aus den Augen lassen. Aber Elisabeth sollte es recht sein. Rasch nahm sie das Schlafmittel, verbarg das kleine Glas, in das sie den Obstler gefüllt hatte, geschickt in der Faust und eilte zum Haus ihrer Schwester.

Esta stand bereits aufrecht am Gitterbettchen und sah sie

aus enttäuschten Augen an. Sie hatte sicher ihre Mutter erwartet.

»Na, mein Mäuschen«, säuselte Elisabeth freundlich. »Ich habe dir etwas mitgebracht.« Sie lächelte ihrer Nichte entgegen. Esta schrie ihren Protest lauthals heraus, als Elisabeth ihr fahrig den scharfen Obstler einflößte. Elisabeth war davon überzeugt, dass ihr Handeln nur der Sicherheit der Kleinen galt. Unvorstellbar, dass sie womöglich unbeaufsichtigt aus ihrem Bettchen stürzte.

»Dummes Ding, stell dich nicht so an. Rein damit!«

Esta schob die zitternde Unterlippe vor. Ihr tränennasses Gesichtchen bebte.

»Ist gleich vorbei, kleines Engelchen, du wirst gut schlafen.« Elisabeth nickte zufrieden, legte das Kind zurück ins Kissen und verließ mit eiligen Schritten das Haus ihrer Schwester. Eigentlich war ihr die Stallarbeit verhasst, aber für einen Mann wie Richard musste sie eben Opfer bringen. Wenn Bettina erst einmal in eine Klinik eingewiesen wurde, würde sie keinen Fuß mehr in den Stall setzen. Sie wollte Bettina wirklich nichts Böses, aber in diesem Fall wäre ein Klinikaufenthalt auf Dauer für alle das Beste.

Die Schwestern hatten zur gleichen Zeit geheiratet, fast wäre es eine Doppelhochzeit geworden. Bettina hatte dies jedoch abgelehnt, sie wollte ein eigenes Fest. Eigentlich untypisch für die sanfte, bescheidene Schwester. Elisabeth musste sich fügen und ihre Hochzeit verschieben. Nach alter Gutstradition durfte die ältere Tochter des Guts als Erste vor den Traualtar treten. Eines Tages sollten Elisabeth und Bettina die Geschäfte des Guts zu gleichen Teilen übernehmen. Zu viert würden sie eine stattliche Pferdezucht bewirtschaften.

Bettina und Richard hatten ein Haus an der Einfahrt des Grundstückes gebaut. Elisabeth und ihr Mann bewohnten das alte Gutshaus, gemeinsam mit ihrer Mutter, die noch lange nicht gewillt war, ihren Kindern die Führung ganz zu überlassen. Ein rundum gelungenes Unternehmen. Wenn nicht Elisabeths Mann Helmut vor zwei Jahren bei einem hässlichen Reitunfall ums Leben gekommen wäre. Plötzlich hatte sie alleine dagestanden. Das Glück, eigene Kinder zu bekommen, war ihr verwehrt geblieben.

Elisabeth hatte keine Lust gehabt, für lange Zeit die trauernde Witwe zu spielen, das Leben ging schließlich erbarmungslos weiter. Sie wollte dabei nicht zu kurz kommen. Außerdem wuchs unaufhaltsam der Wunsch, ein Kind zu bekommen. Die sensible Bettina hatte die Geburt ihres Kindes und den zeitnahen Verlust ihres Schwagers nicht verkraftet. Sie zog es vor, in eine Welt abzutauchen, zu der niemand sonst Zugang hatte. Die Ärzte verabreichten ihr jede Menge Antidepressiva. Mit nur mäßigem Erfolg. Den Aufgaben der Landwirtschaft war sie bald nicht mehr gewachsen gewesen. Ihr Kind, welches sie über alles liebte, verlor nach und nach die Mutter. Elisabeth übernahm die Aufsicht der kleinen Esta. Erst nach dem gemeinsamen Abendessen ging sie mit Bettina zurück in das Haus an der Hofeinfahrt. Für die Mahlzeiten der Familie war Elisabeth zuständig, sonst hätte der hart arbeitende Richard mit Sicherheit nichts zu essen auf den Tisch bekommen. Mit Hingabe versorgte Elisabeth ihren ansehnlichen Schwager. Und sie wusste nur zu gut, welche Bedürfnisse er sonst noch hatte. Für ihre Zwecke genau richtig.

Elisabeth fuhr mit den Fingern durch ihre langen brünetten Haare. Sie ließ die Pracht locker über die Schultern fallen. Mit erhobenem Haupt schritt sie in den Stall. Ihr Herz pochte. Sie hoffte inständig, dass Richards unstillbares Verlangen größer war als das Pflichtgefühl den Tieren gegenüber. Womöglich musste sie noch die Mistforke schwingen. Ihr stand der Sinn nach wichtigeren Dingen. Elisabeth arbeitete entschlossen an ihrer Zukunft als Mutter. Heiße Schauer durchliefen sie bei dem Gedanken daran.

»Huhu … Richard. Ich habe nun endlich Zeit, dir behilflich

zu sein.« Verführerisch schwang sie ihre Hüften. Mit der Zunge befeuchtete sie ihre roten Lippen. Richard sah von der Arbeit auf. Sofort ging ein gieriges Leuchten über sein Gesicht. Er hatte sich nicht rasiert. Die dunklen Bartstoppeln ließen sein kantiges Gesicht noch verwegener aussehen.

Elisabeth fing Feuer. Das Leben konnte so schön sein. Richard sah in dem dünnen T-Shirt aus wie ein Athlet. Die Muskeln drohten die letzten Fasern zu sprengen. Jetzt eilte er auf sie zu.

»Da kommst du zu spät, ich habe meine Arbeit bereits verrichtet. Aber zum Schuften bist du doch gar nicht hier, oder?« Er sah sie aus strahlenden Augen an. Bevor er Elisabeth an sich zog, vergewisserte er sich mit einem prüfenden Blick, ob Bettinas Auto das Gut verlassen hatte.

»Die Luft ist rein«, hauchte sie erregt. »Wir sind allein, meine Mutter macht Besorgungen.« Herausfordernd sah sie ihm in die Augen. Sie liebte diesen Reiz des Verbotenen. Ihr Körper vibrierte zum Zerspringen. Schon spürte sie Richards raue Hände an ihren Schenkeln. Sie kicherte, als sie in sein erstauntes Gesicht blickte. Sie hatte auf einen Slip verzichtet. Elisabeth freute sich diebisch über die gelungene Überraschung.

»Du durchtriebenes Biest«, raunte er rau und grinste. Er packte fester zu. Elisabeth stöhnte laut auf. Richard war kein Mann, der Rücksicht nahm. Wenn er sie wollte, griff er zu. Ihr Liebesstöhnen war nicht immer nur der Erregung zuzuschreiben. Er schob ihr Kleid hoch, so dass Elisabeth nicht imstande war, sich zu bewegen. Wenigstens küsste er ihren Bauchnabel. Zielstrebig wanderte er seinem eigentlichen Ziel entgegen. Elisabeth spürte seinen harten Bart an ihren Schenkeln. Lustvoll stöhnte sie auf. Richard schob sie auf einen Strohhaufen und drang in sie ein. Kurz darauf hallte ein Schrei durch den Stall. Er ergoss sich in sie und ließ danach sofort von ihr ab.

»Du hast es aber eilig heute. Ich bin gar nicht auf meine Kosten gekommen«, protestierte Elisabeth enttäuscht. Sie schob ihm provozierend ihr Becken entgegen und zog ihn zu sich heran.

Gekonnt wich er ihr aus. »Dein Problem, du musst auch gleich wieder verschwinden, der Tierarzt kommt in ein paar Minuten.« Er küsste sie dennoch hart auf den Mund. Mit einem Klaps auf den Po schob er sie aus dem Stall.

Elisabeth zwang sich zu einem Lächeln. »Bis später dann«, hauchte sie vielversprechend und verließ schmollend die Stätte der Begierde. Elisabeth ließ sich nichts anmerken, aber das Treffen mit Richard hatte sie sich anders vorgestellt. So gefühllos ging er sonst nicht mit ihr um. Trotzdem würde sie weiterhin alles tun, um ihm zu gefallen. Sie brauchte einen Mann an ihrer Seite. Wenn Bettina erst einmal in einer Klinik untergebracht war, hatte das Gut von Liebermann eine neue, alleinige Hausherrin. Wie sie ihrer Mutter die Schwangerschaft, auf die sie brennend hoffte, erklären wollte, war noch unklar. Dabei fiel ihr ein, dass Esta unter Umständen wach geworden sein könnte. Die Dosis Alkohol verlor oftmals rasch ihre Wirkung. Wahrscheinlich würde sie den Engelmacher zukünftig verstärken müssen. Esta gewöhnte sich zu schnell daran. Eilig huschte sie in das Haus ihrer Schwester. Als sie die Tür öffnete, wurde sie vom lauten Krähen ihrer Nichte empfangen.

»Hallo, du kleine Monsterbacke«, flirtete sie liebevoll. Elisabeth hob die Kleine aus dem Bett. Mit einem feuchten Waschlappen wischte sie die Tränenflut trocken. »Nun ist aber gut. Hör auf zu heulen! Was soll denn dein Papa denken, wenn er dich so sieht.« An Bettina dachte sie nicht. Sie befand sich in ihrer eigenen Welt und bemerkte die Nöte des Kindes nicht.

Sie wickelte Esta in eine Decke und trug sie über den Hof in das Haupthaus. Jeder Schritt erinnerte sie an die schmerzhafte Zusammenkunft mit ihrem Schwager. Ihr Unterleib tat weh. Mit wütender Miene gelobte sie Rache. Irgendwann würde die richtige Gelegenheit kommen. So lange musste sie warten.

Elisabeth hatte gelernt, die günstigen Momente im Leben für sich zu nutzen. Schließlich kannte sie ihre Waffen. Die Waffen einer Frau.

Beim Überqueren der Hofeinfahrt erkannte sie den Wagen des Tierarztes. Zumindest hatte Richard sie nicht mit einer Lüge abgewimmelt. In dem Bewusstsein, möglicherweise von Richard gesehen zu werden, alberte sie herzlich mit ihrer Nichte herum. Esta krähte vor Freude und sabberte an Elisabeths Brust, die kurz zuvor ihrem Vater Wonne bereitet hatte.

Bettina

Der VW Käfer rumpelte die Ausfahrt entlang. Die Besuche beim Psychologen waren der einzige Grund für Bettina, ihre häusliche Umgebung zu verlassen. Richard hatte ihr das Versprechen abgenommen, die Therapie nicht zu unterbrechen. Auch wenn es unendlich schwer für Bettina war, sie musste es weiter versuchen. Die Gespräche mit Dr. Sauerbrand verhalfen ihr nicht auf den richtigen Weg. Ihre Verfassung blieb unverändert. Ein Hamsterrad, kein Anfang und kein Ende und keine Besserung in Sicht.

Sie hatte den großen Fehler begangen und in der Familie ihre Suizidabsichten ausgesprochen. Nur ein einziges Mal. Seither sprach ihre Schwester nur noch von einer Klinikeinweisung. Selbst ihre Mutter hielt die Idee inzwischen für richtig. Auf keinen Fall wollte sie in die Geschlossene. Ihre Ängste würden nur furchtbarer werden. Sie befand sich in einer Tretmühle, die für sie kaum noch zu ertragen war.

Bettina beobachte Elisabeth mit Argusaugen. Hin und wieder glaubte sie, ihre Schwester wartete nur darauf, sie endlich aus dem Haus zu haben. Esta gehörte im Prinzip bereits in Elisabeths Haushalt. Seit sie nach der Abfahrt ihren Wagen kurz entschlossen stehen gelassen hatte, um zu Fuß zurückzugehen, wusste sie, wieso. Aus einer Eingebung heraus hatte sie Richard im Stall aufsuchen wollen. Sie hatte gehofft, es würde einen Fortschritt für ihre Ehe bedeuten, wenn sie ihm zum Abschied einen Kuss gab. Dr. Sauerbrand wäre stolz auf sie gewesen. Es hätte ein Ansatz für die anstehende Therapie sein können. Nun würde sie Dr. Sauerbrand etwas anderes berichten müssen.

Sie hielt das Lenkrad umklammert. Nur mühsam konnte sie dem Verlauf der Straße folgen. Waren schon immer Begrenzungspfosten auf dieser Strecke gewesen? War die Straße immer schon so schmal? Bettina kniff die Augen zusammen, um die Abstände besser abschätzen zu können. Die weit auseinanderliegenden Höfe huschten an ihr vorbei. War ihr Tempo angemessen?

Warum gelang es ihr nicht, eine normale Ehefrau zu sein? Richard gab sich große Mühe, Verständnis für ihre Krankheit aufzubringen, dennoch fiel es ihm zunehmend schwerer. Bettina verstand das nur zu gut. Aber wie nur sollte sie es ändern? Die unüberwindbare Trauer, die Ängste. Nur unter größter Anstrengung schaffte sie es, ihr Kind morgens zu versorgen. Bettina wünschte sich, für Esta die nötige Disziplin aufbringen zu können. Ihr leeres Innerstes ließ sie blind für die Bedürfnisse ihrer Tochter sein.

Ein Lächeln huschte über Bettinas vergrämtes Gesicht. Esta hatte am Morgen ihre dünnen Ärmchen um ihren Hals gelegt.

»Ich hab dich lieb, Mami.« Sie hatte ihren Schnuller aus ihrem Mund gezogen und Bettina einen feuchten Kuss auf den Mund gegeben. Für einen kostbaren Augenblick hatte sie Hoffnung geschöpft. Die ehrliche Liebe ihrer Tochter gab ihr Kraft, aber es war nur ein Moment gewesen. Sie konnte sich nicht immer auf Esta konzentrieren, das lag an ihrer fehlenden Gesundheit. Sie würde dem kleinen Mädchen mit Sicherheit schaden.

Bettina erkannte die Fahrbahn nur noch schemenhaft. Mit der flachen Hand wischte sie sich über die tränenden Augen. Ein entgegenkommendes Fahrzeug hupte, als es an ihr vorbeirauschte. Abrupt trat sie auf die Bremse. War sie doch zu schnell gefahren? Bettina besann sich auf ihre Verantwortung im Straßenverkehr. Verantwortung. Ein Wort, eine Eigenschaft, die sie nur ungern hörte. Hatte sie nicht längst die Verantwortung für Esta aus der Hand gegeben? Durch die Medikamente fühlte sich ihr Körper an wie in Watte gehüllt. Die Außenwelt, dazu gehörte auch Esta, gab es für Bettina nicht. Das Mädchen hätte eine Mutter verdient, die ihr ihre volle Aufmerksamkeit widmete. Bettina war keine gute Mutter. Sie war unfähig, auch nur die kleinsten Dinge anzupacken.

»Du nutzloses Etwas. Du verdienst es nicht, so ein wundervolles Kind dein Eigen zu nennen«, schimpfte sie bitter. Bettina erschrak, als ihre Stimme durch das Wageninnere schallte. Hektisch sah sie im Wagen umher. Sie fror. Dann kicherte sie. Ein lautes hysterisches Lachen schwoll an. Ihre Augen blieben davon unberührt. Sie lachte und konnte nicht mehr aufhören.

»Scheint ein lustiger Tag zu werden«, frohlockte sie. Um Haaresbreite hätte sie die Kontrolle über ihr Auto verloren. Mit einer Hand kramte sie in ihrer Handtasche. Die Beruhigungstabletten hatte sie stets dabei. Die über Jahre erlangte Übung erforderte kein Wasser, um die Traumbringer herunterzubringen.

Bettina stellte das Radio lauter, ertrug den Lärm nicht und drehte den Knopf, um die Lautstärke zu reduzieren. Sie bremste scharf, setzte den Blinker und ließ ihr Auto in ein Waldstück rollen. Hinter einer Lichtung blieb sie stehen. Wie es aussah, war nicht nur ihr Leben in eine Sackgasse geraten. Sie müsste ihr ganzes Geschick aufbringen, denn sie könnte hier nur im Rückwärtsgang wieder herauskommen. Angekommen in der Endstation?

Sie lockerte den Griff am Lenkrad. Langsam ließ sie den Kopf darauf sinken. Sie war nie der Draufgänger-Typ gewesen. Im Gegensatz zu Elisabeth. Ihre Schwester erreichte zielsicher ihren Willen. Auch wenn andere dabei auf der Strecke blieben. Warum war sie so anders geworden? Bettina mühte sich stets ab, ihr Schneckenhaus zu verlassen. Es gelang immer seltener. Die Liebe in ihrem Innersten drohte sie zu erdrücken, weil es ihr zunehmend schwerer fiel, sie zuzulassen.

Eine Kältewelle durchflutete ihren Körper. Sie richtete ihren Blick in den Rückspiegel. Bettina erkannte eine blasse Frau. Ihr Gesicht? Sie fand sich nicht schön. Dass Richard sie zur Frau genommen hatte, grenzte für Bettina immer noch an ein Wunder. In der Gemeinde munkelte man, er hätte es nur auf den Hof abgesehen. Bettina würde ihm das nicht einmal übel nehmen, wenn es so wäre.

Ihr bezauberndes Kind. Dieses wunderbare Geschöpf. Es brauchte eine Mutter, die in der Lage war, es zu versorgen. Elisabeth könnte diese Rolle übernehmen. Esta vertraute ihrer Tante und schien sie zu lieben. Hoffentlich kam Esta nie dahinter, dass Elisabeth hinter einer Fassade lebte, die sich nur schwer durchschauen ließ. Bettina war trotz ihrer Einfältigkeit nicht blind. Die Blicke, die Richard und Elisabeth bei den gemeinsamen Mahlzeiten teilten, waren eindeutig. Elisabeth übernahm die Aufgaben, die Bettina zustanden, nicht nur in der Kindererziehung. Der Besuch am Morgen im Stall hatte ihren Verdacht bestätigt. Erstaunt erkannte sie, dass es nur unbedeutend schmerzte. Im Gegenteil, sie gönnte Richard die Abwechslung, auch wenn es kein erfreulicher Anblick für Bettina gewesen war. Richard arbeitete hart und brauchte hin und wieder eine Frau. Sie wäre es nur zu gern gewesen, aber ihr fehlte die Kraft dazu.

Ein Rehbock huschte an ihrem Auto vorbei. Er sah Bettina für einen Moment in die Augen. Sie fühlte sich provoziert.

»Guck du nur. Deine Zeit kommt schneller, als du sprinten kannst. Der Jäger kennt dich.«

Sie schloss die Augen und ließ ihr Leben in Friedrichskoog Revue passieren. Ihre Kindheit. Die Schulzeit. Die Heirat mit Richard. Bettina riss die Augen auf. Plötzlich kannte sie ihren Weg. Den Weg, der hier ein Ende finden sollte.

»Verzeih mir, Esta! Ich liebe dich.«

Richard

Das Mittagessen bei Elisabeth erfüllte wieder alle Erwartungen. Selbst Susann war zufrieden mit ihrer Tochter. Sie hatte Esta im Griff. Das Mädchen saß brav am Tisch und löffelte ihre Mahlzeit. Esta quengelte nicht herum. Elisabeth entsprach in jeder Hinsicht einer Hausfrau, die einen Mann glücklich machen konnte. Bei Gott – das lag ihr!

Er grinste, in Erinnerung an ihren Besuch im Stall. Sie war die Resolutere der beiden Schwestern. Er wusste aber nur zu gut, dass ihr Tun und Handeln nie ohne Berechnung waren. Ihm war das egal. Bettinas Krankheit ließ ihn oft verzweifeln. Er liebte diese kaum vernehmbare, sanfte Frau. Sonst hätte er unter keinen Umständen um ihre Hand angehalten. Sie hatte ihm ein Kind geschenkt. Sie war sein größtes Glück.

Elisabeth umgarnte ihn wie die Katze das Mauseloch. Wenn er nicht auf der Hut war, würde sie ihn ganz gefangen nehmen. Das hatte Bettina nicht verdient. Wenn sie doch nur bald wieder die Alte werden könnte. Dann wäre sein Glück perfekt. Die Ausrutscher mit seiner Schwägerin mussten aufhören. Wenn sie nur nicht so verdammt raffiniert wäre. Sie brachte ihn um den Verstand. Die Aktion am Morgen, als sie ohne Slip unter ihrem Kleid im Stall erschienen war. Er stöhnte. Er versuchte, die erotische Verbindung mit Elisabeth zu verdrängen. Ein schlechtes Gewissen beschlich ihn. Wenn Bettina je erfahren würde, was ihre Schwester mit ihm anstellte, es wäre ihr Untergang.

»Kommst du zur Kaffeezeit wieder rein, mein Lieber?«, säuselte Elisabeth an der Haustür. Dabei strich sie wie zufällig über seinen Schritt. Sie strahlte ihn verstohlen an und warf ihren Kopf in den Nacken. Sie blinzelte verschwörerisch. Ob sie ihren Slip schon wieder angezogen hatte? Er schluckte.

»Ich weiß noch nicht, ich bin draußen bei den Wiesen. Bis zur Dunkelheit will ich die Zäune fertig haben. Obendrein beschäftigt mich, warum Betty nicht vom Psychologen zurückgekommen ist. Hat sie dir etwas davon gesagt, dass sie noch andere Termine hat?«

Elisabeths Lächeln erstarb kurzzeitig. Aber Richard beobachtete, wie sie es schaffte, es schon einen Moment später erneut aufblitzen zu lassen.

»Och, da mach dir mal keinen Kopf«, sagte sie und wischte seine Bedenken mit einer Handbewegung weg. »Du kennst sie doch. Wenn ihr etwas in den Kopf kommt, macht sie einen Abstecher, wer weiß wohin.«

»Eben, ich kenne Betty, und es ist nicht ihre Art, ohne Weiteres wegzubleiben«, entgegnete Richard scharf.

Elisabeth zuckte zusammen. Doch dann redete sie mit Engelszungen auf Richard ein. »Ich schicke dir sofort den Stallburschen, wenn ich sehe, dass sie zurück ist. Er ist heute für ein paar Stunden in der Scheune beschäftigt. Mach dir keine Gedanken … oder … soll ich …?«

Richard musste grinsen. Der Gedanke gefiel ihm. »Wenn es nicht zu umständlich für dich ist … Ich habe schließlich etwas nachzuholen.«

Elisabeth richtete sich auf. Herausfordernd schob sie ihr Kinn vor. »Eine Überlegung wäre es wert«, erwiderte sie und lachte verzückt.

Esta schlich heran und legte ihre Arme um Richards Knie. Sie schmiegte ihr Gesicht an ihren Vater und sah flehend zu ihm auf. »Bleib bitte, Papi!« Richard strich über ihren Blondschopf, gerührt über ihre Anhänglichkeit.

»Leider geht das nicht, Prinzessin. Die Arbeit muss erledigt werden. Heute Abend, wenn ich zurück bin, machen wir es uns gemütlich. Versprochen.« Liebevoll sah er sie an.

Elisabeth wies ihre Nichte zurecht. »Dummes Ding, wie stellst du dir das vor? Das Leben ist kein Ponyhof.« Sie schob Esta in den Hausflur. Unterdessen lächelte sie in Richards Richtung. »Zu herzig, die Kleine, nicht?«

Seine Augen verengten sich. Er behielt seine Gedanken jedoch für sich und nickte. Seit Betty in ihrer eigenen Welt versunken war, musste Elisabeth für das Kind sorgen. Er durfte sie nicht verärgern, denn mit ihr auf Kriegsfuß zu stehen, konnte unangenehm werden. Die Familie brauchte Elisabeth.

Richard steuerte auf den Trecker zu. Einen Fuß auf den Tritt gestellt, ließ er den Blick verwundert zur Auffahrt schweifen. Der Pastor kam angefahren, gefolgt von der Polizei. Richard wich alle Farbe aus dem Gesicht. Mit zitternden Knien stieg er vom Trecker. Abwartend blieb er stehen.

Elisabeth kreuzte die Arme vor der Brust. »Was will der Pastor hier? Zu essen gibt es nichts. Der soll mal woanders rumlungern«, rief sie ihm zu. Sie war zu unsensibel, um zu erkennen, dass Pastor Helge Söderbaum nicht zum Klönschnack vorbeikam.

Richard warf ihr einen warnenden Blick zu. Er ahnte, dass der unverhoffte Besuch des Pastors einen entsetzlicheren Grund hatte. Man kannte sich in der kleinen Gemeinde Friedrichskoog. In der Dorfkneipe hatte er mit Helge schon mal einen über den Durst getrunken. Er war ein Mann der Gemeinde. Zugänglich und freundlich. Nun näherte er sich mit besorgniserregender Miene. Er blieb direkt vor Richard stehen.

»Moin, Richard, ich habe keine guten Nachrichten. Es tut mir unendlich leid.« Helge sah niedergedrückt zu Boden. »Betty …« Er schluckte. Helge gelang es nicht, Richard in die Augen zu schauen.

Richard drehte sich weg. Er legte die Stirn an den Trecker. Die Schultern zuckten. Dann ertönte ein markerschütternder Schrei.

»Betty! Komm zu mir zurück!« Er sank zusammen. Kraftlos versuchte er, Halt zu finden. »Sag, dass es nicht wahr ist. Warum?«

Helge kam zu ihm herunter. Fürsorglich strich er Richard über die Schulter. »Sie ist friedlich eingeschlafen«, sagte er im Flüsterton.

Zögerlich sah Richard den Pastor an. »Was heißt das, Helge?«

»Autoabgase«, antwortete er kaum hörbar.

Richard sah ihn verwirrt an. »Sie hat …?«

Helge senkte die Lider und nickte ergriffen.

Elisabeth eilte zu Richard. Sie packte seinen Arm und zerrte ihn hoch. Sie sah ihren Schwager mahnend an. Dicht an ihn gedrängt fixierte sie ihn mit Blicken. Sie schien ihm klarmachen zu wollen, dass er nun nicht auch noch die Nerven verlieren durfte, dass er gebraucht wurde.

»Wir schaffen das, Richard. Hörst du? Du musst stark bleiben. Für dein Kind!« Elisabeth zwang Richard, zur Eingangstür zu schauen. Dort stand sie, Esta. Sie hatte gerade ihre Mutter verloren.

Susann trat aus dem Haus heraus. Sie hatte sich bereits zurückgezogen gehabt, um ein Schläfchen zu halten. Sie hob Esta hoch und hielt ihre Enkelin im Arm. Elisabeth zeigte mit dem Zeigefinger in die Richtung der beiden, auf den Rest der Familie, die nun auf tragische Weise kleiner geworden war. »Sieh sie dir an, gib ihnen ein Zuhause. Brich du mir nicht auch noch zusammen. Verdammt noch mal!«

»Lass ihm die Trauer, Elly. Es war doch auch deine Schwester. Ihr müsst beide alle Kraft aufbringen.« Helge versuchte zu trösten.

»Ich weiß das selbst«, blaffte sie Helge an. »Warum hast

du die Polizei mitgebracht? Die müssen verschwinden.« Elisabeth brachte ein paar Tränen zustande. Unter Umständen trauerte sie sogar wirklich um Betty. Helge gab den Polizisten ein Zeichen. Sie sollten zu einem anderen Zeitpunkt wiederkommen. Das Zuklappen der Autotüren war vernehmbar. Die Ordnungshüter zogen sich diskret zurück.

»Richard, lass uns ins Haus gehen. Schau, deine Tochter wartet auf dich.« Helge sprach sanft, nahezu liebevoll. Er lotste den trauernden Vater ins Haus.

Elisabeth lief voran. »Mutter, bring Esta in mein Bett, hinterher kommst du bitte in das Wohnzimmer.« Ihre energische Stimme hallte durch den Hausflur. Etwas behutsamer fügte sie hinzu: »Wir müssen mit dem Pastor Verschiedenes besprechen.«

Susann richtete sich nie nach Anweisungen, schon gar nicht, wenn sie von Elisabeth kamen. Doch diesmal leistete sie Folge. Sie gab der kleinen Esta einen sanften Kuss auf die Wange und trug sie in Elisabeths Schlafzimmer. Danach kam sie wie verabredet ins Wohnzimmer.

Dort war Richard in tiefe Trauer versunken, er weinte wie ein Kind. Aus tränenverschleierten Augen sah er Susann entgegen. Elisabeths Bemühungen, ihn zu beruhigen, prallten an ihm ab. Susann ließ sich auf ihren Sessel sinken und starrte den Pastor ungläubig an.

»Erzähl mir, was passiert ist, Helge! Bettina, sie war doch völlig gesund!«

Elisabeth betrachtete ihre Mutter, es wirkte, als sähe sie Susann zum ersten Mal richtig.

»Mutter«, sprach Elisabeth sanftmütig, »Bettina war nicht gesund, sie hatte große Probleme, die sie allem Anschein nach auf ihre eigene Art behoben hat.«

Susann funkelte Elisabeth böse an.

»Halt den Mund, du bist gar nicht gefragt worden!«

Elisabeth schnappte hörbar nach Luft. Ein warnender Blick

von Helge hinderte sie daran, ihren Gefühlen weiter Luft zu machen. Sie schloss den Mund, ohne ein Wort des Vorwurfs zu verlieren, und bekam von Helge ein dankbares Augenzwinkern.

Pastor Helge Söderbaum blieb bis spät in die Nacht, um der Familie Trost zu spenden. Der Betrieb auf dem Gut war zum Erliegen gekommen. Die Uhren zeigten nun eine andere Zeit an. Die der Trauer um Bettina.

Elisabeth

Es fühlte sich an, als schlüge seit gestern ein unförmiger Klumpen in ihrer Brust. Sie verstand sich selbst nicht. Eine innere Rastlosigkeit trieb sie. Sie hatte gehofft, diesem inneren Zwang zu entkommen, wenn sie ein Kind erwarten würde. Sie wünschte sich nichts sehnlicher, als einen festen Platz im Leben zu finden. Die kontinuierliche Unruhe schien direkt aus ihrer Seele zu kommen.

Sie war hocherfreut gewesen, als sie den positiven Schwangerschaftstest in Händen gehalten hatte. Endlich sah sie den lang ersehnten Mutterfreuden entgegen. Elisabeth war erleichtert, dass sie eine Weile Zeit hatte, bevor sie ihrer Mutter die Neuigkeiten überbringen würde. Richard hatte logischerweise keine Ahnung von dem Familienzuwachs.

Seit Bettina den Freitod gewählt hatte, lag ein unsichtbarer Schatten über dem Gut Liebermann. Susann erholte sich nicht von der Trauer um ihre Lieblingstochter. Richard mied ein Zusammentreffen mit Elisabeth wie ein Fisch das Trockene. Elisabeth litt darunter. Zwischenzeitlich packte sie die Wut. Sie fühlte sich allein verantwortlich für Bettys Tod. Unter Umständen quälte sie nur ihr Gewissen. Niemand hatte ihr bisher Vorwürfe gemacht.

Sie lächelte. Wenn ihr Kind ein Mädchen würde, sollte es den Namen Nancy tragen. So sehr wünschte sie, einem Mädchen das Leben zu schenken. An ihrem ersten Geburtstag würde sie Nancy ein Pony kaufen.

Ihre Sehnsucht nach Richard wuchs von Tag zu Tag. Hatte er denn die Leidenschaft, die beide verbunden hatte, vergessen?

Elisabeth war der felsenfesten Meinung, dass Betty in keinerlei Hinsicht eine bedeutsame Rolle in Richards Alltag gespielt hatte. Jetzt spielte er den trauernden Witwer. Zu ihrem Unglück.

Susann wachte mit Argusaugen über Esta. Wenn Elisabeth nur in ihre Nähe kam, funkelte ihre Mutter sie an. Offensichtlich hatte Richard keinen Gefallen daran, dass Susann die Betreuung seiner Tochter an sich zu reißen versuchte. Regelmäßig kam es vor, dass er Esta auf die Weide mitnahm oder am Wochenende mit ihr das Grab ihrer Mama besuchte. Er ging ausgesprochen zärtlich mit ihr um. Esta dankte es ihm, indem sie ihren Papa jubelnd empfing, sobald er auf der Bildfläche erschien.

Elisabeth wurde im Kreise ihrer Familie stetig einsamer. Es verlangte sie nach Richard. Heiße Schauer überfielen sie, wenn sie an ihn dachte. Ob er sie wegschickte, wenn sie ihn in der Scheune überraschen würde, um ihn zu verführen? Elisabeth kam zu der Erkenntnis, dass ihr die Antwort verborgen bliebe, wenn sie es nicht auf einen Versuch ankommen ließe.

Es kostete sie alle Kraft, sich schön herzurichten, ihr bestes Kleid zu wählen und zu guter Letzt einen Lippenstift aufzutragen, von dem Elisabeth wusste, dass er Richard gefallen würde. Elisabeth sah zur Hofeinfahrt. Susann war mit dem Wagen davongefahren. Sicher zu einem ihrer Liebhaber, der sie für wenige Stunden zu trösten vermochte.

Elisabeth benötigte genauso Trost. Richards Begehren nach ihren Rundungen. Seine raue Art, ihr zu zeigen, wie sehr er sie als Frau zu schätzen wusste. Mit einem abschließenden Blick in den Spiegel vergewisserte sie sich, ob alles perfekt war, dann ging sie auf die Suche nach Richard. Elisabeth spürte ein Ziehen in der Schamgegend. Ob es ihrem Baby schaden würde? Sicher nicht.

Elisabeth fand Richard bei den Stuten. Er war voll und ganz mit deren Besamung beschäftigt. Die Stute hielt bereitwillig still.

Oh mein Gott, dafür hat er Talent. Elisabeth entwich ein Stöhnen. Sie blieb stillschweigend stehen und beobachtete den Vorgang. Richard beendete die Prozedur und zog bedächtig die Schutzhandschuhe aus. Er sah auf, als er bemerkte, dass er beobachtet wurde.

»Elisabeth, du sehnst dich nach mir?« Er verzog den Mund zu einem schroffen Grinsen. In aller Ruhe versorgte er die Stute und verstaute die Utensilien. Elisabeth rührte sich nicht, als er an ihr vorbeiging. Sie vernahm das Rauschen des Wasserhahns und hielt den Atem an.

Plötzlich spürte sie, dass er von hinten ihre Brüste packte. Nicht schmerzhaft, aber fest, so wie Elisabeth es liebte. Ja, er brachte sie immer noch um den Verstand. Richard legte die Wange an ihre. Knabberte an ihrem Ohr und versank liebkosend in ihrer Halsbeuge. Elisabeth erzitterte unter den rauen Zärtlichkeiten, die Richard ihr schenkte.

»Ich habe dich vermisst, Elly«, raunte er gierig. Richard ließ die Hände weiter nach unten gleiten. Geschickt schob er ihr Kleid hoch und ließ die Hände in ihrem Schritt ruhen. Elisabeth bewegte ungeduldig ihr Becken.

Richard lachte leise. »Du hast es aber nötig.« Mit einem Ruck drehte er sie zu sich herum. Stürmisch entblößte er ihren Busen und sog daran. Elisabeth schmolz unter den kräftigen Händen des Mannes, der einst ihrer Schwester gehört hatte. Sie ertranken in ihrer Sehnsucht nach Zweisamkeit. Richard atmete schwer. Seine Männlichkeit streckte sich Elisabeth entgegen. An einen Pfosten gelehnt öffnete sie ihre Beine und umklammerte Richards Hüfte. Richard stieß begierig in Elisabeth hinein. Mit eisernem Griff packte er ihren Po. Elisabeth schrie auf. Dieses Mal nicht vor Schmerzen. Erfüllung berauschte sie und trieb sie beinahe bis zur Besinnungslosigkeit. Elisabeth klammerte ihre Finger in Richards Rücken.

Lass mich nie wieder los, flehte sie in Gedanken. Richard schien es genauso zu ergehen. Stürmisch küsste er ihren Körper.

Bis er leise zu weinen begann. Die Gefühle übermannten ihn offenbar. Das Gesicht in Elisabeths Dekolleté ruhend, schluchzte er: »Betty … ich liebe dich so sehr.« Seinen eigenen Worten lauschend schrak er hoch.

Es waren Elisabeths Augen, die ihn anstarrten. »Du gemeiner Kerl«, flüsterte Elisabeth resigniert. Obwohl sie ihn im Grunde genommen verstehen konnte, schmerzte es gewaltig in ihrer Brust.

»Ihr seid also schuld. Schuld an Bettinas Tod. Dass ihr euch nicht schämt.« Susanns weinerliche Stimme hallte durch die Scheune. »Habt ihr denn gar keinen Respekt vor den Gefühlen eurer Mitmenschen? Hat Bettina euch ebenfalls erwischt?«

»Susann, bitte glaube mir, Betty hat es definitiv zu keiner Zeit mitbekommen.« Richard fand als Erster die Fassung wieder.

»Du gibst es demzufolge zu? Ihr treibt es schon monatelang miteinander?« Die Stimme der Gutsherrin überschlug sich. Grenzenloses Entsetzen spiegelte sich in ihrem Gesicht wider.

Elisabeth zupfte ihr Kleid zurecht. Richard schloss mit flinken Fingern seine Hose. Bedauernd bewegte er sich auf Susann zu. Diese hob drohend die Hände. Sie schrie: »Kommt mir nicht zu nahe, ich ertrage es nicht.«

Richard respektierte ihren Wunsch und verließ die Scheune durch den hinteren Ausgang. Elisabeth ließ er allein mit ihrer erbosten Mutter.

»Mutter, bitte versteh doch, wir lieben uns. Mit Bettina hat das nichts zu tun.« Im Grunde genommen waren ihr die

Gefühle ihrer Mutter gleichgültig, so wie es Susann stets egal gewesen war, wie es ihr ging. Bettina war ihre Tochter. Elisabeth hatte sich nie als solche gefühlt. Sie fürchtete, ihre Mutter würde sie auffordern, das Gut zu verlassen. Unter Umständen mittellos. Ihr musste rasch etwas einfallen.

»Mutter, ich habe eine gute Nachricht.« Sie sah Susann bedeutungsvoll an und lächelte sanft. Sie ging einen Schritt auf ihre Mutter zu. »Ich bin schwanger. Es wird ein neues Leben auf dem Gut geben. Bitte, freue dich mit mir.«

Susann entspannte sich sichtlich. »Nun, dann musst du in erster Linie auf dich achten. Diesen Frühsport solltest du bleiben lassen.« Susann sprach nicht besorgt oder liebevoll. Es klang wie ein Befehl. Elisabeth störte es nicht. Ihre Mutter schien besänftigt zu sein. Das war wichtig für ihre Zukunft auf dem Gut. Sie wollte ihre Heimat Friedrichskoog nicht verlassen. Sie liebte die raue Nordsee, das Meer gab ihr Geborgenheit.

Erhobenen Hauptes schritt Susann über den Hof zurück ins Haus, ohne Elisabeth noch eines Blickes zu würdigen.

Am nächsten Morgen erwachte Elisabeth aus einem unruhigen Schlaf. Lautes Getöse drang aus dem Stall zu ihr herauf. Die Pferde waren nervös. Sie spürte deutlich, dass etwas vor sich ging. Leichtfüßig eilte sie zum Fenster. Ihr Herzschlag setzte für den Bruchteil einer Sekunde aus. Dort stand Richards Auto mit laufendem Motor, bepackt bis unters Dach. Esta blinzelte mit dem Schnuller im Mund aus dem Fond des Autos. Alles deutete auf einen Aufbruch für unbestimmte Zeit hin. Oder für immer? Rasch schnappte sie sich ihren Morgenmantel und eilte die Stufen herunter. Als sie außer Atem die Haustür öffnete, sah sie lediglich die Staubwolke, die Richard Wagen hinterließ.

»Richard!«, schrie sie verzweifelt.

Susann erschien neben ihr. »Siehst du, was du angerichtet

hast? Nun habe ich auch noch Bettinas Kind verloren.« Ihr Blick streifte Elisabeths Bauch. »Ich hoffe, du kannst es wiedergutmachen.«

»Wo will er denn nur hin?«

»Er hat es mir nicht verraten«, erwiderte Susann kühl.

Schattenseiten

Die Monate der Schwangerschaft vergingen wie im Flug. Elisabeth genoss die Augenblicke, die sie mit dem ungeborenen Kind verbrachte. Die zaghaften bis protestierenden Bewegungen, die sie spürte, ließen ein Glücksgefühl aufkommen, das sie nur selten erlebt hatte. Zum Verbleib von Richard und der kleinen Esta gab es keine Hinweise. Inzwischen hatte Elisabeth sich damit abgefunden, dass ein Wiedersehen nicht zu erwarten war. Susann vermisste Esta. Sie erwähnte es zwar nie, aber Elisabeth sah ihr die Sehnsucht nach ihrer einzigen Enkelin an.

Nun, kurz vor Elisabeths Niederkunft, schlich Susann um sie herum wie die Katze um das Mauseloch. Elisabeth fand es mehr und mehr unheimlich. Hatte Susann sich in etwas verrannt? Elisabeth beschlich eine Vorahnung, die sie erfolglos aus ihren Gedanken zu verbannen versuchte.

Die Betreuung der Zuchtstuten hatte Tony Liermann übernommen. Ein Glücksgriff. Er arbeitete hart und zuverlässig. Susann verließ sich vollends auf diesen schüchternen Mann. Elisabeth konnte es nur recht sein. Nach wie vor verabscheute sie die Stallarbeit.

Ihre Mutter zeigte zum ersten Mal, seit Elisabeth auf der Welt war, ernsthaftes Interesse an ihrer Person. Elisabeth war sich bewusst, dass diese Fürsorge einzig und allein ihrer Schwangerschaft zuzuschreiben war. Trotzdem genoss Elisabeth die Vertrautheit mit ihrer Mutter. Vielleicht gab es bezüglich ihres Mutter-Tochter-Verhältnisses eine gravierende Wende? Elisabeth hatte diese enge Beziehung in jedem Fall verdient. Schließlich lagen Jahre der Entbehrungen hinter ihr.

An diesem Morgen ging es Elisabeth nicht gut. Schwerfällig wälzte sie sich aus dem Bett. Unerträgliche Schmerzen ließen sie innehalten. Elisabeth hatte das Gefühl, es zerrisse sie. Sie sank auf die Knie. Sie spürte, wie die Fruchtblase platzte. Dann war der Schmerz vorbei. Schweißgebadet richtete sie sich auf. Sie musste ihre Mutter rufen. Ein Krankenwagen würde sie sicher in die Klinik befördern.

»Endlich, mein Mädchen will auf die Welt. Du bist herzlich willkommen, Kleines.« Als ob ihr Kind auf diese Weise antworten würde, ergriff erneut eine Schmerzwelle ihren Körper. Mit letzter Kraft zog sie sich zurück auf ihr Bett. Blut klebte an dem Nachthemd. Schwer atmend starrte sie die Decke an. Es musste ihr gelingen, Hilfe herbeizuholen. Allein konnte sie diese Pein nicht ertragen. Sie jammerte: »Mutter, wo steckst du?«

Die Wehen kamen inzwischen in bedenklich kurzen Abständen. Während einer Wehe schrie sie nach Richard. Schließlich war er nicht unbeteiligt an ihrer Notlage.

Endlich, die Zimmertür öffnete sich einen Spalt. Susann steckte ihren Kopf hindurch.

»Mutter! Ruf einen Krankenwagen.«

Susann trat bedächtig näher. Fürsorglich tupfte sie Schweißperlen von Elisabeths Stirn.

»Für eine Fahrt ins Krankenhaus ist es zu spät. Es könnte dem Kind schaden, das willst du sicher nicht. Oder?«

»Nein«, hauchte Elisabeth. »Aber die Hebamme? Kommt die nicht?« Eine Schmerzwelle erfasste sie.

»Ich habe sie nicht erreicht. Wir bekommen es auch so hin. Bleib tapfer.« Die Stimme ihrer Mutter klang gefühllos.

Elisabeth bekam es mit der Angst. »Mami, bitte steh mir bei, ich halte das nicht länger aus.«

Susann lachte bitter. »Das hat bisher noch jede Frau aus unserer Familie überlebt, du wirst da keine Ausnahme sein. Ich wasche meine Hände, gleich bin ich wieder bei dir«, sprach sie zuversichtlich. Susann rauschte hinaus und ließ ihre Tochter allein.

»Bitte beeile dich!«, rief Elisabeth ihr nach. Stille umgab sie. Beängstigende Stille.

Stunden der Qual lagen hinter der jungen Mutter, als ihr Kind das Licht der Welt erblickte. Susann war nicht wiedergekommen, wie sie es versprochen hatte. Ohne Hilfe hatte Elisabeth ihre Tochter geboren. Susann erschien würdevoll im weißen Kleid, um das Kind abzunabeln. Sie wusch es hingebungsvoll, wickelte es in ein sauberes Tuch und gab es Elisabeth.

»Du kleines Wunder!« Sie küsste ihre Nancy liebevoll, unendlich dankbar, sie in den Armen halten zu dürfen.

»Die Formalitäten habe ich für dich erledigt. Die Geburt ist gemeldet. Der Name deiner Tochter lautet Franziska.«

»Bitte, was? Das muss ein Irrtum sein, ich werde sie …«

Susann unterbrach Elisabeth barsch. »Franziska lautet ihr Name, basta!«

Elisabeth fühlte sich zu schwach, um ihrer Mutter zu widersprechen. Wenn sie zu Kräften gekommen war, wollte sie die Anmeldung richtigstellen. Zunächst freute sie sich über das Kind in ihren Armen. Dankbar trank sie aus dem Becher, den Susann ihr behutsam entgegenhielt. Elisabeth schloss einen Augenblick die Lider. So schwer hatte sie sich die Geburt nicht vorgestellt. Sie war zu müde, um Widerstand zu leisten, als ihre Mutter das Baby an sich nahm und den Raum verließ.

Es war dunkel in ihrem Zimmer, als Elisabeth erwachte. Sie hatte jegliches Gefühl für Raum und Zeit verloren. Wo war ihr Kind? Sie betätigte den Lichtschalter der Nachttischlampe und richtete sich auf. Das Kinderbettchen neben ihr war leer. Ein Anfall von Schwindel erfasste sie. Erschöpft ließ sie sich in das Kissen fallen. Wo war nur Nancy? Sie musste inzwischen Hunger haben. Wie verantwortungslos von ihr, so lange zu schlafen.

Die junge Mutter wurde unruhig. Sie sehnte ihr Baby herbei. Ihre Brüste spannten schmerzhaft. Sie musste Nancy stillen. Warum war es so ruhig im Haus? Lebte ihr Kind womöglich nicht mehr? Wilde Gedanken schwirrten durch ihren Kopf. Warum hielt Susann das Kind fern von der Mutter? Welchen Zweck verfolgte sie damit? Elisabeth beschloss, der Sache auf den Grund zu gehen. Sie schob ihre Beine aus dem Bett und richtete sich auf. Schwärze umgab sie plötzlich, und sie sank auf ihr Kissen zurück.

Elisabeth bemerkte nicht, dass ihre Mutter sie wusch, das Bett richtete und ihr zu trinken gab. Im Dämmerzustand vernahm sie lediglich Bruchstücke der Geschehnisse um sich herum. Den Kampfgeist, nach ihrem Kind zu verlangen, hatte sie verloren. Elisabeth schlief zwei Wochen lang.

Das Erwachen konnte unterschiedliche Gefühle erzeugen. Elisabeth fühlte sich, als ob sie von einem Laster überrollt worden wäre. Nicht, dass sie die leiseste Ahnung davon hatte, wie man sich danach fühlte. Unsicher, ob ihre Mutter ihrem Kind schaden würde, zermarterte sie sich ihr Hirn, wie sie in diese Lage gekommen war. Sie war stark genug, ihren Morgenmantel anzuziehen. Ein erster Erfolg, wie sie fand. Vorsichtig suchten ihre Füße am Boden nach Halt.

»Es wird gehen«, flüsterte sie tapfer. Barfuß machte sie die ersten Schritte. Sie taumelte, aber sie behielt die Balance. Ein Lächeln huschte über ihr blasses Gesicht. Ein Erfolg. Sie war am Leben. »Weiter«, befahl eine innere Stimme. Grimmig sah sie auf ihr Bett zurück. »Hierher komme ich nicht mehr.« Plötzlich verachtete sie den Raum, in dem sie so lange gefangen gewesen war.

Elisabeth wusste nicht, wie lange sie in diesem Dämmerzustand gelebt hatte. Aber es musste eine lange Zeit vergangen sein. Ihre Mutter konnte etwas erleben. Instinktiv ahnte sie, dass Susann nicht unschuldig daran war. Sie schlich mühsam die Treppe hinunter und gelangte ins Wohnzimmer. Ihr stockte der Atem. Susann saß am Fenster und erklärte Nancy die Welt. Die Kleine sah ihre Oma mit offenem Mund an und strahlte.

Erst verblüfft und dann freundlich begrüßte Susann ihre Tochter. »Da bist du ja wieder, ich habe mir große Sorgen um dich gemacht.« Ihre Stimme klang ein wenig vorwurfsvoll. Aber Susann lächelte zumindest.

»Ich verstehe nicht, was ist passiert? Wie lange habe ich geschlafen?«

Susann lachte. »Das, meine Liebe, sind eindeutig die Schattenseiten des Mutterwerdens.« Sie gab ihrer Stimme einen geheimnisvollen Klang. »Aber nur einige davon, glaube mir, es könnte schlimmer kommen.«

Elisabeth vermeinte, eine Anspielung auf Bettinas Tod aus den Worten ihrer Mutter zu hören. »Gib sie mir«, forderte Elisabeth. Sie steckte die Arme aus.

»Du bist dem nicht gewachsen, Kind, später.«

»Sofort!« Erbost blinzelte sie ihre Mutter an.

»Psst … nicht so laut, du ängstigst Franziska.«

»Nancy!«, korrigierte Elisabeth bestimmt.

»Kind, ich dachte, wir hätten uns geeinigt. Du warst zwei Wochen wie weggetreten. Sollte dein Kind so lange namenlos bleiben?« Susann wog das Mädchen in ihren Armen.

Elisabeth hielt für einen Augenblick die Luft an. »Gib mir sofort mein Kind«, presste sie wütend hervor.

Susann gab nach. »Selbstverständlich, Elisabeth.« Beleidigt zog sie einen Schmollmund. »Ich dachte eigentlich, du würdest froh darüber sein, dass ich mich um dein Kind gekümmert habe, während du im Dämmerschlaf lagst.«

Elisabeth lenkte ein. »Entschuldige, Mutter, aber ich habe Nancy … Franziska … vermisst.«

»Das kann ich sehr gut verstehen, sie ist übrigens ein wundervolles Baby«, berichtete Susann voller Hingabe. Elisabeth sah nur noch die Augen ihres Kindes. Die Qualen der Geburt waren verflogen. Dieses süße kleine Wesen. Ihre Tochter. Endlich verspürte sie die Liebe in ihrem Herzen, die bisher fremd für sie gewesen war. Der liebliche Duft, den das Kind verströmte, die zarte Haut. Es übertraf alles bisher Dagewesene in Elisabeths Leben. Sie verschwendete keinen Gedanken mehr daran, warum sie bei der Entbindung völlig auf sich allein gestellt gewesen war. Genauso wenig stellte sie sich die Frage, wie es möglich gewesen war, dass sie zwei Wochen geschlafen hatte. Elisabeths Glück lag in ihren Armen. Und das genügte ihr.

Sie bemerkte nicht die Eifersucht im Blick ihrer Mutter.

Heimatlos

Mit Einzug des Monats März lag Frühling in der Luft. Der Wind zeigte sich mild, und die Sonne versuchte, ihre ersten warmen Strahlen auf die Erde zu senden. Elisabeth hockte am Deich und starrte ins Leere. Sie spürte die Kälte im Gras des Schutzdeiches nicht, die langsam an ihr hochkroch. Das war er also, der Frühling, auf den alle sehnsüchtig gewartet hatten.

Hier, an dieser Stelle, hatte sie Franzi an ihrem ersten Geburtstag ein Pony geschenkt. Die Kleine hatte die Tragweite und Bedeutung dieses Geschenks noch nicht erfasst. Dafür war sie noch zu jung gewesen. Aber es war ihr deutlich anzumerken gewesen, dass sie sich in Gegenwart des Tieres wohlfühlte. Zutraulich hatte sie das braune Zottelfell berührt und ihre Freude quietschend kundgetan. Glücklich über die Reaktion ihrer Tochter hatte Elisabeth sie hochgehoben und sie auf dem Rücken des Ponys Platz nehmen lassen. Auf ihre Sicherheit bedacht, hielt Elisabeth sie dabei weiter im Arm. Die beiden hatten sich übermütig angestrahlt. Die leuchtenden Augen des Kindes hatten sich in denen der Mutter gespiegelt. Ein glücklicher Moment.

Elisabeth ließ ihre Erinnerungen kreisen. Sie dachte an Bettina, sehnte Richard herbei, obwohl er es ihrer Ansicht nach nicht verdient hatte, dass sie ihn immer noch liebte. Das schreckliche Erlebnis ihrer Entbindung geisterte durch ihre Gedanken. Sie spürte mit jeder Faser die Schmerzen, die Pein und die Einsamkeit, die sie in den Stunden nach der Geburt empfunden hatte. Erst jetzt wurde ihr bewusst, dass Susann sie in jeder Hinsicht betrogen hatte. Sie hatte Elisabeth bewusst alleine gelassen. Sicherlich hatte Susann nie versucht, eine Hebamme herbeizurufen.

Die letzten Monate hatten aus Vorwürfen vonseiten ihrer Mutter bestanden. Susann hatte Elisabeths Seele gequält. Täglich hatte ihre Mutter daran gearbeitet, dass Elisabeth bezüglich ihrer Schwester ein schlechtes Gewissen hatte. So lange, bis Elisabeth sich nicht mehr im Spiegel betrachten konnte. So sehr schämte sie sich. Elisabeth war ein Schatten ihrer selbst.

Heute Morgen hatte Susann die Bombe platzen lassen.

»Du verlässt meinen Hof. Ich will dich hier nicht mehr sehen.«

Zunächst hatte Elisabeth es für einen Scherz gehalten. Dann sah sie die Augen ihrer Mutter. Sie scherzte offensichtlich nicht.

»Wo soll ich denn hin? Und warum?« Ihre Stimme zitterte.

»Du wirst sicher einen Unterschlupf finden. Außerhalb des Landes. Ich ertrage deine Nähe nicht mehr. Die Erinnerungen an Bettina schnüren mir die Kehle zu. Für ihr Schicksal bist du maßgeblich verantwortlich.«

Elisabeth erstarrte. Sie hätte nie geglaubt, dass Susann sich von Franzi trennen würde. Deshalb war auch für Elisabeth klargewesen, dass ihre eigene Zukunft für immer auf dem Gut liegen würde.

»Ich werde dir deinen Erbanteil auszahlen. Damit hast du die Möglichkeit, im Ausland ein neues Leben anzufangen.«

Elisabeth gab sich geschlagen. Mit ihrer Mutter Diskussionen zu führen, war seit jeher zwecklos gewesen. Vielleicht war es sogar das Beste.

Elisabeth stimmte leise zu. Während sie überlegte, wohin ihr Weg führen sollte, sprach Susann in einem warnenden Ton weiter. »Franzi bleibt bei mir.«

Elisabeth brach in ein hysterisches Kichern aus. »Da irrst

du dich gewaltig, Franzi gehört zu mir, und niemand sonst wird auf mein Kind Anspruch erheben. Du am allerwenigsten.«

»Nein, du irrst dich, meine Liebe«, sagte Susann gefährlich ruhig.

Elisabeth blickte ihre Mutter herausfordernd an. »Das werden wir sehen.« Obwohl sie es nicht zeigte, hatte Elisabeth Angst. Ihre Mutter bekam immer, was sie wollte. Sie musste auf der Hut sein. Franzi hergeben zu müssen, würde ihr das Herz brechen.

»Du hast mir mein Kind genommen, da ist es nur recht und billig, dass du Franzi bei mir lässt. Du bist doch gar nicht in der Lage, für sie zu sorgen. Wer hat Franzi betreut? Ihr ein Zuhause gegeben und dafür gesorgt, dass sie die ersten Wochen überlebt hat?«

»Aber …«

»Nichts aber.« Elisabeth wurde barsch unterbrochen. »Ich werde dir keinen Pfennig geben, wenn du Franzi mitnimmst. Franzi gehört auf das Gut. Basta!« Susann ließ die sprachlose Elisabeth stehen, ohne einen weiteren Kommentar.

Wenige Tage später stattete das Jugendamt Elisabeth einen Besuch ab. Susann hatte beantragt, dass man ihrer Tochter das Sorgerecht für Franzi entzog. Zeugen hatten bestätigt, dass sie Elisabeth in den ersten zwei Wochen nach der Geburt des Kindes nicht in der Nähe ihrer Tochter gesehen hatten. Sie hatten bestätigt, wie liebevoll die Großmutter sich ganz allein um das Kind gekümmert hatte. Susanns Einfluss bei den Behörden versetzte Elisabeth den letzten Stoß. Das Sorgerecht ging an Susann.

Susann richtete ein Bankkonto für Elisabeth ein und begann in aller Seelenruhe die Koffer für sie zu packen. Mit wachen Augen sorgte Susann dafür, dass Franzi keinen Kontakt zu ihrer verzweifelten Mutter hatte. Die Kleine würde bald ihren zweiten Geburtstag feiern. Ohne Elisabeth.

Susann redete täglich weiter auf Elisabeth ein. Inzwischen glaubte sie bereits selbst, dass sie Franzi schaden könnte. Selbstzweifel und die Vorwürfe ihrer Mutter quälten sie täglich.

Elisabeth starrte auf das Watt. Sie hoffte inständig, dass sie bis morgen ihre Tochter ein letztes Mal sehen durfte. Dann würde sie nach England gehen, mit einem Vermögen auf dem Konto. Aus sicherer Entfernung wollte sie um ihr Kind kämpfen. Anwälte sollten sich ihrer Probleme annehmen. Nur dieser Gewissheit hatte sie es zu verdanken, dass sie die Kraft fand, um Friedrichskoog zu verlassen. Bald sollte Franzi ihr nach England folgen. Und Susann konnte dann gerne auf ihrem Vermögen versauern. Dann wäre sie diejenige, die niemanden mehr hatte. Mit dieser Genugtuung konnte sie Nordfriesland verlassen und den Kampf gegen ihre Mutter aufnehmen.

Elisabeth schlenderte nach Hause. Vor Bettinas ehemaligem Häuschen blieb sie gedankenverloren stehen. Heimlich hatte sie den Schlüssel an sich genommen. Sie trat näher. Ihr Herz klopfte, als sie den Schlüssel aus der Jacke zog. Entschlossen steckte sie ihn ins Schloss und drehte ihn um. Laut knarrte die Tür, als Elisabeth eintrat. Ihr stockte der Atem.

Alles war so erhalten, wie es zu Lebzeiten ihrer Schwester gewesen war. Selbst das benutzte Glas, das Betty stehen gelassen hatte, war noch an seinem Platz. Die Betten waren gemacht. Im Bad fand Elisabeth den Lippenstift ihrer Schwester. Jetzt bewegte sie sich ins Wohnzimmer. Elisabeth erstarrte. Unter dem Tisch lagen noch die Socken, die Betty dort ausgezogen hatte. Irgendwie rätselhaft. Denn Richard hatte hier noch einige Wochen gelebt, bevor er das Gut verlassen hatte.

Vorsichtig ließ Elisabeth sich auf der Couch nieder. Sie hatte Angst zu atmen. Es war, als ob Bettinas Geist immer noch das Haus beherrschen würde. Fast glaubte Elisabeth, dass jeden Moment Bettys Stimme ertönen würde.

»Verzeih mir, Betty«, flüsterte sie unter Tränen. Sie legte sich auf das Sofa und ließ Bilder ihrer gemeinsamen Kindheit vor ihrem inneren Auge vorbeiziehen.

Wenn ihre Mutter nicht dazwischengestanden hätte, da war Elisabeth sich sicher, wäre eine wunderbare Schwesternbeziehung möglich gewesen. Denn tief in ihrem Herzen hatte sie ihre sensible Schwester Bettina geliebt. Elisabeth bereute zutiefst, es ihr nie gesagt zu haben. Nun war es für immer zu spät. Unter Tränen hielt sie Zwiesprache mit einer Toten und hoffte, dass, wo immer Bettina war, sie ihre Gebete hörte. Inständig bat sie ihre Schwester um Verzeihung.

Gegenwart – Kindheitstraum

Franzi lag auf dem Himmelbett mit weißer Spitzenbettwäsche, von rosa Plüschkissen umringt. Sie umklammerte das eben gelesene Buch mit ihren Armen. Es war das Tagebuch von Elisabeth, in welchem sie alle Ereignisse und auch ihre Gedanken und Gefühle aus der Vergangenheit niedergeschrieben hatte. In Embryolage verharrte Franzi still. Leise Tränen rollten auf das Kissen, die traurige Geschichte berührte ihr Herz. Mit Schwung setzte sie sich auf die Bettkante und starrte ins Leere. Hatte sie nicht eben ihr eigenes Familienschicksal gelesen? Demzufolge war sie keine Vollwaise! »Elisabeth ist …«

Das Buch rutschte aus ihrer Umklammerung und landete mit einem dumpfen Schlag auf dem polierten Holzboden. Wie ferngesteuert bewegte sie sich aus dem Zimmer. Am Treppenabsatz blieb sie stehen, ihr Herz klopfte wie wild bis zum Hals.

»Mutter!«, hauchte sie, bevor sie die Stufen herunterrannte.

Elisabeth, durch die Geräusche auf der Treppe aufmerksam geworden, erschien aus dem Wohnzimmer und sah ihr entgegen. Unsicher trat sie auf Franzi zu. Mit weit aufgerissenen Augen wartete sie auf eine Reaktion.

Franzi zitterte unter Tränen. »Mama?«, schluchzte sie ungläubig. Elisabeth senkte ihren Blick und hob die Schultern an, um sie gleich wieder fallen zu lassen. Sie standen sich gegenüber, als ob eine Glaswand sie voneinander trennte.

Elisabeth rührte sich. »Franzi … ich … bin so glücklich, dich endlich wiederzuhaben.« Ein hemmungsloses Schluchzen schüttelte sie. Aus dem Nichts lagen Mutter und Tochter sich in den Armen. Sie weinten vor Trauer um ihre verlorene Zeit und weinten vor Glück über das Wiedersehen.

Sie schreckten erst hoch, als die Hausglocke Sturm läutete. Auf wackeligen Beinen begab Elisabeth sich zur Tür und öffnete sie einen Spalt. Da wurde sie auch schon aufgestoßen, und Nicoline stürmte herein. Erbost blickte sie von Elisabeth zu Franzi. Mit dem Zeigefinger drohte sie Elisabeth und starrte Franzi dabei an. »Hat diese Frau dir etwas angetan? Warum weinst du?« Nicolines Tonlage wurde sanfter. »Ich habe mir Sorgen gemacht, du warst lange fort, und dein Handy liegt im Hotel!« Nicoline ballte die Hände zu Fäusten.

Franzi eilte auf ihre Freundin zu. »Es ist alles in Ordnung! Beruhige dich wieder, es tut mir leid, ich habe nicht daran gedacht, dass du allein im Hotel auf mich gewartet hast. Bitte, entschuldige!«

Nicoline ließ die angehaltene Luft aus ihren Lungen entweichen.

Elisabeth schmunzelte liebevoll. »Du hast aber eine treue Freundin, Franzi, so etwas findet man nicht alle Tage.«

Franzi ging auf Elisabeth zu und umarmte sie. »Nicoline, das ist …«

»Lass mich raten!«, unterbrach Nicoline Franzi. »Deine Tante!«

»Meine … Mutter!«

Nicoline sah beide ungläubig an.

»Nun kommt erst mal ins Wohnzimmer, dort ist es gemütlicher, und frischen Tee habe ich bereits vorbereitet.«

»Ich will euch nicht stören«, widersprach Nicoline.

»Du störst nicht!«, riefen Mutter und Tochter unisono.

Elisabeth machte eine einladende Geste und deutete damit an, dass Nicoline vorgehen solle.

Gemeinsam setzten sie sich auf die Couch aus rotem Samt. Der Lebensmittelpunkt des Hauses war trotz der schweren

Möbel und Bücherregale urgemütlich. Jetzt erst bemerkte Franzi die Fotos auf der Anrichte neben einem Schaukelstuhl. Eine Kuscheldecke lag zusammengelegt da drauf. Ein schöner Platz für ausgiebige Mußestunden. Entzückt entdeckte Franzi ein Bild ihres Ponys, es zeigte sie im Alter von zwei Jahren. Strahlend saß sie auf dem Zottelrücken ihres langjährigen Freundes.

»Da ist ja mein …« Franzi brach ab. Sie hatte das Pony auf dem Gut gelassen. Was wäre, wenn Susann es ebenfalls vergiftete? »Ich muss sofort mit Jo telefonieren!« Panisch suchte sie Blickkontakt zu Nicoline. Diese holte ohne weitere Aufforderung das Handy aus der Jackentasche und reichte es wortlos an Franzi weiter. Nervös drückte Franzi die Kurzwahl und wartete ungeduldig auf ein Freizeichen.

»Du musst vor die Tür gehen, Kind, ich habe hier keinen guten Empfang!«, sagte Elisabeth. Fragend sah sie Nicoline an. Elisabeth verstand die plötzliche Aufregung nicht. Nicoline zuckte die Schultern.

Franzi lief schnell zur Haustür und riss diese auf. Endlich, ein Freizeichen ertönte. Sie verzichtete auf die Begrüßung und sprudelte sofort los: »Jo, du musst mein Pony von Gut …«

»Beruhige dich, Liebes, das ist längst geschehen, Tony hat es vorbeigebracht!« Franzi war erleichtert. Auf Tony war einfach Verlass. »Er unterstützt uns übrigens auf dem Gestüt. Ich glaube, die Gräfin weiß nicht, was sie mit ihm verloren hat. Er ist einfach genial!« Franzi lächelte dankbar. Tony war ein wichtiger Teil ihrer Kindheit, und es hätte ihr das Herz gebrochen, wäre er ohne Beschäftigung geblieben.

»Jo?«

»Ja?«

»Ich bin froh, dass es dich gibt. Ich vermisse dich.« Sie spürte ihr Blut in den Adern rauschen. Ein wohliges Gefühl von Wärme nahm von ihr Besitz. Zwischen die Blumenkästen an die Mauer des Hauses gelehnt, erzählte Franzi ihm von ihrer Mutter. Am Ende entwich ein Schluchzen ihrer Kehle. Das Gesicht der Sonne zugewandt, schloss sie für einen Moment die Augen.

»Franzi? Bist du noch da? Ich komme zu dir, wenn du mich brauchst!«, rief Jo in die Muschel des Telefons.

»Nein, das musst du nicht, mir geht es so gut wie nie, außerdem ist es besser, wenn du Bella beaufsichtigst.« Franzi schwieg für eine Sekunde. »Jo, ich bin so glücklich, ich habe meine Mutter gefunden, wir werden uns viel zu erzählen haben!«

»Liebes, du kommst doch zurück zu mir, oder?«

»Ja! Ja! Ich freue mich auf dich, aber ich möchte eine Weile hier bei meiner Mutter bleiben. Du verstehst mich doch?«

»Voll und ganz, sei unbesorgt, hier läuft alles auch ohne dich. Nein, nicht alles!«, korrigierte Jo den letzten Satz.

Franzi grinste vergnügt. »Das will ich dir auch raten!« Franzi verabschiedete sich schweren Herzens. Seine Stimme zu hören, war wie eine angenehme Brise für ihre Seele.

Mit einem Lächeln auf den Lippen kehrte sie zurück ins Haus. Dort wurde sie von Elisabeth mit einem Kuss begrüßt, und Nicoline sah sie fragend an. Franzi erklärte ihnen, warum sie Jo so plötzlich hatte anrufen müssen.

»Das fehlte noch, dass die Gräfin auch noch das Leben eines unschuldigen Ponys beendet. Aber bei Dakota hat sie schließlich auch keine Hemmungen verspürt. Die Hexe!«, erboste sich Nicoline. Die drei Frauen saßen nun bei Tee und Keksen. Eine muntere Unterhaltung entstand, und sie genossen das Beisammensein.

Franzi sinnierte über den Inhalt des kleinen Büchleins. Sie runzelte die Stirn, plötzlich gefror ihr das Blut in den Adern.

Elisabeth, der ihre Veränderung nicht entgangen war, sah sie besorgt an.

»Mom?« Es fiel ihr nicht schwer, Mutter oder Mom zu sagen. Ihr ganzes Leben hatte sie sich eine Mutter gewünscht. Nun hatte sie diese ohne Zweifel gefunden.

»Was hast du auf dem Herzen?«

»Wenn ich das alles richtig verstanden habe, dann müsste ich noch einen Vater und sogar eine Halbschwester haben. Steht ihr inzwischen wieder in Verbindung?« Franzi stockte der Atem. Erwartungsvoll hoffte sie auf eine positive Antwort.

Elisabeth schüttelte traurig den Kopf.

»Leider habe ich nie wieder mit Richard sprechen können. Ich weiß jedoch, dass er damals mit Esta nach Flensburg gezogen ist. Dort bekam er eine Anstellung als Pferdewirt in Glücksburg. Zu gerne hätte ich gewusst, wie es Esta ergangen ist. Aber ich finde keine Einträge im Internet über sie. Richard ist ohnehin nicht zu finden, ich denke, mit der Innovation der Technik hat er nicht viel am Hut.«

Nicoline, die zurückhaltend in der Sofaecke gehockt hatte, sprang auf.

»Aber das müsste doch herauszukriegen sein! Flensburg ist keine Weltstadt und Glücksburg sowieso nicht. Ich werde meinen Vater mal darauf ansetzen. Er kennt die meisten Gestüte in Schleswig-Holstein, Elisabeth.«

»Bitte nenne mich Elly, alle hier in Tetbury rufen mich so«, sagte Elisabeth.

»Elly! Sehr gerne!«, erwiderte Nicoline grinsend. »Also, Elly, wie ist deine Einschätzung, will Richard gefunden werden?«

»Ich bin mir nicht sicher, ich weiß nur, dass er Betty immer sehr geliebt hat. Mich hat er nur benutzt, um seine Triebe in den Griff zu bekommen. Betty ließ ihn ja nicht mehr an ihrer verschlossenen Welt teilhaben. Vielleicht hätte es ein Happy End geben können, wenn nicht Susann uns erwischt und ihn vom Gut gejagt hätte.«

Franzi wurde im Gegensatz zu Nicoline immer stiller. Sie hatte eben erst ihre Mutter gefunden, von der sie geglaubt hatte, sie wäre bei einem Autounfall ums Leben gekommen. Plötzlich war sie ein uneheliches Kind. Der Vater geflüchtet mit ihrer Halbschwester. Ein Spinnennetz aus Lügen, mit einem Wisch aufgedeckt. Lauter Unwahrheiten hatten sie von der Kindheit bis zum Erwachsenwerden begleitet, ohne dass sie auch nur einen Funken davon geahnt hatte. Wie sollte sie damit umgehen? Franzi richtete sich auf, räusperte sich und betrachtete die Frauenrunde.

»Ich muss mich zuallererst daran gewöhnen, dass meine Mutter in mein Leben gestolpert ist, worüber ich sehr glücklich bin. Für alles andere bin ich im Moment noch nicht bereit.«

Elly, die fortwährend Franzis Hand hielt und sie liebevoll streichelte, verstand ihre Tochter nur zu gut. Außerdem wollte sie nach Jahren des Verlustes ihr Kind nicht sofort teilen müssen. Richard würde Franzi auch lieben. Elly war sich da ganz sicher, aber was würde mit ihr, Elly, geschehen? Mit der Achterbahn ins Abseits? Sie würde es nicht verkraften, Franzi ein weiteres Mal zu verlieren. Erfreut stellte sie fest, dass Franzi ihre Gedanken offensichtlich erraten hatte. Unverzüglich sprang sie auf und umarmte ihre Mutter stürmisch.

»Du wirst mich nicht mehr los!« Sie küsste das Gesicht der überraschten Elly. Sie erwiderte die Liebkosungen.

Nicoline strahlte über das ganze Gesicht, dabei füllten ihre Augen sich mit Tränen.

»Ich freue mich so sehr für euch!« Sie schniefte ergriffen.

Die drei Frauen schlossen die *Akte Richard und Esta* fürs Erste und plauderten miteinander, bis es draußen dunkel wurde.

Franzi gähnte herzhaft, die lange Reise und das Treffen mit ihrer Mutter zerrten jetzt an ihren Kräften. Nicoline schien es nicht besser zu gehen, und Ellys Augen waren ebenso nur noch schmale Schlitze.

»Mädels, wir sollten uns ins Bett kuscheln und 'ne Runde pennen!«, meinte Nicoline.

Elly schreckte verlegen hoch. »Ach du liebe Zeit, ich habe euch nicht einmal eine Mahlzeit angeboten. Dabei wünsche ich mir seit Jahrzehnten nichts sehnlicher, als mein Kind mit meinen Kochkünsten zu verwöhnen!«, rief sie und stöhnte verzweifelt auf.

Die beiden jungen Frauen kicherten. Elly sah inzwischen wie eine Nachtwandlerin aus. Ihre Haare waren zerzaust, und die Wimperntusche war verwischt.

Nicoline streckte sich ausgiebig. »Schau doch mal, ob du uns 'ne Stulle anbieten kannst, damit wir nicht vom Knurren unserer Mägen aufwachen!«, sagte sie glucksend. »Danach gehen wir ins Hotel! Wir wohnen im *The Snooty Fox.*«

Elly riss die Augen auf. »Kommt nicht in Frage, ihr könnt hier bei mir wohnen. Ich kenne die Hotelchefin gut, sie wird euch sicher ohne Stornokosten aus der Zimmerbuchung entlassen!«, erklärte Elly bestimmt. Fragend blickte sie ihre Gäste an.

»Ich fühle mich auch nicht mehr in der Lage, den Berg hinunterzusteigen!«, raunte Franzi.

»Berg ist ein bisschen übertrieben, aber wenn du es mit eurem Flachland in Nordfriesland vergleichst, könntest du recht haben!«, meinte Elly belustigt.

Sie verputzten in der Küche einen kleinen Imbiss und begaben sich dann in ihr Schlaflager.

Jede der drei war auf eine ganz besondere Weise glücklich. Wenige Augenblicke später hörte man leise Schnarchgeräusche aus Ellys Zimmer dringen. Die Hände zum Gebet gefaltet und mit einem zufriedenen Lächeln würde sie von der Unbeschwertheit träumen, die sie jetzt erleben durfte. Elly war glücklich. Sie würde mit ihrer Tochter unter einem Dach schlafen. Und es war keine Täuschung. Ehrfürchtig hielt sie das Gläschen mit dem bunten Schraubverschluss in den Händen. Franzi hatte es ihr vor dem Zubettgehen feierlich überreicht.

»Ich habe dir die Luft aus unserem Norden eingefangen. Wenn du daran riechst, bist du in deiner Heimat!« Franzi hatte ihr das Glas mit einem liebreizenden Lächeln gegeben. Einem Lächeln, zu dem nur ihr Baby in der Lage war und das Ellys Herz erwärmte.

Heimat! Ob sie jemals dorthin zurückkehren würde? Susann hätte sicher einige Einwände, aber vielleicht …?

Tetbury war zu einem Zuhause geworden. Freunde und Nachbarn hatten sie in ihrer Mitte aufgenommen. Eine Zuwendung, die Elly in ihren kühnsten Träumen nicht erwartet hatte, da sie mit Ablehnung und Verachtung aufgewachsen war. Fast wäre sie genauso geworden wie ihre Mutter.

Ellys Herz wurde schwer, wenn sie an ihre Fehler dachte und an die Dinge, die sie Bettina angetan hatte. Jedoch hatte sie nun eine lange Zeit für ihre Taten büßen müssen. Das Wichtigste in ihrem Leben war ihr genommen worden. Jetzt endlich schlief Franzi im Obergeschoss und schien ebenso froh darüber zu sein wie sie.

Die Rache der Gräfin

Susann von Liebermann ging, gestützt auf ihren silbernen Stock, unruhig auf und ab. Das stilvoll eingerichtete Wohnzimmer stellte ihre Bühne dar. Wie oft hatte sie hier Empfänge ausgerichtet und ihre Gäste würdevoll bewirtet. Kostbare Gemälde mit beeindruckenden Holzrahmen schmückten die Wände und zeugten von Wohlstand. Mit der Zucht ihrer Pferde war ein Imperium entstanden, durch harte Arbeit und Verzicht. Aber inzwischen musste sie sich die Frage stellen, für was und vor allem für wen sie das alles getan hatte. Sie befürchtete, nun auch ihre Enkelin verloren zu haben.

Susann waren gravierende Fehler unterlaufen. Dabei war sie sich so sicher gewesen, bei Franzi alles richtig durchdacht zu haben. Am Anfang hatte sie das Kind an der langen Leine gelassen und ihr Selbstbewusstsein vermittelt, damit sie Durchsetzungsvermögen erlangte. Erst später hatte Susann vorgehabt, die Zügel strammer zu ziehen. Dabei musste sie etwas übersehen haben. Franzi ließ sich nicht gängeln. Anders als ihre Tante und vor allem ihre Mutter. Womöglich waren doch mehr Gene ihres Vaters Richard in der jungen Frau.

Franzi hatte es tatsächlich gewagt, Elisabeth zu suchen. Susann war es ein Rätsel, wie es ihr gelungen war. Wo war die Lücke, die sich für Franzi und Elisabeth aufgetan hatte, um doch zueinanderzufinden?

Susann beschloss, ihren blonden Kopf nicht weiter mit der Suche nach Antworten zu quälen. Es war nicht mehr rückgängig zu machen. Ihr Versuch, Franzis Willen zu brechen, indem sie dafür Sorge getragen hatte, dass Dakota verschwand, war kläglich missglückt. Schade um den Teufel, er hätte gute Zuchtergebnisse erzielen können. Susann grinste.

»Aber mit Jo Berendes scheint es gut zu laufen!«, sagte sie laut vor sich hin. Auch kleine Erfolge mussten gefeiert werden. Sie goss sich einen weiteren Wodka ein und prostete ihrem Spiegelbild zu. Susann erstarrte, als sie sich im Spiegel des Barfaches erblickte. Ihre Haut war grau und faltig, ihre Augen trüb. Seit Franzi vor einigen Tagen nach England gereist war, war der Wodka in Mengen durch ihre Kehle geflossen. Nun musste sie gestehen, dass es ihrem Aussehen nicht unbedingt förderlich gewesen war.

Schwankend drehte sie ihren Körper weg, so dass ihr Blick auf einem Foto von Bettina hängen blieb. Verbittert lachte sie auf. »Bettina, wie ist es dort, wo du bist? Lohnt es sich, dir zu folgen?« Susann presste die dünnen Lippen fest aufeinander. »Das fehlte noch!« Sie kicherte böse. »Um meinen Hinterbliebenen ein Gestüt zu überlassen, für das ich jahrelang gearbeitet habe? Diesen Gefallen werde ich euch nicht erweisen!« Auf wackeligen Beinen wandte sie sich um und genehmigte sich einen doppelten Drink. Das würde für die nötige Bettschwere sorgen.

Durch Nebelschwaden vernahm sie das Läuten der Türglocke. Susann straffte ihre Schultern und fingerte durch ihre Frisur. Sie erwartete eigentlich niemanden. Erhobenen Hauptes und bemüht, würdevoll zu wirken, öffnete sie die Tür.

Lennard Berendes stand vor ihr, sein verschlossener Gesichtsausdruck ließ den Anlass seines Besuches kaum erahnen. Er hielt ein Schreiben in seiner Hand, das förmlich wirkte.

»Lennard, was verschafft mir die Ehre deines Besuchs?« Susann gab sich gelassen.

»Ich muss dich sprechen!« Dabei wedelte er mit dem Blatt Papier, welches er demonstrativ hochhielt.

Alarmiert schnellte eine von Susanns Augenbrauen hoch. Dennoch trat sie beiseite, um den Überraschungsgast einzulassen.

»Bitte, folge mir in mein Büro!«

Lennard zögerte einen Moment und entschloss sich dann, Susann zu folgen. Er hüstelte. »Junge …! Susann was hast du denn getankt, du riechst wie eine Kneipe!«

»Rede nicht so ein dummes Zeug, ich habe Spiritus verschüttet!«, konterte sie beleidigt. Susann konzentrierte sich auf einen sicheren Gang. Damit ihr Schwanken nicht noch auffälliger wurde, setzte sie sich auf ihren Bürosessel und lud Lennard mit einer Handbewegung ein, ebenfalls Platz zu nehmen.

Lennard blieb stehen und sah auf die Gräfin herab. »Ich will es kurz machen, es geht um unseren Pachtvertrag. Laura ist es gelungen, andere Flächen zu kaufen, wir benötigen deine Ländereien nicht weiter, also kannst du sie gerne anderweitig vergeben. Dein Erpressungsversuch ist damit hinfällig. Hier ist meine Kündigung!« Er warf den Umschlag auf den Schreibtisch und holte einen weiteren hervor. »Bitte zeichne den Empfang gegen, dann verabschiede ich mich.«

Susann wurde zornig und funkelte Lennard aus glasigen Augen an. Sie ersparte ihm jedoch einen Kommentar. Mit zitternder Hand kritzelte sie ihre Unterschrift unter das Schreiben und schob es ihm zu. Abrupt erhob sie sich, nicht ohne zu schwanken. »Ich begleite dich zur Tür!«, sagte sie kalt und beeilte sich, ihren Gast loszuwerden.

Bevor Lennard ging, drehte er sich noch ein letztes Mal zu Susann um. »Überlege dir deine Schritte gut, ich werde dich im Auge behalten. Meiner Familie fügst du keinen Schaden zu, dafür wird es keine Gelegenheit mehr geben. Verlass dich drauf!«, knurrte er kampfbereit und eilte zu seinem Fahrzeug.

Susann spürte das Blut in ihren Ohren rauschen. Mit Wucht feuerte sie ihren Stock durch die Diele, sie benötigte ihn ohnehin nicht. Nicht unbedingt damenhaft rief sie: »Verfluchter Mistkerl! Dir werde ich schon noch beweisen, dass du so nicht mit mir umgehen kannst.«

Jeden Tag ihres Alters spürend, schlurfte sie zur Bar und gönnte sich einen weiteren doppelten Wodka. Danach war die Flasche leer. Susann überlegte, ob sie sich ins Schlafzimmer zurückziehen sollte, da entdeckte sie den Friesenschnaps. Deichblut.

»Genau das Richtige!« Sie lachte böse und stürzte den Engelmacher hinunter. Während ihre Blicke das Wohnzimmer durchkreuzten, überkam sie eine erdrückende Einsamkeit. Mit der Flasche unter dem Arm hockte sie auf dem Fußschemel ihres Sessels. Ihre Schultern zuckten, ihre Seele erklärte ihr den Krieg. Dicke Tränen flossen über ihr Gesicht und landeten auf dem flauschigen Teppich. Ihre selbst gestrickten Machenschaften lösten sich auf und fielen verstärkt auf sie zurück. War sie in ihre eigene Falle geraten?

Für eine von Liebermann reichlich unglamourös sank sie wie ein Klappmesser zusammen. Der hochgerutschte Rock gab den Blick auf ihre dünnen Beine frei. Auf der cremefarbenen Seidenbluse befanden sich rote Flecken vom Deichblut. Eine Szene, die einem Krimi hätte entsprungen sein können. Susanns kraftloser Körper glitt aus der unbequemen Sitzgelegenheit unsanft auf den Boden der Tatsachen.

Der nächste Morgen

Franzi schlug die Augen auf. Sie wusste nicht sofort, wo sie sich befand. Bei der Erinnerung an den gestrigen Tag huschte ein Lächeln über ihr Gesicht. Langsam drehte sie den Kopf zur Seite und sah in die verschlafenen Augen ihrer Freundin. Nicoline hatte die Decke um ihren Körper gewickelt und linste zwischen Kissen und Federdecke hervor.

»Moin!«, begrüßte Franzi sie fröhlich. Nicoline verkroch sich tiefer in ihre Höhle und knurrte ungehalten.

»Wie kann man nach dem Aufwachen nur so munter daherträllern!« Franzi kicherte ausgelassen.

»Es ist fast Mittagszeit! Raus aus den Federn, wir wollen noch etwas vom Tag haben und nicht nur in den Federn rumliegen!« Nicoline murmelte Unverständliches und drehte sich um. Franzi lachte.

»Ich gehe mal runter und schaue, ob Elly wach ist!« Mit Schwung streckte sie die Beine aus dem Bett. Eilig schlüpfte sie in eine Jogginghose und beeilte sich, ihre Mutter aufzusuchen. Sie verspürte ein Glücksgefühl, als ob sie einen Lottogewinn abholen dürfte. Dabei war es für die meisten Menschen etwas ganz Alltägliches, mit der Mama ein Frühstück zu verputzen.

Franzi hüpfte die Treppe herunter und roch den herrlichen Duft gebratener Eier. Gut gelaunt betrat sie die Küche.

»Moin, Mom, gut geschlafen?«, fragte sie.

Elly zupfte verlegen an ihrem Ohrläppchen. »Nee, aber

glücklich!«, antwortete ihre Mutter und strahlte ihrer Tochter entgegen. »*Moin*, wie lange habe ich das nicht zu Ohren bekommen? Du bringst mir ein Stück Heimat in die Bude!« Ellys blaue Augen füllten sich vor Rührung mit Tränen. Energisch wischte sie sie weg. »Ich bin aber auch eine Heulsuse! Dabei ist doch gerade Weihnachten und Ostern zusammen!«

»Stimmt, Mom, wir haben wirklich Grund zum Feiern!« Franzi zwinkerte Elly verschwörerisch zu. »Wir werden eine wunderschöne Zeit verbringen, alles andere ist Nebensache.«

Elly hatte den Tisch liebevoll gedeckt. Franzi bestaunte die Köstlichkeiten, von ihrer Mutter appetitlich in Szene gesetzt. Franzi lief das Wasser im Mund zusammen. Ein lautes Magenknurren deutete darauf hin, dass auch Hunger mit im Spiel war. Nicoline schlief unterdessen im Obergeschoss weiter, so dass Mutter und Tochter beschlossen, allein zu frühstücken. Die Jahre, die sie ohneeinander verbracht hatten, lagen hinter ihnen, und man sah deutlich, wie glücklich beide darüber waren.

»Hast du jemanden, der dich liebt?«, erkundigte Franzi sich.

Elisabeth lachte verbittert auf. »Weißt du, Franzi, in meinem Alter braucht man jemanden, der die Klappe hält, und das findet man nur selten. Es gab einige Bewerber, mit denen ich es versucht habe, aber die Sehnsucht in mir konnte niemand stillen. Ich habe dich unsagbar vermisst, keiner der Auserwählten schaffte es, in mir diese Lücke zu füllen. Irgendwann habe ich beschlossen, allein zu bleiben.«

»Womit hast du dein Geld verdient?«

»Susann überließ mir ein kleines Polster für die Übergangszeit. Nachdem ich mit der englischen Sprache vertrauter geworden war, habe ich eine Ausbildung in einer Bank machen dürfen und habe dort bis zu meinem *Unruhestand* gearbeitet und es nie bereut.«

Franzi sah ihre Mutter überrascht an. »Ich habe das Gleiche

gemacht, aber nur, weil Susann mich dazu gezwungen hat. Ich liebe die Pferde und die Stallarbeit und sehe sie als meine Berufung an.«

Elly grinste verschmitzt. »Das lag mir nie! Ich bin die, die den anderen gern mal auf die Nerven geht, in meiner Freizeit stehe ich auch mal grölend auf dem Tresen und singe viel zu laut und noch dazu falsch mit!« Elly sah verschämt zu Boden. »Bist du nun enttäuscht!«, fragte sie unsicher.

»Du bist du, und ich bin froh, eine Mutter zu haben, die auch mal feiern kann, ohne darauf zu achten, nicht unangenehm aufzufallen. Das finde ich gut.«

»Ach, das ist auch schon länger her. Ich bin ruhiger geworden, aber manchmal juckt es mich in den Füßen, doch mal wieder um die Häuser zu ziehen.«

»Hier in Tetbury?«

»Nein, ich fahre mit der Bahn nach London, dort übernachte ich, um am nächsten Morgen verkatert nach Hause zu fahren.« Ellys Gesichtsausdruck wirkte verschlossen. Elly berichtete Franzi, dass sie nicht stolz auf ihre Kneipentouren war, die sie unternommen hatte, wenn ihre Seele lichterloh brannte, weil sie die Sehnsucht nach Franzi und ihrer Heimat nicht mehr ertragen hatte. Danach war das Feuer immer zur Glut geschrumpft, aber es drohte jederzeit erneut aufzuflammen.

Schritte wurden auf der Treppe hörbar. Nicoline stampfte ungelenk herunter. Mit zotteliger Mähne schlurfte sie auf Franzi zu und hielt ihr das Handy entgegen. Dabei murmelte sie einen guten Morgen.

»Mein Bruder möchte dich sprechen!«, knurrte sie verschlafen. Müde nahm sie die Kaffeekanne und schenkte den schwarzen Wachmacher in einen unbenutzten Becher. Sofort trank sie einen Schluck und verbrannte sich dabei die Zunge. Elly gestikulierte Franzi, dass sie vor die Tür gehen müsse. Doch Franzi war bereits auf dem Weg.

»Guten Morgen, Schnecke! Wie hast du geschlafen?« Ein vertrautes Glucksen streifte Franzis Ohren und erfüllte sie sogleich mit neuen Glücksgefühlen.

»Sehr gut, du auch?«

»Wie könnte ich, wenn du so weit weg bist!«, schmeichelte Jo. »Mein Vater war gestern bei deiner Großmutter, er hat ihr die Kündigung gebracht. Die Gräfin war wenig erfreut darüber, dass ihr ein Druckmittel abhandengekommen ist.«

Franzi schnaubte ärgerlich. »Da haben wir doch aber kein Mitleid, oder?«

»Er sagte, dass Susann voll war wie 'ne Strandhaubitze. Nicht unbedingt damenhaft …«

Franzi unterbrach Jo ungehalten. »Und wenn schon, das ist nicht mehr unser Problem, soll sie trinken, so viel sie will.«

Jo sprach mit besänftigender Stimme: »Ich dachte mir, dass du so denkst, trotzdem sehe ich es als wichtig an, dich darüber zu informieren. Entschuldige. Ich wollte dich nicht verärgern.«

»Danke, Jo!« Sie zögerte kurz. »Jo?«

»Ja?«

»Ich vermisse dich!«

»Ich dich noch viel mehr!«, sagte Jo verlegen. »Sollte die Frage auftauchen, deine Mutter darf uns gerne auf dem Gestüt besuchen, dann könntet ihr noch länger beisammen sein.«

»Ich versuche mal, sie zu überreden.« Franzi kicherte übermütig. Eine endlose Abschiedszeremonie folgte, bis die Leitung abbrach.

Beseelt vor Glück schlich Franzi ins Haus zurück. Nicoline war inzwischen munter und plauderte, wie man sie kannte. Elly lauschte ihren Erzählungen mit leuchtenden Augen. Sie schien es in vollen Zügen zu genießen, junges Leben unter ihrem Dach zu beherbergen. Sie wirkte, als fühlte sie sich jung und stark wie ein Teenager.

Die gemütliche Frühstücksrunde dauerte bis in den Nachmittag hinein.

»Mama!« Franzi legte eine bedeutsame Pause ein und sah ihrer Mutter dabei tief in die Augen. »Kommst du mit nach Friedrichskoog?« Sie hielt den Atem an, weil sie inständig hoffte, Elly würde sie nach Deutschland begleiten.

Elly verschluckte sich fast an ihrem Tee, zu dem sie inzwischen übergegangen waren, sie sah Franzi fassungslos an. »Kind, wie stellst du dir das vor? Wo soll ich wohnen? Du bist doch auch nur Gast bei der Familie Berendes.«

»Stell dir vor, Friedrichskoog ist ein Feriengebiet, dort gibt es unzählige Unterkünfte. Davon abgesehen wäre Jo nicht erfreut, wenn du seine Einladung ablehnen würdest. Sonst noch Einwände?«, fragte Franzi provozierend und grinste wie ein Honigkuchenpferd.

Elly straffte die Schultern. »Ich habe Angst!«, sagte sie schlicht, aber ehrlich.

»Wir sind bei dir!«, rief Nicoline euphorisch, dabei stieß sie Franzi an, die daraufhin eifrig nickte. Elly sah von einer zur anderen, Zweifel zeichneten sich in ihrer Miene ab.

»Ich weiß nicht ...« Elly schluckte die aufkommenden Tränen herunter.

»Mama, ich wäre so glücklich!«, beteuerte Franzi ergriffen.

»Du vermisst deinen Schatz, nicht wahr?« Elly durchschaute ihre Tochter.

Franzi sah verlegen auf ihre Hände, als ob dort die Antwort stünde. Dann strahlte sie über das ganze Gesicht. »Sehr! Aber das ist gut so, umso größer ist die Wiedersehensfreude. Davon möchte ich es nicht abhängig machen. Ich will dich um mich haben, ob in England oder zu Hause.«

Elisabeth schien hin- und hergerissen. Doch dann breitete sich ein Lächeln auf ihrem Gesicht aus.

Nicoline deutete Ellys Verhalten richtig. Sie klatschte in die Hände vor Freude und rief ausgelassen: »Wir drei reisen nach Hause! Wie wunderbar! Ich sitze auch freiwillig auf der Rückbank des Autos, versprochen.«

»Ja, ja«, meinte Franzi. »Damit du nicht fahren musst und schlafen kannst. Ich gehe auch gerne mal nach hinten. Platz ist dort sowieso genug.«

Elly richtete sich mit vorgestrecktem Kinn auf. »Ich sitze auf der Rückbank, die wichtigsten Menschen hocken immer hinten!« Sie kicherte ausgelassen.

Nicoline bestand jedoch darauf, Tetbury kennenzulernen, bevor sie die Heimreise antraten.

Fahrt ins Ungewisse

Die drei Frauen verbrachten eine spannende und lustige Zeit auf der Insel der Briten. Elly hatte ihnen London gezeigt und damit helle Begeisterung hervorgerufen. Der Wochenmarkt in Tetbury hatte es Franzi besonders angetan. Freudig war sie durch die zahlreichen Marktstände geschlendert, immer wieder gab es Neues zu entdecken. Nicoline kaufte verschiedene Sorten Tee, den sie ihrer Mutter mitbringen wollte. Franzi erstand einen antiken Westernsattel, den sie zur Dekoration einzusetzen gedachte. Sie mussten sehr sorgfältig packen, damit sie alles in ihrem Wagen verstauen konnten.

Franzi suchte verzweifelt nach einem Geschenk für Jo.

Nicoline tröstete sie. »Du bringst dich mit, und ich weiß, das wird das schönste Geschenk für ihn sein.« Sie gab Franzi einen Knuff und grinste sie frech an.

Elly hatte angeboten, die Strecke bis zur Fähre zu fahren, schließlich kannte sie den Linksverkehr seit dreißig Jahren. Franzi fand die Idee großartig, so konnte sie wesentlich entspannter die Heimreise antreten.

Elly hatte darauf bestanden, von der Rückbank aus die vorbeiziehenden Eindrücke der näher kommenden alten Heimat zu beobachten. Nicoline plapperte unterdessen ohne Unterlass, auch sie sah der Fahrt nach Hause mit Freude entgegen.

Sie konnten die Elbtunnel ohne Hindernisse passieren. Elly lauschte dem Poltern der Fahrbahnunterbrechungen, die auch nach so vielen Jahren vertraut in ihren Ohren klangen. Sie wurde mit jedem Meter, den sie zurücklegten, nervöser. Es würde nicht mehr lange dauern, und sie hätte wieder nordfriesischen Boden unter den Füßen. Sie schloss die Augen und visualisierte den grünen Deich, hörte die Möwen, das Rauschen des Meeres, fast glaubte sie, den Wind zu spüren. Nirgends war die Nordsee so schön wie in ihrer Heimat. Sie fürchtete eine Begegnung mit ihrer Mutter, aber Franzi und Nicoline hatten ihr versprochen, nicht von ihrer Seite zu weichen. Dies gab Elly eine gewisse Sicherheit, aber besorgt war sie trotzdem. Susann hatte alle ihre Trümpfe verspielt, sie konnte Elly nichts anhaben, so dachte sie und spürte, wie sich ihr Innerstes verkrampfte. Warum nur sagte ihr Bauchgefühl etwas anderes?

Franzi fuhr ihren Wagen mit großer Geschwindigkeit immer weiter gen Norden. Elly ertappte sich dabei, dass sie sich wünschte, Franzi würde das Tempo drosseln. Ihr Puls beschleunigte mit jedem zurückgelegten Kilometer. Es fühlte sich an wie bei einer Fahrt mit der Achterbahn.

Plötzlich rief Nicoline ihr fröhlich zu: »Sieh mal, Elly wir sind bald da!«

»Hmh … ich sehe es«, murmelte Elly ohne Begeisterung und verkroch sich tiefer in ihren Sitz. Die Landschaft flog nur so an ihr vorbei. Die Windkraftanlagen, die Elly noch nie gesehen hatte, wiesen unaufhaltsam auf die Ankunft in Friedrichskoog hin. Sie kniff die Augen zu und wünschte sich, aus ihrem Alptraum zu erwachen. Ihre Angst stieg unaufhörlich. Das Auto rummelte nun über eine Sandauffahrt. Mit einem Schlag riss Elly die Augen auf. Die Fahrt war zu Ende.

Nicoline sprang aus dem Wagen und öffnete mit einem Ruck den Türschlag. »Herzlich willkommen auf unserem Gestüt!«

Elly blinzelte gegen das grelle Licht und versuchte, ein Lächeln zustande zu bringen. Es musste eher wie eine Gesichtslähmung wirken.

Franzi kroch etwas steifbeinig aus dem Auto heraus. Die lange Fahrt schien ihre Muskeln gequält zu haben. Doch als sie Jo erblickte, rannte sie auf ihn zu und warf sich in seine starken Arme. Jo wirbelte das Leichtgewicht herum und lachte fröhlich.

Laura und Lennard gingen auf Elly zu und begrüßten sie warmherzig.

»Elisabeth, willkommen in deiner Heimat«, hauchte Laura gerührt und gab ihr die Hand zur Begrüßung. Nach kurzem Zögern umarmte sie den Gast.

»Danke!«, brachte Elly atemlos hervor. »Bitte nennt mich Elly!«

»Moin, Elly«, drängte Lennard sich vor. »Schön, dich wiederzusehen!« Selbst für ihn war dies ein emotionaler Moment.

»Nun kommt doch erst einmal rein«, sagte Laura gedämpft, als fürchtete sie jeden Moment das Erscheinen der Gräfin. Die Art, wie sie sich umsah, unterstützte diesen Eindruck zusätzlich. Lennard übernahm die Aufgabe, die Koffer ins Haus zu schaffen.

»Ich habe Kuchen gebacken, später gibt es Krabben mit Rührei und dazu Tee mit Schuss!«, verkündete Laura vielversprechend.

Nach und nach begaben sich alle ins Haus, nur Franzi und Jo waren verschwunden.

Elly hingegen war überwältigt von Lauras Backkünsten, im ganzen Haus duftete es verführerisch nach Kuchen und Torten. Ein guter Tee wartete darauf, mit Kandis aufgepeppt zu werden, und Kaffee stand ebenfalls zur Auswahl. Ein Willkommen der Extraklasse.

Franzi und Jo erschienen mit geröteten Wangen und leuchtenden Augen an der Kaffeetafel. Elly beobachtete die beiden eindringlich und schmunzelte, als in Franzis Haaren ein Strohhalm sichtbar wurde.

»Franzi, auf diese Weise bist du auch entstanden; nicht,

dass du mich zur Oma machst, ich muss erst einmal das Muttersein genießen!« Elly hatte sich von den ersten Eindrücken erholt und lief wieder zu ihrer alten Form auf. Sie sprach ungehindert aus, was ihr auf der Zunge lag. Zum Leidwesen der beiden Verliebten, deren Gesichter eine rosa Färbung annahmen.

Es wurde eine lustige, vertraute Runde. Mit dem Begrüßungssekt stieg die Stimmung weiter. Nicoline erzählte ihren Eltern von London, das dem Anschein nach am meisten positive Eindrücke bei ihr hinterlassen hatte.

Franzi saß dicht an Jo gekuschelt, als sie fragte: »Wie geht es Tony? Kommt er noch zu euch? Oder ist er zu meiner Großmutter rüber?«

Jo gab ihr einen leichten Kuss auf die Stirn. »Nein, er hat heute frei, morgen ist er in alter Frische wieder da. Mutter hatte ihn eingeladen, bei deiner Ankunft hier zu sein, um unsere Runde zu vergrößern, aber er wollte nicht stören und begrüßt dich morgen.«

»Der Spinner, er denkt stets, er würde stören!« Franzi stimmte das ein wenig traurig. Sie hatte ihm so viel zu verdanken und hätte ihn gern dabeigehabt.

»Elly, komm mit, ich zeige dir dein Zimmer!«, schlug Laura vor. »Ich hoffe, es gefällt dir!« Die beiden erhoben sich fast gleichzeitig und wären beinahe mit den Köpfen zusammengestoßen. Kichernd verließen sie das Esszimmer.

Lennard verzog sich ebenfalls. Er musste die Pferde versorgen. Da er Jo freigegeben hatte, würde er sich beeilen müssen, um rechtzeitig zum Essen fertig zu werden.

Jo nahm Franzis Gesicht zärtlich in beide Hände und hauchte ihr einen Kuss auf die Nasenspitze. »Komm, ich zeige dir auch dein Zimmer!«, flüsterte er. Franzi spürte sofort, wie ihr heiß wurde. Mit weichen Knien ließ sie sich von ihrem Platz ziehen und war von Jos Augen in den Bann gezogen.

»Boah!«, stöhnte Nicoline. »Und ich hocke hier alleine, oder was?« Ihr verschmitzter Blick verriet jedoch, dass sie weniger empört war, als ihre Worte vermuten ließen.

Übermütig lachend trieb es die Verliebten ins Obergeschoss.

Jo schloss die Tür und zog Franzi an sich. Seine Berührungen ließen Wellen der Erregung in Franzi hochschlagen. Schwer atmend zerrte sie an seinem Hemd. Die Muskeln unter Jos Haut ließen ihren Körper vibrieren. Voller Verlangen gab sie sich ihm hin. Der Zauber der Liebe hielt beide gefangen, sie sperrten ihre Umwelt aus und wurden eins. Keuchend hielt Jo inne und betrachtete Franzi hingerissen.

»Liebes, ich vermisse dich schon wieder, obwohl du doch gar nicht weg bist, ich bin überglücklich, wenn du in meiner Nähe bist. Ich will das Leben mit dir schmecken, spüren und fühlen. Kannst du mir sagen, was das ist?« Flehend sah er sie an.

Franzi neigte den Kopf zur Seite, als ob sie versuchte, hinter seine Stirn zu schauen. Dann lächelte sie verzückt. »Liebe!« Sanft trafen sich ihre Lippen. Franzi hatte nicht nur ein Dach über dem Kopf, sie hatte ein Zuhause. Sie war angekommen nach einer langen Reise der Lieblosigkeit und Ungewissheit.

Tony greift ein

Susann von Liebermann erholte sich schnell von der Entrüstung darüber, dass ihre Enkelin sie verlassen hatte. Sie rechnete nicht mit einer Rückkehr.

Aber sie wäre nicht Susann von Liebermann gewesen, wenn sie daran zerbrechen würde. Schließlich hatte ihr das Leben schon oft einen Strich durch die Rechnung gemacht.

Ihren silbernen Stock, den sie durch den Flur geschleudert hatte, als Lennard gegangen war, hatte sie dort, wo er lag, als Mahnmal liegen lassen. Susann kämpfte weiter, aufgeben kam für sie nicht in Frage, und erst recht nicht bei Franzi zu Kreuze zu kriechen. In den nächsten Tagen wollte sie einen Termin bei ihrem Notar vereinbaren, der ihr Testament ändern sollte. Lieber vererbte sie ihr Vermögen an Bedürftige, als dass Elisabeth und Franzi etwas davon abbekamen. Sie grinste böse.

»Ihr Lumpenpack, euch zeige ich, wie das Schicksal spielt. Ich bin euer Schicksal, ich habe die Fäden in der Hand, ob ihr nun wollt oder nicht!«

Vor Kurzem hatte sie einen neuen Pferdewirt eingestellt, er hatte sich gut eingearbeitet, und Susann war mit seinen Leistungen zufrieden. In aller Ruhe schlüpfte sie in ihre Reitstiefel, ihr Schimmel stand gesattelt in der Stallgasse und wartete darauf, mit ihr einen Ritt über die Felder zu starten. Sie wollte sich persönlich ein Bild vom Zustand der Zäune machen. Das war die Kehrseite der Medaille. Franzi hatte früher stets ein Auge auf die Beschaffenheit der Felder und Zäune gehabt.

Nun musste Susann dies erledigen. Sie verzichtete auf die Reitkappe, die sie seit jeher für überflüssig hielt, und begab sich in den Stall.

Der Schimmel beachtete sie zunächst nicht, er stand mit gesenktem Kopf da und versuchte, die Futterreste vom Boden aufzunehmen. Susann begrüßte kurz den Stallburschen und ergriff die Zügel, an denen sie heftig zog. Bevor sie aufsaß, klopfte sie ihm den Hals und flüsterte leise: »Auf geht's, wir machen einen Ausflug!«

Etwas ungelenk zog sie sich in den Sattel. Susann spürte ihr Alter, aber immerhin war es ihr noch vergönnt, ein Pferd reiten zu können. Die Gatter waren so konzipiert, dass sie nicht absteigen musste, um sie zu öffnen oder zu schließen, ihr Pferd ließ sich brav in die Positionen führen, die dafür erforderlich waren.

Für Susann war der Ausritt eine willkommene Abwechslung zur Büroarbeit. Als sie die zweite Wiese überquerte, trieb sie ihr Pferd an und donnerte über die freie Fläche. Sie stoppte nicht, als die Umzäunung der nächsten Weide auf sie zukam. Sie ließ ihren Schimmel schneller laufen und flog geradezu im Sprung darüber. Nach der geglückten Landung lächelte sie zufrieden und lobte ihr Pferd überschwänglich. Die Zäune waren alle in einem guten Zustand, in nächster Zeit würden hier keine Erneuerungen nötig sein.

Der Rückweg führte sie anschließend auf die Landstraße, von der aus sie in der Ferne ihre Ländereien überblicken konnte. Als Susann das Gestüt der Berendes passierte, bemühte sie sich, nicht hinüberzuschauen. Sie verspürte nicht die geringste Lust, der Familie bei der Arbeit zuzusehen. Sie gönnte ihnen das Glück nicht, das sie womöglich auf ihren Gesichtern erblicken würde.

Aus dem Augenwinkel sah sie Bewegungen vor dem Haus. Die Neugier siegte, und sie wandte den Kopf. Sie erstarrte vor Zorn, als sie ihre Tochter erblickte. Elisabeth stand dort, sie unterhielt sich allem Anschein nach mit Laura, dabei schienen sie sich gut zu amüsieren.

Schlagartig wusste Susann von Liebermann, was sie zu tun hatte. Sie trieb ihren Schimmel an und preschte zum Gut zurück. Hektisch bugsierte sie ihr Pferd in die Stallgasse und überließ es dem erstaunten Pferdewirt, um übereilt ins Haus zu stürmen.

Ihr Kopf fühlte sich an wie nach einer Explosion. Mit fahrigen Fingern schnappte sie den Schlüssel des Tresors, um damit ihr Büro aufzusuchen.

Franzi erkannte den Schimmel ihrer Großmutter sofort, als sie einen Blick zum Fenster ihres Zimmers hinauswarf. Hoffentlich stürzte Susann nicht vom Pferd, denn im nächsten Augenblick setzte sie zum Galopp an, so dass der Schimmel stieg. Das fehlte ihr noch, dass ihr die Mitteilung überbracht wurde, ihre Oma liege erneut im Krankenhaus. Sie wollte das Thema Familiendrama endlich abschließen und mit Jo ein neues Leben führen. Dennoch war ihr bewusst, dass sie die Ansprechperson wäre, wenn ihrer Großmutter etwas passierte.

Sie lächelte beim Anblick ihrer Mutter, die mit Laura auf die Stallungen zuging. Die Frauen verstanden sich auf Anhieb und bildeten ein freundschaftliches Gespann. Eilig schlüpfte sie in ihre Jeans und gedachte den beiden zu folgen, sicherlich statteten sie Bella einen Besuch ab, und Franzi brannte darauf, sie dabei zu begleiten. Jo schlief noch tief und fest, er bemerkte ihren raschen Aufbruch nicht.

Tatsächlich fand Franzi ihre Mutter und Laura plaudernd bei der werdenden Mutter. Elly streichelte das Pferd überwältigt.

»Ein wunderschönes Tier«, bestätigte sie. Dabei leuchteten ihre Augen verzückt.

»Moin«, trällerte Franzi den Müttern vergnügt entgegen. »Gut geschlafen Mom?«

»Wie ein Murmeltier«, antwortete Elly schon beim Umdrehen. Sofort lächelte sie ihre Tochter an. Ein Lächeln, wie es nur einer Mutter gelang. Es begann in den Augen und endete im Herzen. Ausladend breitete sie ihre Arme aus und umschloss Franzi warmherzig.

Franzi löste die Umarmung, weil sie zu Bella in die Box wollte. Sie griff beim Hineingehen einen Striegel, um Bellas Fell zu noch mehr Glanz zu verhelfen. Bella liebte die zusätzlichen Streicheleinheiten. Laura und Elly plauderten unterdessen weiter.

Plötzlich hörten sie Reifen quietschen, offenbar bremste in der Auffahrt ein Fahrzeug scharf. Franzi hielt den Atem an, als sie die hysterische Stimme ihrer Oma vernahm.

»Was willst du hier? Wir haben ein Abkommen, dessen Geltung nicht aufgehoben wurde, du verschwindest sofort aus Friedrichskoog, oder es wird dir bitter leidtun!« Ihre Wangen bebten vor Zorn, und ihr Blick verfinsterte sich von Sekunde zu Sekunde.

Laura trat ihr resolut entgegen. »Du befindest dich auf meinem Grund und Boden, du bist die Person, die hier nichts zu suchen hat.« Laura behielt die Fassung und forderte Susann ein weiteres Mal auf, ihr Gestüt zu verlassen.

Susann reagierte nicht auf Laura, sondern sah an ihr vorbei. Mit langsamen Bewegungen ging sie einen Schritt auf Elly zu, dabei holte sie etwas Silbernes aus ihrer Jacke hervor. Elly sah ihr regungslos in die Augen. Franzi erkannte die Pistole aus dem Tresor ihrer Oma wieder. Ihr gefror das Blut in den Adern. Sie würde doch nicht …?

Franzi verharrte in der Box neben Bella. Wie ein erschrecktes Kaninchen traute sie sich kaum zu atmen. Doch dann setzte sie einen Schritt vor den anderen, um aus der Pferdebox herauszutreten. Sie suchte den Augenkontakt zu Susann. Diese jedoch hielt ihren Blick auf Elly gerichtet.

»Oma?«, erhob sie ihre Stimme sanft, um sie nicht noch mehr in Rage zu versetzen. »Du willst nicht wirklich …«

»Halt dich da raus, Franzi! Wie du siehst, will ich. Bleib wo du bist!«, raunte Elly angespannt. Sie behielt den Blick weiter auf Susann gerichtet.

»Würde doch passen«, spottete Susann verächtlich. »Mutter und Tochter für immer vereint!« Sie entsicherte mit höchster Konzentration ihre Waffe. Mit erstaunlich ruhiger Hand hielt sie sie auf Elly gerichtet. Susann war offenbar wild entschlossen, ihrer Tochter das Leben zu nehmen. Laura verschanzte sich hinter einem Pfeiler, der ihr kaum Deckung gab. Mit dezenten Gesten deutete sie Franzi an, den Rückzug anzutreten.

Elly blieb still und aufrecht stehen, lediglich eine Träne löste sich aus einem Augenwinkel, gewillt, der Gräfin zu zeigen, dass sie bereit war für eine diesmal unbestimmte Reise. Ihr Haupt hielt sie erhoben.

Franzi entdeckte Tony, der leise näher kam. In beiden Händen eine Mistforke haltend, schlich er sich an die Gräfin heran. Sein Gesichtsausdruck war eisern. Franzis Atem stockte. Jetzt hob er die Forke langsam hoch und visierte Susann an. Er zuckte mit keiner Wimper, als er mit aller Kraft zuschlug. Er traf die Hand mit der Waffe. Dabei löste sich ein Schuss, der alle Anwesenden vor Angst auf die Knie fallen ließ, einschließlich Susann. Franzi rappelte ihren zitternden Körper auf.

»Mama? Laura? Seid ihr verletzt?«

»Nein!«

»Alles heil geblieben!«, schnaubte Elly.

Eilig entwendete Tony die Waffe, die jetzt vor Susann im Stroh lag, gekonnt leerte er das Magazin. Dabei stierte er Susann, die inzwischen regungslos auf dem Beton der Stallgasse lag, giftig an. Dann hockte er sich nieder und fühlte ihren Puls an der Halsschlagader.

»Sie lebt, aber da stimmt was nicht«, verkündete er sachlich. Hilfe suchend forschte er in Franzis Augen, die wie versteinert an Bellas Hals hing, um dort in gewisser Weise nach Schutz und Trost zu suchen.

Elly verkündete nüchtern ihren Verdacht. »Sie hat einen Schlaganfall erlitten, schaut mal, der Mund hängt schief, und ihre Augen sehen seltsam aus. Wir müssen die Rettung rufen!« Elly wusste, dass jetzt jede Minute zählte. Bedeutungsvoll nickte sie Franzi zu.

»Na ja, wer anderen eine Grube gräbt ...!«, brummte Laura.

Franzi verständigte den Notarzt mit ihrem Handy. Tony, der erneut versuchte, den Puls ihrer Großmutter zu ertasten, schüttelte den Kopf.

»Ich fürchte fast, die Hilfe kommt nicht rechtzeitig!« Die Umstehenden starrten sich erschüttert an, aber niemand hatte die Kraft, Susann von Liebermann in ihrer vermeintlichen Todesstunde beizustehen.

Bis Tony sich ein Herz fasste und Susanns Hand in seine nahm.

»Franzi, sammle die Patronen ein und gib sie mir!«, befahl er ruhig. Franzi verließ die Box und erledigte, was von ihr gefordert wurde, wie in Trance. Tony hielt ihre Hand für einen Augenblick fest und sah ihr dabei tief in die Augen. »Das bleibt unter uns, verstanden?«

Franzi nickte stumm und schlich zu ihrer Mutter, die von Laura gehalten wurde. Die drei Frauen umarmten sich und bildeten einen Kreis, so dass ihnen der Anblick Susanns erspart blieb. Elly weinte leise.

»Es ist meine Schuld! Ich hätte nicht herkommen dürfen!«, schluchzte sie unentwegt.

»Quatsch, Elly!«, zischte Laura. »Du hast alles richtig gemacht. Du hättest dich beinahe, ohne mit der Wimper zu zucken, töten lassen, mir blieb fast das Herz stehen.«

»Mama! Bitte denke nicht so etwas! Susann ist in ihre eigene Grube gefallen, es gibt eben doch noch Gerechtigkeit.« Franzi war entsetzt über die Worte ihrer Mutter. Niemand trug die Verantwortung für das Unglück ihrer Oma.

Franzi riskierte einen letzten Blick auf die Frau, die sie

großgezogen hatte. Tony strich in diesem Moment über die Augen der Gräfin und schloss sie für immer.

Die Sirenen der Rettung wurden lauter und verstummten vor der Scheune. Ein Notarzt stellte den Tod durch Schlaganfall fest. Dann fragte er Franzi, welches Bestattungsunternehmen er verständigen durfte. Der Rettungsassistent legte eine Decke über den leblosen Körper.

Jo kam in Begleitung seines Vaters angerannt. Blass und außer Atem starrten sie auf die verdeckte Person. Sie hatten offensichtlich den Knall gehört und darin einen Schuss erkannt. Jo, der die Situation zu begreifen schien, stürmte auf Franzi zu und legte schützend einen Arm um ihren zitternden Körper.

Auch Lennard näherte sich der erschütterten Gruppe. »Wir gehen ins Haus! Wir können hier nichts weiter tun!«, sagte er, packte seine Frau und Elly und schob sie weg vom Geschehen. Laura verlor nun doch die Fassung, ihre Gelassenheit verflog wie eine zu Bruch gegangene Gasleitung mit großem Druckabfall. Lennard tröstete seine Frau. Sanft redete er auf sie ein.

Franzi löste sich aus Jos Umarmung, dann ging sie auf den leblosen Körper ihrer Oma zu und setzte sich zu ihm auf den Boden. Langsam hob sie die Decke von ihrem Gesicht und starrte sie an. Sie umschloss mit beiden Armen ihre angezogenen Knie und ließ ihre Wange darauf ruhen. Unentwegt betrachtete sie ihre Oma, die nun sonderbar friedlich wirkte.

»Wie konntest du mich nur die ganzen Jahre so betrügen? Warum habe ich dein wahres Ich nie erkannt? Wie hast du das angestellt? Muss ich jetzt hinter jedem Menschen ein Monster vermuten?«

Franzi streckte ihren Kopf in den Nacken und schrie herzergreifend: »Wie soll ich damit klarkommen, Oma!«

Jo berührte sie an der Schulter. »Franzi, Liebes, komm bitte, mir bricht es das Herz, dich so zu sehen. Du musst sie gehen lassen und nach vorn schauen, mit uns … mit deiner Mutter!« Franzi wandte sich ihm entgegen und sah ihn an, als ob sie ihm zum ersten Mal begegnete. Sie sprang auf und stieß ihn weg.

»Lass mich!«, schrie sie Jo an.

»Franzi, ich bin es, Jo!«

»Wer bist du wirklich? Woher soll ich wissen, dass nicht auch ein verborgenes Böses in dir schlummert?« Franzi stürmte aus der Scheune über den Hof, kopflos rannte sie über die Wiesen, ohne ein bestimmtes Ziel zu haben. Sie musste nur weit weg. Fort von den Menschen, die sie verletzen könnten. Die Lunge schmerzte in ihrer Brust, doch ihre Beine trugen sie weiter und führten sie ins Ungewisse.

Jo blieb verwirrt zurück. Sollte er ihr folgen?

»Lass sie, Franzi wird sich beruhigen, es war alles zu viel für sie!«, raunte Lennard, der plötzlich wieder neben Jo aufgetaucht war. Jo hörte ihn nicht. Er war im Begriff, Franzi nachzulaufen. Lennard hielt ihn gerade noch rechtzeitig am Ärmel zurück. Nachdrücklich schüttelte er seinen Sohn. »Jo! Du musst sie ziehen lassen, glaub mir!«

Jos angespannter Körper wurde schlaff. »Vielleicht hast du recht, aber es tut so verdammt weh! Du hast nicht ihre Augen gesehen. So voller Verzweiflung und Bitterkeit!«, fluchte Jo matt.

Franzi entrümpelt nicht nur ihre Seele

Franzi wusste nicht, wie lange sie gelaufen war. Ohne dass sie es geplant hatte, endete ihre Flucht auf dem Gut. Gedankenverloren umkreiste sie das Gebäude, die Stallungen und zum Schluss das Wohnhaus. Hier war sie aufgewachsen, hier hatte sie ihre Jugend verbracht und gelernt, mit Pferden umzugehen. Wobei Letzteres mehr eine Gabe war. Die Tiere vertrauten ihr einfach.

Da war es wieder. Vertrauen. Würde sie ihres wiederfinden? Sie schlich durch das Haus und betrachtete das Durcheinander, welches Susann hinterlassen hatte. Sie horchte auf, als die Stimme ihrer Mutter ertönte.

»Franzi? Wo steckst du?« Elly kam herein. »Gott sei Dank, Kind, ich habe mir große Sorgen gemacht.« Mit feuchten Augen betrachtete sie Franzi. »Mein Kind, du sollst nicht leiden, ich wünsche mir nichts mehr, als dass du glücklich wirst! Wenn ich doch nur alles rückgängig machen könnte!«

Franzi lächelte verhalten. »Um dann wieder von vorne anzufangen mit dem gleichen Mist? Nein! Wir fangen jetzt neu an. Bist du dabei?«

»Ja! Sag mir, wo und wie!«, lautete die optimistische Antwort ihrer Mutter.

»Wir ziehen hier ein!«

Elly war sprachlos. »Du meinst es wirklich ernst, nicht?«

»Ja!« Franzi verschwand im Büro und suchte diverse Telefonnummern heraus. Zuerst wählte sie die Nummer des sozialen Einrichtungshauses.

»Wir haben hochwertige Möbel abzugeben, wann können Sie kommen, um sie zu holen?« Sie lauschte kurz in das Telefon. »Sofort, Sie müssen sofort kommen, ich muss Platz schaffen«, bestimmte Franzi mit fester Stimme und war verwunderte, wie leicht es war, die Termine selbst festzulegen. Sie erhielt die Zusage, dass am Nachmittag ein Lastwagen vorbeikommen würde und die Möbel abholte. Auf die gleiche Weise verfuhr sie mit der Abfallwirtschaft. Man versprach ihr, die erforderlichen Container auf dem Gut abzustellen.

»Franzi, meinst du nicht, es gibt Diskussionen im Dorf, wenn du noch in der Todesstunde deiner Oma das Haus ausmistest?«

»Mir egal! Es wird ohnehin geredet, nun gebe ich ihnen einen triftigen Grund.« Franzi suchte nach einer Malerfirma und wurde schnell fündig. Ein Unternehmen aus Heide sagte ihr die zeitnahe Renovierung des Hauses zu.

Elly beobachtete Franzi zunehmend besorgt. Sie war eine andere geworden, sie schien nur noch eine Hülle zu sein. Vergeblich suchte Elly nach der fröhlichen Frau, die sie seit Kurzem kannte. Würde ihre Seele den Weg zurück in ihren Körper finden?

Mit tatkräftiger Unterstützung ihrer Mutter schaffte Franzi alles in ihren Augen Unnütze aus dem Haus hinaus und direkt in die Müllcontainer. Nicoline ließ es sich nicht nehmen, mit anzupacken, und zeigte sich nach wie vor als verlässliche Freundin.

Jos Versuche, mit Franzi ein Gespräch zu führen, prallten an ihr ab. Sie bat um eine Auszeit, von der niemand wissen durfte, wie lange sie dauern sollte. Franzi erlaubte keinem, in ihr Innerstes zu schauen. Sie wollte selbst nicht hineinsehen.

»Mama? Wollen wir uns das Haus von Bettina und Richard

mal genauer ansehen?«, fragte sie während einer verdienten Pause, die sie draußen auf einer Bank verbrachten.

»Wenn du meinst, dann machen wir das«, erwiderte Elly unsicher. Sie dachte dabei unweigerlich an ihren heimlichen Aufenthalt in dem verbotenen Haus, kurz vor ihrer Abreise nach England.

»Gut! Dann los!« Franzi blinzelte ihrer Mutter zu und warf den Putzlappen, den sie eben noch eifrig über die Regale hatte schweifen lassen, ins Gras und hakte sich bei Elly ein, um mit ihr über den Hof zu gehen.

Franzi hatte sich immer an die Anweisungen Susanns gehalten und das Haus nie betreten. Betroffen sah sie sich um. Alles sah auch nach dreißig Jahren so aus, als ob Bettina nur einkaufen wäre und jeden Augenblick zur Tür hereinkommen würde.

»Das ist doch krank!«, rief Franzi.

»Das wissen wir schon seit einigen Tagen, dass Susann nicht alle Tassen im Schrank hatte!«, bemerkte Elly trocken. »Wir durften es hautnah erleben.«

Franzis Idee nahm mehr und mehr Form an. Sie sah ihre Mutter herausfordernd an.

»Mom? Willst du nicht hier einziehen? Ich würde mich sehr freuen. Vorausgesetzt, du könntest deine Brücken in Tetbury abbrechen, um wieder eine waschechte Nordfriesin zu werden.«

Elly sog hörbar die Luft ein. »Franzi, das kommt jetzt sehr plötzlich, ich muss darüber nachdenken.«

Elly verstummte, bevor sie wieder ansetzte. »Aber es ist durchaus eine Überlegung wert. Wir hätten zumindest Gelegenheit, unsere verlorenen Jahre ein bisschen nachzuholen!« Elly drückte Franzi liebevoll. Franzi hatte eigentlich geglaubt, ihre Mutter mit ins Gutshaus einquartieren zu können, aber Elly sollte ihre eigenen vier Wände haben. Auf Dauer würde das bestimmt besser sein. Susann wäre es sicher nicht recht gewesen, aber genau aus diesem Grund fand Franzi die Lösung gut.

Als Nächstes wollte Franzi Tony für das Gut zurückgewinnen. Er gehörte seit ihrer Kindheit hierher, und so sollte es auch bis zu seinem Ruhestand bleiben. Sie war schon im Begriff, seine Nummer zu wählen, als sie ihn mit dem Fahrrad über den Hof fahren sah. Achtlos stellte er das Gefährt ab und stiefelte mit besorgter Miene auf Franzi zu.

»Was tust du hier?« Skeptisch sah Tony auf die Container, die bereits halb voll waren.

»Ausmisten, Tony, das hier wird mein Zuhause bleiben«, rief Franzi laut. Die Wut schwang deutlich in ihrer Stimme mit.

»Willst du das wirklich?«, fragte Tony zweifelnd.

»Ja! Bist du auch wieder dabei? Ich brauche dich!« Flehend sah sie Tony an. Er schien überlegen zu müssen, und Franzi glaubte schon, ihn verloren zu haben.

»Jepp! Watt mutt, datt mutt.« Zu Franzis Erstaunen machte er auf dem Absatz kehrt und schlurfte zu den Pferden. Tony war nie ein Mann vieler Worte gewesen, aber dieses Mal überraschte er Franzi wirklich. Lächelnd sah sie ihm nach. Sie würde mit dem neuen Angestellten sprechen, ob er zu Tonys Unterstützung bleiben wollte. Tony war nicht mehr der Jüngste, und sie wollte ihn auf keinen Fall überfordern.

Obwohl Franzi sehr angeschlagen war, traf sie Entscheidungen und stürzte sich voller Eifer in ihre Planung, ein Heim für sich und ihre Mutter zu schaffen. Die Pferdezucht und damit auch die wertvollen Tiere würden ihre Zukunft sein. Franzi war gewillt, die Herausforderung anzunehmen.

Die Möbel ihrer Großmutter wurden am Nachmittag abgeholt. Als der Lieblingssessel ihrer Oma abtransportiert wurde, griff sie ein.

»Der kommt in den Container!«, entschied sie eisern.

»Aber der ist doch noch gut in Schuss!«, erwiderte einer der Möbelpacker.

»Weg damit!«, ordnete Franzi an.

Mit einem Schulterzucken fügte der Möbelpacker sich Franzis Wünschen. Sie ließen den Sessel mit lautem Getöse in den Abfall rauschen. Franzi empfand Genugtuung.

Anschließend gab es nichts mehr in dem Haus, was an Susann erinnerte. Franzi war zufrieden mit dem Resultat. In den nächsten Tagen wollte sie die Möbelhäuser unsicher machen und für eine moderne Einrichtung sorgen. Nur ihr eigenes Schlafzimmer behielt sie. Dort musste sie mit Elly vorübergehend eine Wohngemeinschaft bilden, letzten Endes brauchten sie während der Renovierung einen Schlafplatz. Die Wohnküche wollte sie nicht umgestalten, Franzi entsorgte ausschließlich das Geschirr ihrer Oma. Auch hier wünschte sie sich frischen Wind. Danach begleitete sie mit mulmigen Gefühlen die Männer der Sozialstation in das ehemalige Haus von Bettina. Auch hier ließ sie alles wegschaffen.

Franzi warf einen weiteren Korb mit Küchenutensilien in den Müll, als Jo unerwartet neben ihr auftauchte.

Jo, der ihrer Seele für kurze Zeit eine Heimat gegeben hatte. Der ihr Innerstes berührte wie kein anderer zuvor. Wenn sie ihrem Impuls gefolgt wäre, läge sie schon wieder in seinen Armen. Es kostete sie Überwindung, ihn nicht näher kommen zu lassen, doch sie fürchtete sich vor ihren Gefühlen. Die liebevollen Blicke erzeugten bei Franzi eine wohlige Gänsehaut. War es angemessen, ihn aufzugeben?

Jo sah sie nur an, er stellte keine Fragen. Seine Augen sprachen mehr als tausend Worte. Franzis Magen zog sich schmerzhaft zusammen. Deutlich erkannte sie Jos Flehen. Er öffnete den Mund, als ob er etwas zu sagen hätte, es gelang ihm nicht. Franzi erging es nicht anders, jede Faser in ihr zerrte und drängte sie, ihn zu küssen. Plötzlich wusste Franzi nicht mehr, warum Zweifel in ihr aufgekommen waren.

»Tommy schickt mich, er sagte, ich darf dich nicht aufgeben!« Jo blickte an ihr vorbei ins Leere. »Ich finde, er hat recht!«

»Tommy?«, fragte Franzi verwirrt?

»Ich habe ihn angerufen, weil ich mir keinen anderen Rat wusste.«

»Wie geht es ihm?«, erkundigte Franzi sich, um Worte verlegen.

»Er kommt morgen!«

»Er kommt morgen?« Er hatte sie bisher noch nie besucht.

»Laufen wir ein Stück?«, fragte Jo vorsichtig.

Franzi ließ ihren Korb fallen und nickte. Sie sah Jo nicht an. Gemeinsam schlenderten sie um die Stallungen herum. Franzi zog es an ihren Lieblingsplatz, dorthin, wo sie den Brief ihrer Mutter vor wenigen Wochen gelesen hatte. Sie glitt ins Gras und lehnte ihren Rücken gegen den Stamm des alten Baumes. Ihren Blick ließ sie über die Felder schweifen. Jo stand unschlüssig neben ihr, bis er sich entschloss, es Franzi gleichzutun. Ihre Schultern berührten sich leicht. Franzi rückte nicht von ihm ab. Sie spürte Jos warme Haut durch ihr T-Shirt und legte ihren Kopf gegen seine Schulter. Sie schloss die Augen. Der Motor eines Sportflugzeugs dröhnte über sie hinweg, dann herrschte Stille.

»Der Bestatter versucht dich laufend zu erreichen, er muss mit dir oder euch einiges besprechen.«

Franzi erinnerte sich daran, dass sie Susanns altmodisches Telefon aus der Wand gezogen hatte, um es zu entsorgen. Ihr Handy war, seit sie in England gewesen waren, ausgeschaltet. Trotzig erwiderte sie: »Mir egal, ich komm eh nicht zur Beerdigung. Er darf mir gerne die Rechnung schicken.«

»Okay, ich sag es ihm.«

»Danke!«

»Der Platz gefällt mir!«

»Hhm … mein Lieblingsplatz.«

»Du hast eben einen erstklassigen Riecher für reizvolle Dinge.«

Franzi sah ihn an. Sie betrachtete ausgiebig jedes Härchen, jedes Fältchen und seine leuchtenden Augen. An seinem Mund blieb Franzis Blick hängen. Diese sinnlichen, soften Lippen, die sie am liebsten auf ihren spürte.

»Ich vermisse deine Eltern.«

Überrascht sah Jo ihr in die Augen. »Und mich? Vermisst du mich auch ein bisschen?«

Franzi schluckte. »Unglaublich!« Rasch richtete sie ihren Blick erneut auf die Wiesen. Ihr Herz schlug wie wild. Sie vernahm ein Glucksen aus Jos Kehle, dann fühlte sie seine Hand an ihrem Kinn, er drehte ihr Gesicht, so dass sie ihn anschauen musste. Aufrichtige Liebe las sie in Jos Miene. Warum fiel es ihr nur so schwer, an ihn zu glauben? Hatte Susann sie durch ihren Tod vollends zerstört? Franzi haderte mit ihren Gefühlen, aber ihre Oma durfte nicht als Siegerin aus dem Leben geschieden sein.

Sanft setzte sie einen Kuss auf Jos Lippen. Jo stellte vor Überraschung das Atmen ein, dann zog er Franzi näher an sich heran und erwiderte ihren Kuss.

»Soll heißen, du gibst mir eine Chance?«

»Ich denke schon! Ich brauche Zeit, um die Erlebnisse zu verstehen.«

»Ich warte auf dich!«

»Ich will nicht warten!« Franzi kuschelte sich in Jos Arme und fühlte die Geborgenheit, die er ihr gab.

»Ich liebe dich, Franzi! Vergiss das bitte niemals!«

Franzi nickte, sie war nicht in der Lage zu antworten. Verbissen kämpfte sie mit den aufkommenden Tränen. Sie schob ihn sanft von sich.

»Es wartet eine Menge Arbeit auf mich. Ich möchte meine Mutter nicht so lange allein lassen.«

»Dann mal los!«, forderte Jo sie auf und half ihr beim Aufstehen. »Wenn du möchtest, helfe ich euch, Nicoline scheint ja auch Spaß daran zu haben, die Bude auszumisten. So viel

Elan habe ich bei ihr selten gesehen, wenn es ums Anpacken ging!« Er lachte befreit. Hand in Hand schlenderten sie zurück.

»Ich werde hier wohnen!«

»Habe ich mir schon gedacht, gute Idee! Ich hoffe, du lässt mich rein, wenn ich klopfe?«

»Du musst nur laut genug anklopfen.« Franzi schmunzelte. Sie fühlte sich plötzlich leicht und beinahe unbeschwert. Sie wünschte sich, dass es so blieb.

Elly strahlte, als sie die beiden kommen sah. Sie saß auf der Bank im Hof und gönnte sich die wohlverdiente Pause. Von Weitem rief sie Franzi zu: »Ich habe es mir überlegt!«

Franzi rannte die Strecke bis zu ihrer Mutter. »Sag, wie lautet deine Entscheidung?« Gebannt suchte sie nach Anzeichen im Gesicht ihrer Mutter. Elly behielt ihr Pokerface, so dass Franzi ihr nichts ansah. Nun wurde sie ungeduldig. »Raus mit der Sprache!«

Elly grinste und ließ Franzi weiter zappeln. Dann holte sie tief Luft und rief übermütig: »Ich komme wieder nach Deutschland! Ich will keinen Tag mehr ohne dich leben. Jedenfalls fast keinen.«

Franzi jubelte und umarmte ihre Mutter stürmisch.

»Ich freue mich so! Wir werden die beste Zeit unseres Lebens haben.«

»Na, schauen wir mal. Ob wir uns auch auf Dauer vertragen?« Elly scherzte glücklich.

»Sieh mal, Mama, dein Häuschen ist auch leer geräumt! Wir können morgen die Möbelgeschäfte unsicher machen!«

»Ich bin gespannt, ob wir das Passende finden!« Elly strahlte fröhlich.

»Was soll ich als Nächstes tun?«, mischte Jo sich unternehmungslustig in das Gespräch ein.

Franzi überlegte, welche Aufgabe für Jo am sinnvollsten war. »Ich glaube, es sind nur noch Putzarbeiten zu erledigen, um den alten Staub aus der Bude zu befördern. Damit will ich dich ungern belasten«, meinte sie schließlich.

»Ich bin mir auch dafür nicht zu schade«, entgegnete Jo selbstsicher. »Ich fange am besten in der oberen Etage an und arbeite mich in die untere vor.« Er zwinkerte Franzi zu und begab sich ins Haus. Wenige Augenblicke später hörten die Frauen, dass Jo mit Eimer und Putzmittel hantierte. Wasser rauschte aus dem Hahn in der Küche. Jos Schritte waren kurz darauf auf der Treppe zu vernehmen.

Elly grinste Franzi an. »Der ist zu gebrauchen, halte ihn dir warm!«

Franzi kicherte. »Das werde ich, Mom. Komm, wir haben genug rumgegammelt, die Arbeit ruft!« Ausgelassen begannen auch Mutter und Tochter mit den Reinigungsarbeiten im Obergeschoss. Oben angekommen, verharrte Franzi plötzlich.

»Wir sind doch verrückt, nächste Woche kommen die Maler und machen hier Dreck ohne Ende, da ist es unnötig, die Putzlappen zu schwingen.«

»Hier im Obergeschoss auch?«, erkundigte Jo sich erstaunt.

»Überall, ich will es komplett neu, nichts soll mehr an meine Oma erinnern!«

»Okay!« Jo bewarf Franzi mit einem feuchten Lappen. »Wie wäre es dann mit einem Ausritt?«

Franzi bekam leuchtende Augen. »Ich kann mir nichts Schöneres vorstellen!«

»Also los! Elly, kommst du mit?« Jo stieß sie an.

Elly hob abwehrend die Arme. »Bloß nicht! Ich habe überhaupt keine Übung mehr, und ich denke, ihr könnt die Zeit ohne mich gut brauchen. Ich statte Laura einen Besuch ab.«

»Sie wird sich freuen«, bestätigte Jo ihr Vorhaben. Es wurde beraten, welche Pferde in Frage kamen. Jo verzichtete auf sein eigenes Sattelzeug, das er erst von zu Hause holen musste, und folgte Franzi zur Scheune.

Tony begrüßte die beiden und war ihnen beim Satteln behilflich.

»Franzi, willst du den Schimmel der Gräfin reiten?«

»Irgendwann sicher, aber im Moment kann ich es nicht. Ich werde Baxter nehmen. Für Jo dachte ich an Sissi!«

Tony tippte gegen seinen Hut und brachte die gewünschten Tiere in die Stallgasse.

»Sag mal, Franzi, wo ist Nicoline eigentlich geblieben? Ist sie nach Hause gegangen?«

Franzi hielt in ihrer Bewegung inne. »Keine Ahnung, ich habe sie nicht mehr gesehen, seit … seit … ist auf jeden Fall schon eine Weile her.« Franzi beschloss, zur Sicherheit noch einmal ins Haus zu gehen, um nachzuschauen, ob sie ihre Freundin eingeschlossen hatte. Sie hielt es im Grunde genommen für unmöglich, aber sie wollte sichergehen.

Mit weit ausholenden Schritten überquerte sie den Hof. Als sie die Tür aufschloss, rief sie laut Nicolines Namen.

»Komisch«, murmelte Franzi leise. Zwei Stufen auf einmal nehmend, flog sie in das Obergeschoss. Alle Türen standen weit offen. Nur die von Franzis Zimmer nicht. Sie drückte die Türklinke herunter und hielt die Hand vor den Mund, um nicht laut loszuprusten. Nicoline schlief seelenruhig in Franzis Bett, sie hatte von den letzten Stunden der Aufräumaktion offenbar nichts mitbekommen. Franzi weckte ihre Freundin nicht, sondern schloss leise die Tür. Kichernd lief sie zu Jo.

»Sie schläft in meinem Bett!« Franzi lachte.

»Das sieht ihr ähnlich«, grinste Jo. »Wenn sie erwacht, ist die Bude leer!«

»Ich habe die Tür nicht verschlossen, dann kann sie zumindest ins Freie, es ist ohnehin nichts Wertvolles mehr im Haus, außer Nicoline natürlich!« Franzi kicherte immer noch.

Nicoline würde sich ärgern, dass sie von ihrer Versöhnung nicht als Erste erfahren hatte.

Die Pferde tänzelten aufgeregt, sie freuten sich auf einen ausgiebigen Ausritt.

»Reiten wir am Deich entlang?«

»Na klar, wo sonst!«

Sie verließen den Stall, gefolgt von den Pferden. Tony sah ihnen zufrieden nach.

Franzi ritt vor, da Baxter das Leittier der Herde war und nicht einverstanden gewesen wäre, wenn Sissi die Führung übernommen hätte. Franzi spürte die sanften Bewegungen des Tieres. Sie fühlte sich, als würde sie schweben, so glücklich war sie. Ja, hier gehörte sie her, an die Küste von Friedrichskoog, zu ihren Tieren. Das sanfte Auf und Ab auf Baxters Rücken bestätigte ihre Entscheidung. Sie konnte sich immer noch auf ihr Bauchgefühl verlassen. Diese Erkenntnis gab ihr neuen Mut, den sie jetzt unbedingt brauchte. Über das ganze Gesicht strahlend, drehte sie sich um und blinzelte Jo liebevoll zu.

Es herrschte wenig Verkehr auf der schmalen Straße. Franzi erblickte bereits den Deichzuweg. Ihr Blut kam langsam in Wallung, ihre Handflächen begannen zu kribbeln. Baxter spürte die Erregung seiner Herrin und wieherte vor Freude.

Am Deich angekommen, kam Jo an Franzis Seite. Ihre Blicke trafen sich, und es genügte ein Zwinkern zur Verständigung. Jo hatte wenig Erfahrung mit Westernpferden, doch tapfer stellte er sich der Herausforderung. Gleichzeitig gaben sie ihren Tieren das Kommando. Während die Wellen der Nordsee am Deich knabberten, preschten Franzi und Jo dem aufkommenden Wind entgegen.

»Du machst das wirklich gut!«, schrie Franzi gegen den Wind an. »Vielleicht wird ja doch noch ein Westernreiter aus dir!«

»Ich fühle mich wie auf einem Schaukelpferd!«, antwortete Jo.

»Du musst versuchen, den Sattel auszusitzen, dann geht alles von ganz allein!«, belehrte Franzi ihn vergnügt.

Tatsächlich machte Jo eine noch bessere Figur, nachdem er Franzis Ratschlag zu beherzigen versuchte. Trotzdem glitt Franzi ihm davon. Sie hörte Jo fluchen. Nach einigen Metern verringerte sie ihr Tempo, so dass Jo aufschließen konnte.

»Teufelsbraut!«, knurrte er und warf ihr einen liebevollen Blick zu. Franzi legte ihren Kopf in den Nacken und lachte.

»Du sollst besser gleich wissen, mit wem du es zu tun hast!« Befreit breitete sie die Arme aus und erlaubte Baxter seinen eigenen Weg zu gehen. Doch plötzlich stoppte sie ihn und rutschte aus dem Sattel. Jo machte es ihr nach, ging auf Franzi zu und schloss sie in die Arme. Vorsichtig suchten seine Lippen ihre. Jo schmeckte nach Meer und salziger Luft. Franzis Atem ging schnell. Sachte schob sie ihn ein Stück von sich.

»Wer ist hier der wahre Teufel!«, keuchte sie atemlos und mit leuchtenden Augen. Dann gab sie sich seinen leidenschaftlichen Küssen hin. Baxter und Sissi nutzten die Pause, um zu grasen. Sie schienen das Liebespaar nicht stören zu wollen.

Eng umschlungen machten sie sich schließlich zu Fuß auf den Heimweg. Ihre treuen Gefährten folgten ihnen in gebührendem Abstand.

»Du hast beeindruckende Pferde, es macht Spaß, sie so entspannt zu sehen.«

»Sie sind entspannt, weil sie mir vertrauen. Sie folgen mir mit Freude!«, sagte Franzi gelassen. Für sie stellte die gute Ausbildung ihrer Tiere keine Besonderheit dar.

»Könnten meine Zossen es auch noch lernen, oder ist es zu spät für Veränderungen?«

Franzi grinste. »Wie bei uns Menschen ist es auch für Tiere für einen Neuanfang nie zu spät. Es bedarf allerdings vieler Übungsstunden, die Pferde an eine neue Reitweise zu gewöhnen. Ich weiß nicht, ob du so viel Zeit investieren kannst. Auch du musst umlernen, das ist meistens das Schwierigste.«

»Verstehe, und würdest du mir dabei behilflich sein?«

Franzi wirkte überrascht. Jo wollte allem Anschein nach Westernreiten lernen, sie wusste zwar nicht, warum, aber es freute sie irgendwie.

»Klar, helfe ich dir dabei. Du kannst auch am Anfang eines meiner Pferde nehmen, bis du dir vollkommen sicher bist, ob du es wirklich willst.«

Jo nickte zufrieden, ihm gefiel der Vorschlag. »Dann habe ich selbst die Übung erlangt, um mit meinen Pferden zu trainieren. Der Gedanke gefällt mir gut!« Jo lächelte sie an.

»So machen wir das!«, rief Franzi übermütig und schwang sich auf Baxter. Jo tat es ihr gleich und lenkte Sissi bereits recht gekonnt in Richtung Gut. Im Schritt ritten sie Hand in Hand und strahlten sich unentwegt an.

Auf der Suche

Zwei Monate später war das alte Gutshaus im Innenbereich in ein modernes, helles Wohlfühlambiente verwandelt worden. Franzi konnte mit dem Resultat zufrieden sein. Die Malerfirma hatte gute, zuverlässige Arbeit geleistet. Das Wohnzimmer erstrahlte mit Tapeten aus der Neuzeit. Nagelneue Ledermöbel dominierten die Mitte des Raumes. Elly hatte versucht, Franzi von hellen Möbeln abzuraten, wegen ihrer Empfindlichkeit für Schmutz, aber Franzi hatte ihren Kopf und ihren eigenen Geschmack durchgesetzt. Inzwischen war auch ihre Mutter von der Wirkung der cremefarbenen Couch überzeugt. Leuchtend bunte Sofakissen in allen Farben gaben der Einrichtung den letzten Schliff.

Die neue Beleuchtung verströmte behagliches Licht, ganz so wie Franzi es mochte, mal direkt, mal indirekt. Das ehemalige Schlafzimmer ihrer Oma im Erdgeschoss war zu einem gemütlichen Gästezimmer umgestaltet worden. Die Bäder verfügten über jeden Komfort und hatten sich in kleine Oasen verwandelt. Überall im Haus roch es noch nach frischer Farbe. Franzis Schlafzimmer war ebenfalls zu neuem Glanz verholfen worden. Alle Möbel hatte sie mit ihrer Mutter zusammen ausgewählt. Nichts entsprach noch dem Gutshaus, wie es einmal gewesen war.

Entgegen ihrem ersten Impuls hatte Franzi an der Trauerfeier ihrer Oma teilgenommen. Die ganze Familie Berendes war zugegen gewesen und hatte Franzi unterstützt. Jedoch hatten alle auf den hinteren Plätzen gesessen, um es nicht zu familiär wirken zu lassen. Einige Gemeindemitglieder waren zur Trauerfeier erschienen, jedoch erweckten sie den Eindruck, aus purer Neugier gekommen zu sein. Wie es schien, trauerte niemand wirklich um die Gräfin. Selbst die hochgeschätzten Damen aus der sogenannten guten Gesellschaft hatten sich nicht blicken lassen.

Die Freundschaft zwischen Elly und Laura wuchs stetig. Sie gönnten sich regelmäßige Ausflüge ins Umland und teilten die Leidenschaft für das Kartenspielen. Elly hatte begonnen, Reitunterricht zu nehmen, Franzi war ihre geduldige Lehrerin, und beide waren erfreut über die Fortschritte, die Elly verbuchen konnte.

Jo *klopfte* regelmäßig an Franzis Tür, und sie gewährte ihm Einlass. Beide waren sich einig darüber, dass Jo bald den Von-Liebermann-Haushalt um einen Mann erweitern sollte. Letztendlich verbrachte er ohnehin die meiste Zeit bei Franzi. Besonders glücklich war Franzi über Bella, ihr ging es prächtig, und das Fohlen schien gut in ihr zu gedeihen. Dakotas Abkömmling ließ zwar noch auf sich warten, aber Franzi genoss die Vorfreude darauf. Dakotas Box blieb weiterhin unbenutzt. Vielleicht würde das Fohlen dort Einzug halten, wenn es groß geworden war.

Für heute hatte Franzi ein geheimes Vorhaben geplant. Niemand war eingeweiht, nicht mal Jo wusste davon. Doch seit sie am Morgen aufgestanden war, hatte sie ein flaues Gefühl in der Magengegend. Aber davon wollte sie sich nicht abbringen lassen. Ihre Mutter lud zum Frühstücken ein, das wollte sie nicht verpassen. Mit frischen Brötchen ausgestattet, schlenderte sie auf das Haus zu.

Ellys Vorgarten leuchtete in sämtlichen herbstlichen Farben. Mehrere Vogelhäuser boten der heimischen Vogelwelt

Futter und sicherten ihr den Winter. Als Franzi eintrat, duftete es nach Kaffee und Rühreiern. Franzi vertrug den Geruch nicht. Sicher würde sie vor Aufregung nichts essen können. Sie atmete tief durch, um ruhiger zu werden.

»Guten Morgen, Mama! Ich habe die Brötchen besorgt!«

Elly schob ihren Kopf aus der Küche hervor. Augenblicklich runzelte sie die Stirn. »Wie schaust du denn aus? Schlecht geschlafen?« Besorgt trat sie näher an Franzi heran und musterte sie eindringlich. Franzi drückte sich an ihrer Mutter vorbei und legte die Brotwaren in den dafür vorgesehenen Korb. Sie spürte Ellys Blick im Nacken.

»Können wir?«, fragte sie ungeduldig.

»Was ist los mit dir? Bekomme ich heute noch eine Antwort?«, protestierte Elly.

»Mir geht es gut, lass uns endlich frühstücken!«

»Du bist schwanger, oder?«

Nun musste Franzi doch lachen. »Nein, wenn es so weit ist, bist du die Erste, die es erfährt, versprochen!«

»Das möchte ich gar nicht, ich denke, dass es Jo sein sollte, der zuerst weiß, dass die Familie größer wird.«

»Wer sagt denn, dass Jo der Vater wird?« Franzi meinte es scherzhaft, aber Elly sah sie schockiert an.

»Mama!«, ermahnte Franzi ihre Mutter. »Es war ein Witz!«

»Toller Witz, mir blieb fast das Herz stehen. Also hab ich recht?«

Franzi lächelte geheimnisvoll, um ihre Mutter zu ärgern. »Nein, hast du nicht!«

»Schade!« Elly schob die Unterlippe vor und gab vor zu schmollen. Franzi lachte. Etwas entspannter saß sie nun am Frühstückstisch und griff in den Brotkorb.

»Willst du heute weg?« Prüfend betrachtete Elly die gute Kleidung ihrer Tochter. Zur Jeans trug sie eine taubenblaue Bluse mit einer cremefarbenen Lederjacke darüber. Ein leichtes Tages-Make-up hatte sie ebenfalls aufgelegt. Für die Aufgaben im Stall eindeutig zu schick.

Während Franzi in ein belegtes Brötchen biss, nickte sie, sah ihre Mutter jedoch nicht an. Elly beschloss offensichtlich, nicht weiter zu fragen, und bediente sich stattdessen ein weiteres Mal aus dem Brotkorb. Franzi war bemüht um ein zwangloses Geplauder, doch sie hatte den Eindruck, dass Ellys Misstrauen dadurch nur noch mehr wuchs. Hastig schob sie den letzten Bissen in den Mund und sprang auf.

»Ich muss … Bis später, Mom!« Sie gab Elly einen Kuss auf die Wange und entschwand den prüfenden Blicken ihrer Mutter.

Sie atmete auf, als sie sich in den Autositz fallen ließ. Franzi hasste es, vor ihrer Mutter Geheimnisse zu haben. Die jahrelangen Lügen von Susann waren genug gewesen. Aber in diesem Fall musste es einfach sein. Es war ja auch keine Lüge, sie verschwieg lediglich ihr Vorhaben.

Kurz überlegte sie, ob ein Abstecher zu Tommy drin war, der Schlingel hatte zwar einen Besuch angekündigt, war aber nicht erschienen. Jo hielt ihn offenbar auf dem Laufenden, wie es um Franzi stand. Das hatte sie herausgefunden, als sie mit ihm telefoniert hatte.

Franzi entschied, nicht in Husum zu halten, sondern gleich weiter Richtung Flensburg zu fahren. Die Anspannung stieg ins Unermessliche, sie wusste nicht, worauf sie sich einließ. Lange Überlegungen und schlaflose Nächte lagen hinter ihr, bis endlich die Entscheidung gefallen war. Franzi suchte ihren leiblichen Vater.

Lennard hatte berichtet, dass Richard in Glückburg auf einem Gestüt arbeitete. Er hatte wie versprochen seine Kontakte spielen lassen, um Richard ausfindig zu machen. Zu Franzis Überraschung hatte er sogar mit ihm gesprochen. Daher wusste Franzi auch, dass er keinen Kontakt wünschte. Franzi verstand ihn sehr gut, aber sie wünschte sich nichts sehnlicher, als Richard ein einziges Mal zu sehen. Vielleicht aus der Ferne? Franzi ließ es darauf ankommen. Jo hatte sie nichts von ihrem Vorhaben erzählt. Ihre Mutter schien etwas zu ahnen, aber auch ihr hatte sie nichts gesagt.

Mit feuchten Handflächen fuhr Franzi die schmale Straße entlang, in der sie das Gestüt der Peters vermutete. Es lag zwischen Flensburg und Glücksburg, etwas abseits der Nordstraße. Franzi bog in einen Feldweg ab, links und rechts erstreckten sich die Wiesen, darauf Pferde, die friedlich grasten und kein Interesse an vorbeifahrenden Autos zeigten. Eine Kurve versperrte ihr die Sicht. Da sie nicht wusste, ob hinter der Biegung bereits der Hof auftauchen würde, stellte sie ihr Auto ab und ging zu Fuß weiter. Die Luft roch herbstlich, es würde nicht mehr lange dauern, und die Blätter würden sich verfärben.

Franzi lag richtig mit ihrer Vermutung, nach ungefähr hundert Metern hatte sie das Ziel erreicht. Leider wusste sie immer noch nicht, wie sie es anstellen sollte, auf Richard zu treffen, ohne auffällig zu wirken.

Sie lehnte sich an einen Findling, der gegenüber der Hofeinfahrt platziert worden war. Von hieraus konnte sie das ganze Gestüt überblicken.

Franzi schloss die Augen und lauschte den Singvögeln, die ihr Lied an diesem Ort besonders schön sangen. Die Sonne erwärmte ihre Haut, fast vergaß sie, warum sie dort wartete und worauf.

Als Franzi die Augen öffnete, erblickte sie eine junge Frau, die etwa in ihrem Alter war. Umständlich versuchte sie, ein Pferd aus der Scheune zu führen. Immer wieder stieg das Tier hoch, als ob es den sicheren Schutz der Scheune nicht zu verlassen gedächte.

»Ja, zerr du nur an den Zügeln, so wirst du nie erreichen, dass es dir folgt«, brummte Franzi genervt. Der Unbekannten hingen ihre langen roten Haare lose über die Schultern. Sie trug kurze Jeans und ein enges T-Shirt. Ihre Füße steckten in Turnschuhen. Jetzt drehte sie ihr Gesicht in Franzis Richtung. Franzi zuckte zusammen. Hatte die Frau sie entdeckt?

Franzi ging in die Offensive, sie stieß sich vom Findling ab und schlenderte zur Auffahrt hinauf, dabei behielt sie die Aktionen der Frau im Auge. Der schwarze Hengst drohte jeden Moment als Sieger aus dem Kampf hervorzugehen. Die Rothaarige konnte ihn kaum noch bändigen.

»Manno!«, stöhnte Franzi. »Wenn man keine Ahnung hat, sollte man es lieber lassen.« Franzi lief schneller. Er hatte es geschafft, die Führleine flutschte der Frau zwischen den Händen weg, und der Schwarze preschte direkt auf Franzi zu. Gelassen stellte sie sich dem Tier entgegen. Obwohl Franzi erkannte, dass die Augen des Tieres sie nicht wahrnahmen, blieb sie stehen und versperrte ihm den Weg. Langsam hob Franzi ihre Arme. Nun schien er sie zu sehen, drosselte jedoch nicht das Tempo.

»Sind Sie lebensmüde? Machen Sie den Weg frei, der rennt Sie um!«, ertönte eine Frauenstimme.

»Dann ist er weg!«, murmelte Franzi trocken, ohne weiter auf ihr Umfeld zu achten. Sie spürte die Energie des Pferdes in ihrem eigenen Blut pulsieren. Gedanklich war sie eins mit der Furie. Ihr Herz schlug in seinem Takt. Oh, wie sie diese Herausforderungen liebte! Dakota schwang in ihren Gedanken mit. Mit den Handflächen nach oben gerichtet, senkte sie die Arme und atmete tief ein und wieder aus. Als ihre Hände auf Hüfthöhe waren, richtete sie ihren Brustkorb auf und blieb ruhig stehen. Schnaubend stoppte der Wildgewordene mit gesenktem Kopf.

»Na du, war ein kurzer Ausflug, nicht wahr?«, hauchte sie ihm zu. Mit der Rechten streichelte sie seine Nüstern, während sie mit der Linken die Zügel aufnahm. Langsam drehte sie ihm den Rücken zu, ließ jedoch die Führleine nicht aus der

Hand. Franzi schritt einige Meter zur Straße, um dann umzukehren. Nun ging sie ruhig auf die Unbekannte zu, gefolgt von einem lammfrommen Hengst.

»Sind Sie lebensmüde?«, kreischte die Rothaarige mit wilden Gesten.

»Nee, aber bitte sei still, zaubern kann ich auch nicht, verhalte dich lieber etwas ruhiger«, raunte Franzi ihr zu. »Wo soll er hin?«

»Ähm … ich wollte ausreiten.«

»Das kannst du vergessen, du musst erst mal von ihm akzeptiert werden, alles andere ist lebensgefährlich«, mahnte Franzi. »Also, wohin?«

»Dort auf die Weide!« Sie zeigte mit der Hand auf ein offenes Gatter. Franzi nickte kaum merklich und begab sich in die angezeigte Richtung. »Er heißt übrigens Rufus!« Franzi musste sich beherrschen, um nicht laut loszulachen. Wie konnte ein Pferd einen solchen Namen tragen!

»Okay, Rufus, dein Ausflug endet gleich, das nächste Mal, benimmst du dich besser, verstanden?« Franzi gluckste vergnügt, als sie Rufus auf die Weide führte. Sorgfältig verschloss sie das Gatter. Rufus dachte nicht daran, über die Fläche zu preschen, er ging auf Franzi zu und beschnupperte sie ausgiebig, indem er die Nüstern an ihr Gesicht schob. Franzi kicherte.

»Du Schlawiner, auch noch rumschleimen!«

»Hey, brauchst du einen Job?« Neugierig wurde Franzi beäugt. Franzi lachte belustigt.

»Nein, danke, ich habe einen!«

»Schade, mein Vater wäre sicher froh, so eine fähige Hilfe zu bekommen. Wenn er wüsste, dass ich Rufus aus der Box geholt habe, würde er mich glatt einen Kopf kürzer machen!«

»Er gehört nicht dir?«

»Ich möchte ihn nicht geschenkt haben«, erwiderte die Fremde. Sie reichte Franzi die Hand. »Ich bin Esta!«

»Franzi!« Franzis Kopf schnellte herum. Was hatte sie eben gesagt? Betroffen registrierte Franzi, dass sie ihrer Halbschwester gegenüberzustehen schien. Esta schien nicht aufgefallen zu sein, dass Franzi plötzlich blass geworden war.

Franzi war ihrem Ziel sehr nahe, fieberhaft überlegte sie, wie sie es anstellen sollte, mehr über Esta und ihren Vater zu erfahren. Esta nahm ihr das Finden einer Lösung ab.

»Darf ich dich zu einem Kaffee einladen?«

Franzi schluckte. »Gerne, wollen wir zuerst Rufus in die Box bringen, damit dein Vater nichts merkt?«

Esta überlegte kurz. »Nein, das Risiko ist mir zu groß, er könnte erneut ausflippen, ich habe sowieso keine Geheimnisse vor ihm. Ich bekomme ein Donnerwetter zu hören, und die Sache ist erledigt!« Franzi gefiel die Antwort. Befreit begleitete sie Esta ins Haus.

»Arbeitest du hier?« Franzi brannte die Frage auf der Seele.

»Früher ja, aber mein Vater hat das Gestüt der Peters übernommen, da keine Nachfolger da waren. Ungefähr seit fünf Jahren ist dies der Von-Liebermann-Hof!« Franzi stockte der Atem. Von ihrer Mutter wusste sie, dass Richard den Namen ihrer Tante angenommen hatte. Wie sich nun herausstellte, hatte er ihn nicht wieder geändert. Franzi war bemüht, die Kontrolle über ihr Nervenkostüm zu bewahren. Sie befand sich am Ziel. Franzi hatte den Rest der Familie gefunden.

»Was machst du beruflich?«, fragte Esta interessiert.

»Ich arbeite bei einer Bank!«, sagte Franzi, nicht ganz der Wahrheit entsprechend.

»Was für eine Verschwendung!«

Franzi grinste. »Finde ich auch!«

Esta lotste Franzi ins Haus. »Mein Paps wird sicher überrascht sein, wenn er bei seiner Rückkehr frischen Kaffee vorfindet. Er versucht, mich zu einer brauchbaren Hausfrau zu erziehen, das schafft er nie, aber manchmal freue ich mich, ihn zu überraschen.« Esta kicherte.

Die rustikale Küche empfing Franzi mit leiser Musik aus dem Radio. Es duftete nach gebackenem Kuchen.

»Du hast Kuchen gebacken? Doch eine kleine Hausfrau?«, scherzte Franzi.

»Um Himmels willen, nein, eine Nachbarin hat ihn heute vorbeigebracht. Sie baggert an Paps rum, kapiert aber nicht, dass der Alte kein Interesse hat.« Esta lachte freudlos. »Schade, er könnte gut 'ne Frau brauchen, nur würde er es nie zulassen.«

»Oh, ich habe so eine Mutter.« Franzi bereute sofort ihre spontane Antwort und verstummte. Estas Aufmerksamkeit war ihr nun sicher.

»Erzähl, hört sich spannend an!« Franzi wurde schwindelig. Hastig schnappte sie ihre Autoschlüssel vom Tisch.

»Ich sollte jetzt gehen, entschuldige, Esta!« Noch in der Bewegung wandte sie sich zum Gehen, doch Esta hielt sie am Handgelenk fest. Sie sah Franzi ins Gesicht. Franzi atmete stoßweise und glaubte zu ersticken.

»Du … bist Franzi von Liebermann?«, brachte Esta stockend hervor. Franzi erwiderte den festen Blick, obwohl ihr Herz zu zerspringen drohte.

»Ja!«, hauchte Franzi. Ihre Augen begannen genau wie die von Esta zu schimmern.

»Ich wusste, irgendwann würden wir uns kennenlernen«, raunte Esta tief berührt.

»Du weißt von mir?« Franzi staunte.

»Klar! Mein Vater und ich, wir haben keine Geheimnisse. Eine Verabredung zwischen mir und meinem Vater, nach den Lügen während seiner Ehe mit meiner Mutter.« Esta hielt immer noch Franzis Handgelenk umklammert. Die Schwestern verharrten in dieser Haltung, bis Esta Franzi umarmte.

»Ich habe meine Schwester gefunden«, stammelte Franzi, sie konnte ihr Glück kaum fassen.

Die Geschwister hockten zusammen auf der Eckbank, die

neben einem Kachelofen stand. Franzi berichtete von ihrem Schicksal der vergangenen Wochen. Esta ließ hin und wieder einen entsetzten Seufzer hören, ansonsten war sie eine gute Zuhörerin.

»Du hast dich tatsächlich in ein Ekelpaket verliebt?«, stieß Esta hervor, nachdem Franzi ihre ausführliche Erzählung beendet hatte.

»Nun ja, ich habe es auch nicht verstanden, aber er ist ein liebevoller Mann, das kannst du mir glauben.«

»Puh, bin ich froh, dass mein Vater damals die Kurve gekriegt hat und von dem Gut abgehauen ist. Wer weiß, was aus uns geworden wäre?«

Franzi sinnierte betroffen. »Vielleicht hätte Susann gar nicht die Chance gehabt, wenn wir alle zusammengehalten hätten. Elly hat lange um euch getrauert.«

»Hmh«, machte Esta, »war ich nicht nur Mittel zum Zweck für deine Mutter, um an meinen Vater zu kommen?«

»Das kann ich natürlich nicht mit Sicherheit verneinen, aber ich glaube schon, dass meine Mutter alles für dich getan hätte, wenn Richard nicht geflohen wäre.«

»Hast du ein Foto deiner Mutter?« Franzi zückte ihr Smartphone und suchte in der Bildergalerie. Sie wählte ein Foto, welches sie in Tetbury aufgenommen hatte. Elly lächelte glücklich in die Kamera.

»Wow, meine Tante! Sie sieht immer noch gut aus!« Franzi und Esta steckten die Köpfe zusammen und suchten nach weiteren Fotos.

Esta sah Franzi an. »Wir sehen uns ähnlich«, stellte sie sachlich fest. »Nur deinen kurzen Haarschnitt, den musst du ändern!« Franzi lachte.

»Kaum habe ich eine große Schwester, bekomme ich Anweisungen, wie ich mein Aussehen verändern muss!«

Esta hob das Kinn. »Na ja, für irgendetwas muss es gut sein«, konterte sie belustigt.

»Sind deine von Natur aus rot?«

»Nee, aber ich trage diese Farbe, seit ich ein Teenager bin, mein Vater war außer sich, als er mich das erste Mal so sah.«

»Er hat sich dran gewöhnt?«

»Es blieb ihm nichts anderes übrig«, kicherte Esta.

Franzi wurde unruhig.

»Ich sollte besser gehen, Richard möchte mich nicht treffen!«

»Quatsch, der hat nur Angst vor seinen Gefühlen. Wenn er dich sieht, wird er erfreut sein. Ich kenne ihn, keine Sorge!« Franzi zweifelte daran, dass es richtig war, ihren Vater einfach vor vollendete Tatsachen zu stellen. Ein ungutes Gefühl beschlich sie. Sie überlegte noch, ob sie lieber gehen sollte, da hörte sie eine Tür ins Schloss fallen.

»Esta? Warum steht Rufus nicht in seiner Box?«, dröhnte eine dunkle Stimme durch den Hausflur. Esta zog die Schultern an die Ohren.

»Da kommt es … das Donnerwetter«, flüsterte sie gespielt ehrfürchtig. Esta legte den Zeigefinger auf die Lippen und bedeutete Franzi Stillschweigen. Dabei grinste sie Franzi verschwörerisch an.

»Esta!«, ertönte es erneut. Plötzlich stand unter dem Türrahmen der Küche ein hochgewachsener Mann mit leichtem Grauansatz an den Schläfen und vollen mittelblonden Haaren. Franzi fiel sofort die Ähnlichkeit mit Esta auf. Demzufolge musste es tatsächlich Richard sein. Er trug eine Brille und hatte einige Falten um die Augen herum. Zu einer engen Jeans trug er ein weißes Hemd. Er blieb stumm stehen und sah von Esta zu Franzi. »Ich wusste nicht, dass du Besuch hast, wir reden später!« Misstrauisch schaute er zu Franzi.

»Es ist auch dein Gast!«, rief Esta schnell, weil Richard die Küche wieder verlassen wollte. Richard wirkte nicht besonders überrascht.

»Dann ist es sicher Ihr Fahrzeug, das mir die Einfahrt zur Weide blockiert?«

Franzi blickte auf, in die wunderschönen Augen ihres Vaters. »Entschuldigung, ich habe nicht darauf geachtet. Ich muss mich ohnehin verabschieden. Die Einfahrt ist sofort wieder frei!« Hektisch erhob Franzi sich von ihrem Platz. Im gleichen Moment spürte sie einen Ruck am Arm. Esta zog sie kräftig zurück.

»Hierbleiben!«, bestimmte sie mit fester Stimme. Unsanft landete Franzi auf der Küchenbank. Richard sah mürrisch in die Runde und entschloss sich dann ebenfalls zum Rückzug.

»Hierbleiben!«, wiederholte Esta ihre Aufforderung, dieses Mal an ihren Vater gerichtet. Durch den scharfen Ton seiner Tochter verdutzt, blieb er abwartend stehen. Mit einer Handbewegung lud Esta ihren Vater ein, Platz zu nehmen. Zögernd näherte er sich dem Tisch. Esta befüllte einen Becher mit Kaffee und gab etwas Milch hinzu, sie rührte hektisch um und hielt Richard den Milchkaffee hin. »Setz dich endlich!«, sagte Esta ein weiteres Mal.

Zu Franzis Erstaunen gehorchte er und nahm langsam auf einem der Stühle Platz. Dabei behielt er Franzi im Blick. Er glich einem Jäger auf dem Hochsitz, zu jeder Zeit schussbereit. Franzi hätte am liebsten das nächste Mauseloch gesucht, um nicht mehr sichtbar zu sein. Richard begann zu sprechen. Mit einer warmen, sonoren Stimme, die Franzi sofort gefangen nahm. »Du bist also Franziska? Hätte nicht gedacht, dass du dich blicken lässt. Die von Liebermanns haben noch nie Stellung bezogen.« Franzi räusperte sich.

»Du bist auch ein von Liebermann, wenn auch angeheiratet. Wie steht es denn mit deiner Stellungnahme?« Esta zog die Luft hörbar ein, offenbar fürchtete sie einen Streit.

Richard jedoch grinste schief. »Gut gebrüllt Löwe!« Er blinzelte Franzi versöhnlich zu.

Franzi schluckte, ihr Vater wirkte auf sie unglaublich vertrauenswürdig, aber auch fremd. Ergriffen schwieg sie, um Richard den nächsten Schachzug zu gewähren. Sie würde dieses

Spiel unendlich weiterführen, nur um ihm in die Augen sehen zu können. Richard ging darauf ein.

»Ich glaube, du bist wieder dran!«, schmunzelte er, als ob er ahnte, wie das Spiel ging.

»Du wolltest mich nicht kennenlernen!«

»Hab ich nie gesagt!«

»Doch!«

»Tut mir leid!«

»Mir auch!«

Esta wirbelte mit dem Kopf hin und her, als ob sie einem Tennismatch beiwohnte. Ansonsten hielt sie sich raus.

»Weißt du, wie es Elly geht?«

Franzi zuckte merklich zusammen. Damit hatte sie nicht gerechnet. »Gut!« Es gelang ihr immerhin eine Antwort.

»Du bist mit ihr in Kontakt?« Franzi war verblüfft, hatte Lennard nichts erwähnt? Sie war davon ausgegangen.

»Ja!«

»Schön!«

Jetzt hielt Esta es offenbar nicht mehr aus.

»Verflixt noch mal! Könnt ihr euch endlich wie Erwachsene benehmen? Das ist ja nicht mehr auszuhalten!« Sie war sichtlich aufgebracht. Franzi und Richard sahen sie an, als ob beide in diesem Augenblick erst wieder bemerkten, dass sie nicht alleine waren. »Franzi, nun erzähle unserem Vater, was passiert ist, und zwar der Reihe nach.« Demonstrativ griff sie zum Staufach der Eckbank und zauberte einen Whisky hervor. Mit einem lauten Geräusch stellte sie die Gläser dazu.

»So, vielleicht geht es damit besser!« Sie goss, ohne die Flasche abzusetzen, alle drei bis zur Hälfte voll, verteilte sie unter den Anwesenden und prostete ihnen zu.

»So'n scharfes Zeug trinke ich für gewöhnlich nicht!«, sagte Franzi.

»Ich auch nicht«, konterte Esta. »Ausnahmen bestätigen die Regel! Prost!« Franzi nippte ein wenig an dem Engelmacher.

Esta dagegen kippte ihn in einem Zug herunter, und Richard tat es ihr gleich. Geübtes Duo, Vater und Tochter. Franzi öffnete den Mund, um etwas zu sagen, doch Esta fiel ihr ins Wort.

»Wollt ihr euch nicht erst richtig begrüßen? Ich glaube, das ist langsam überfällig. Richard schoss vom Stuhl hoch, als ob er auf diesen Augenblick gewartet hätte. Er breitete seine kräftigen Arme aus. Franzi ließ sich umarmen.

»Willkommen in meinem Herzen, Kleines!«, raunte er ergriffen. Dabei sah er Esta schuldbewusst an, doch sie blinzelte ihm aufmunternd zu.

»Und du in meinem Chaos«, murmelte Franzi unter Tränen.

»Wir werden es zusammen ordnen, Ehrenwort«, versprach Richard.

Esta kam schon wieder in Fahrt. »Ihr macht es euch im Wohnzimmer gemütlich, und ich werde inzwischen Spaghetti kochen, damit wir nach dem Feuerwasser etwas Vernünftiges zwischen die Zähne bekommen.« Sie sprang auf und scheuchte Franzi und Richard mit wilden Gesten hinaus.

Richard grinste und deutete mit dem Daumen auf Esta. »Sie kann gar nicht kochen! Aber wenn sie es schon mal versuchen will, wollen wir ihr nicht widersprechen.«

Franzi sah dankbar zu Esta. »Danke!«, hauchte sie gerührt.

»Husch, husch, ab mit euch, und lass nichts aus, hörst du, Franzi?«

Trotz der bodentiefen Fenster wirkte das Wohnzimmer dunkel, die Rollos waren zur Hälfte geschlossen, und die schweren Möbel aus Eiche trugen zusätzlich dazu bei, dass der Raum finster wirkte. Nachdem Franzi ihre Einrichtung ausschließlich mit hellen Möbeln ausgestattet hatte, erschien ihr das Wohnzimmer von Richard und Esta besonders düster. Franzi lächelte, denn sie fühlte sich trotzdem sofort wohl in der Obhut ihres Vaters. Es war ein Ankommen der besonderen Art.

Neben der Couchgarnitur aus weicher Mikrofaser verfügte das Zimmer über eine zusätzliche Sitzgelegenheit direkt vor dem gemauerten Kamin. Ein rotes Sofa, der Barockzeit nachempfunden, lud zum Verweilen ein. Dorthin lotste Richard sie. Er gab ihr ein Zeichen, dass sie Platz nehmen solle.

»Ich habe gehört, du bist mit dem Berendes-Spross zusammen? Ein guter Junge. Ein wenig zu impulsiv, aber durchaus brauchbar!«, begann Richard das Gespräch. Franzi freute sich sehr über die positiven Worte. Sie wirkten in gewisser Weise fürsorglich. Franzi fühlte sich angenommen, niemand hatte sich bisher dafür interessiert, wie sie lebte und liebte. Sie taute schlagartig auf und strahlte Richard an.

»Wir hatten am Anfang unsere Schwierigkeiten, die aber auf Susann zurückzuführen waren. Ich bin tatsächlich glücklich darüber, Jo an meiner Seite zu wissen.« Ein warmer Schauer überkam Franzi, als sie an Jo dachte.

»Wenn er dir komisch kommt, wende dich ruhig an mich!« Wieder eine Andeutung darauf, dass er ihr als Vater beistehen wollte. So einfach hatte Franzi es sich nicht vorgestellt, ihren Vater zu gewinnen. Schließlich hatte er angekündigt, sie nicht sehen zu wollen.

Richard saß dicht neben Franzi. Behutsam griff er nach ihrer Hand. Er streichelte sie und betrachtete sie so gewissenhaft, als ob er sich jede Kleinigkeit einprägen wollte. »Was ist geschehen, dass du mich nach all den Jahren kennenlernen willst?«

»Ich wusste nicht, dass meine Eltern noch am Leben sind, ich wuchs mit der Vorstellung auf, dass ihr, Bettina und du, bei einem Autounfall umgekommen seid, und hatte nicht die geringste Ahnung, dass Elisabeth meine richtige Mutter ist.« Richard sah verblüfft auf und fixierte Franzis Augen. »Wer …? Susann etwa?«

Richard war schockiert, als Franzi seine Vermutung bestätigte. Sie zog die Beine hoch und machte es sich gemütlich, dann begann sie Richard alles zu erzählen. Richard schob seinen Körper in die andere Ecke des Sofas und Franzi streckte vertraut die Beine aus, so dass sie nun auf den Knien ihres Vaters ruhten. Sie fühlte sich ungemein geborgen und verstanden.

Richard hörte ihr schweigend zu.

Sie erzählte von ihrer Kindheit, ihrem Leben auf dem Gut, ihrer Liebe zu den Pferden und nicht zuletzt von den Ereignissen der vergangenen Wochen und Monate.

»Elly wohnt jetzt bei dir? In dem ehemaligen Haus von Bettina und mir?« Franzi nickte verhalten. Würde Richard etwas dagegen haben? Sie forschte aufmerksam in seinem Gesicht. Waren dort Anzeichen des Entsetzens zu erkennen? Franzi hatte in Erinnerung, dass er die Spuren von Bettina so belassen hatte, wie seine Frau sie zurückgelassen hatte.

Doch dann entdeckte sie ein aufkommendes Leuchten in Richards Augen. Er öffnete den Mund, um etwas zu sagen. Es gelang ihm jedoch nicht, einen Ton herauszubringen. Franzi hielt den Atem an. War die harmonische Verbindung mit ihrem Vater an dieser Stelle erloschen? Würde er sie nun gleich wegschicken?

»Franzi«, begann er zögerlich, »ich bin schockiert, über das, was du und Elisabeth durchmachen musstet. Wenn ich nur eine Ahnung von allem gehabt hätte …« Er brach ab, die Stimme versagte ihm, und seine Augen schimmerten verdächtig. »Kannst du mir jemals verzeihen?«

»Ich? Dir? Du warst doch völlig ahnungslos, wie hättest du uns helfen sollen?« Franzi drückte die Hand ihres Vaters.

»Ich hätte bei euch bleiben müssen, ich war feige und bin vor Susann geflüchtet.« Richard senkte den Blick, Trauer lag in seinen Augen.

»Du hast genau das Richtige gemacht!«, protestierte Franzi.

»Ich bin da nicht so sicher!«

»Ich bin es umso mehr!«

»Ach, Franzi, ich freue mich so, dich hier bei mir zu haben. Esta scheint es genauso zu gehen, vielleicht werden wir ja doch noch eine Familie mit Kanten und Ecken!«

»Die Kanten lass mal stecken, davon hatten wir in der Vergangenheit genug!« Franzi grinste erleichtert.

»Meinst du, Elisabeth will mich sehen? Ich denke, wir müssten über vieles reden.«

»Ich kann es dir nicht unbedingt sagen, aber auf einen Versuch solltest du es ankommen lassen. Sie hat dich einmal sehr geliebt!«

»Was hat sie gesagt, als du ihr gesagt hast, dass du mich aufsuchen willst?« Franzi senkte den Blick.

»Ich habe es niemandem erzählt, nicht einmal Jo weiß von meiner Aktion.« Richard rutschte tiefer in die Sofaecke.

»Du warst dir also sicher, dass sie es dir ausreden würde, stimmt's?«

»Nein, sicher war ich mir nicht, aber ich wollte es nicht darauf ankommen lassen. Dabei fällt mir ein, ich müsste mich mal melden, damit niemand auf die Idee kommt, eine Vermisstenanzeige aufzugeben.« Wie aufs Stichwort klingelte Franzis Handy. »Entschuldige mich kurz«, bat sie Richard und erhob sich vom Sofa. Eilig steuerte sie auf das große Fenster zu, um Jos Anruf entgegenzunehmen.

»Liebes, wo steckst du? Elly läuft hier aufgebracht herum, sie macht sich Sorgen, du könntest etwas Dummes tun? Was soll ich ihr sagen?« Franzi hörte an Jos Zittern in der Stimme, dass auch er in Sorge war.

»Ich mache nichts Dummes! Nun beruhigt euch mal wieder, es ist alles in bester Ordnung. Warum ruft Elly mich nicht selbst an?«

»Weil sie nicht den Eindruck erwecken möchte, dich zu kontrollieren!«, sagte Jo kleinlaut. »Darum hat sie mir diese Aufgabe übertragen!«

»Ich bin heute Abend wieder zu Hause, macht euch keine

Gedanken, mir geht es sehr gut.« Sie schmunzelte über ihre beiden liebsten Menschen.

»Okay, ich vermisse dich, komm heil zu Hause an!«

»Mach ich, richte meiner Mutter bitte Grüße aus, sie soll sich einen schönen Tag gönnen.«

»Mach ich doch schon!«, rief Elly dazwischen. Sie verfolgte das Gespräch offenbar mit einem Ohr am Hörer mit. Lachend legte Franzi auf und ging zu ihrem Vater zurück.

»Verrückte Bande! Die denken, ich mache Dummheiten!«

»Sie kennen dich gut, nicht wahr?« Irritiert starrte Franzi zu Richard. Wie meinte er das? »Ich wollte einen Scherz machen, ist mir anscheinend nicht geglückt.« Richard grinste verschmitzt.

Esta schlich herein und verkündete stolz, dass das Mittagessen fertig sei.

»Ich hoffe, ihr habt richtig Hunger, es ist eine große Portion geworden.«

»Na, ich bin gespannt auf deine Kochkünste!« Richard alberte herum. Esta lotste sie in die Küche, aus der es herrlich duftete. Franzi bemerkte jetzt, wie ausgehungert sie eigentlich war. Beherzt griff sie zu, als Esta sie dazu aufforderte. Die Nudeln schmeckten, gemeinsam mit der Soße, einfach köstlich. Franzi beobachtete ihre Halbschwester.

»Esta, was hast du in den letzten Jahren so gemacht?«, wollte sie wissen. Sie ließ sich das Essen schmecken und ließ Esta dabei nicht aus den Augen.

»Ich bin Tischlerin! Schau, die Bank dort drüben ist mein Meisterstück!« Franzi verfolgte mit den Augen Estas Zeigefinger. Auf der gegenüberliegenden Seite des Tisches stand eine Küchenbank mit ansprechenden Schnitzelementen. Franzi hielt den Atem an.

»Die hast du gemacht?«, fragte sie staunend. Esta nickte.

»Ja, ist mein Lieblingsstück, ich habe sie zur Erinnerung an meine Mutter gebaut. Auf der Rückseite der Lehne sind unsere Namen eingraviert.« Franzi schluckte, Estas Worte berührten sie.

»Das hat sie von Bettina geerbt, sie war auf dem Bau einfach unschlagbar«, erzählte Richard bewundernd. Er schien liebevoll an seine verstorbene Ehefrau zu denken. »Beim Bau unseres Hauses hat sie stets mit angepackt, dabei vergaß sie ihre Schüchternheit und lief zur Hochform auf. Es konnte passieren, dass auch mal eine Maurerkelle durch die Baustelle flog, wenn nicht alles nach ihrer Vorstellung lief. Die kunstvolle Verklinkerung des Mauerwerks trägt ihre Handschrift. Bettinas Wunsch war es damals, ein Handwerk zu erlernen, aber, wen wundert es, Susann hatte etwas dagegen.« Betroffen starrte Franzi in die Runde.

»Wie viele Leben hat Susann noch auf dem Gewissen?«

»Na ja, Mutti hätte sich eben durchsetzen müssen«, sagte Esta trocken. »Sie hätte …«

»Hör auf, Esta! Niemand konnte an Susann vorbei, und Bettina erst recht nicht. Dazu war sie viel zu schüchtern.« Richard war sichtlich verärgert.

»Entschuldige, Paps, ich hätte nur zu gern eine Mutter gehabt. Vielleicht wäre alles anders gekommen, wenn sie in der Lage gewesen wäre, sich zur Wehr zu setzen.«

Richard wurde ruhiger. Er wusste, wie Esta in ihrer Jugend ihre Mutter vermisst hatte. »Die Zeit kann man nicht zurückdrehen, aber es gibt immer einen Weg vorwärts. Franzi hat es uns heute gezeigt.«

»Genau, unsere Familie wächst!« Esta hatte ihre leuchtenden Augen auf Franzi gerichtet. Franzi fiel ein, dass ihre Mutter Elly an Estas und Richards Unglück beteiligt gewesen war. Als ob Richard ihren Überlegungen folgte, legte er sachte die Hand auf ihre.

»Franzi, versuch bitte mit Elly zu reden, vielleicht haben wir die Gelegenheit uns auszusprechen, es wäre mir sehr wichtig.«

»Ich kann es gerne probieren«, sagte Franzi unsicher, »versprechen kann ich aber nichts!«

»Es wäre phantastisch, wenn es klappen würde!«, rief Esta begeistert dazwischen. Vater und Tochter sahen sehr zuversichtlich aus. Dennoch hatte Franzi Bedenken, ob ihre Mutter positiv reagieren würde, wenngleich sie oft von Richard sprach.

»Selbst wenn Elly uns nicht treffen will, du, Franzi, kommst doch wieder, oder?« Richard blinzelte Franzi flehend an.

»Ja!«, antwortete Franzi knapp, denn das Sprechen fiel ihr plötzlich schwer. Tränen hinderten sie am Reden.

Nie mehr Abschied für immer

Nach dem Mittagessen schlug Richard einen Rundgang durch die Stallungen vor, Franzi willigte freudig ein. Richard besaß zusätzlich zu den Pferden dreißig Limousin-Rinder. Ein äußerst robustes Rind mit kantigem Körperbau. Erst vor Kurzem hatte Richard sich für diese Tiere entschieden. Sie gaben gutes, mageres Fleisch, und die Nachfrage wurde immer größer. Esta fand die Idee weniger gut, weil der Abtransport zum Schlachter unerträglich für sie war. Franzi konnte sie nur zu gut verstehen. Zumal die massigen Tiere auch noch auf ihre Weise niedlich aussahen.

»Willst du Rufus noch besser kennenlernen?« Er ist ein Teufel, aber für mich das beste Pferd im Stall!« Richard lächelte zufrieden.

»Franzi hat ihn bereits von seiner besten Seite erlebt!« Esta schaute schuldbewusst. »Sie hat durch ihren Einsatz größeren Schaden verhindern können!«

Franzi winkte lachend ab. »Ach was, nicht der Rede wert. Er ist im Grunde seines Herzens ein liebenswerter Bursche.« Richard sah Franzi überrascht an.

»Du kommst mit ihm klar? Donnerwetter, das schafft so leicht niemand!«

»Franzi ist eine Heldin«, rief Esta dazwischen und verstummte abrupt. Offenbar wollte sie ihrem Vater nicht das ganze Drama beichten. »Ich meine … es hat zumindest den Eindruck gemacht.«

»Das glaube ich euch nicht, mit Rufus kommt so schnell keiner zurecht!« Richard blieb skeptisch. Er betrachtete Franzi prüfend.

»Ich besaß vor wenigen Monaten auch so einen Verrückten«, sagte Franzi. Mit einem Mal wurde sie traurig.

»Richtig, du hast von ihm erzählt«, gab Richard leise zu. »Es tut mir leid, Franzi. Ich hoffe, du kommst irgendwann darüber hinweg.«

»Es wird von Tag zu Tag besser, aber manchmal überkommt mich die Trauer über seinen Verlust. Er war wirklich ein besonderes Pferd. Aber mit Glück bekomme ich bald einen Nachkommen von meinem Helden!«

»Ich wette, Rufus wirft dich ab, wenn du ihn reitest!«, sagte Esta und blinzelte Franzi verschwörerisch zu.

»Lass gut sein, Esta, ich möchte Franzi nicht im Krankenhaus sehen.« Richard lachte. Nun war Franzis Ehrgeiz geweckt, sie würde es Richard schon beweisen.

»Er wirft mich nicht ab! Ich nehme die Herausforderung an!« Die drei blieben vor dem Gatter der Wiese stehen. Sofort kam Rufus näher, direkt auf Franzi zu. Er stupste sie sanft an, als ob er sagen wollte: *Wir rocken das Ding.*

»Da brat mir doch einer 'nen Storch, warum kommt er nicht zu mir?« Richard schüttelte ungläubig den Kopf.

»Du wolltest mir ja nicht glauben!«, triumphierte Esta.

»Ach, es hat sicher nichts zu bedeuten«, tröstete Franzi ihn.

»Ich hole jetzt doch mal den Sattel!« Richard wollte gerade zur Sattelkammer gehen, da hielt Franzi ihn auf.

»Warte bitte!« Franzi schluckte. »Ich muss mir nichts beweisen, er hatte heute bereits seine Aufregung, wir bringen ihn in die Box, und dann muss ich mich langsam auf die Socken machen.« Franzi wusste nicht, warum sie es sich anders überlegt hatte, aber ihre innere Stimme hatte ihr zu einem Rückzieher geraten.

»Och, wie schade!«, schmollte Esta. »Aber du kommst wieder, oder?«

»Das werde ich bestimmt, dann bringe ich Jo mit, und wir lernen uns noch besser kennen.«

Franzi verabschiedete ihre neu gewonnene Familie ausgiebig. Sie hatten einen wunderschönen Tag miteinander verbracht, und eine Wiederholung sollte in naher Zukunft stattfinden. Sie lud die beiden ein, sie in Friedrichskoog zu besuchen. Doch Richard hielt es für keine gute Idee, er wollte, dass Elly dabei ein Wörtchen mitzureden habe.

»Damit wollen wir gar nicht erst anfangen, ich bin die Gutsherrin! Ich lade meine Gäste ein, und Elly wird damit klarkommen müssen. Sie wird es auch, da bin ich mir sicher. Auch sie weiß, wie es unter den Fittichen von Susann gewesen ist, wir sind endlich frei, zu tun, was immer wir möchten!« Franzis Tonlage war etwas schärfer geraten, als sie es vorgehabt hatte. Mit schuldbewusster Miene blickte sie zu Richard.

Er grinste sie an. »Gut gebrüllt, Franzi! Aber in diesem Fall nehmen wir trotzdem ein bisschen Rücksicht auf die Gefühle deiner Mutter! Einverstanden?« Franzi seufzte und ergab sich.

»Einverstanden!« Die drei umarmten einander ein letztes Mal, bevor Franzi zu ihrem Wagen ging, der immer noch die Einfahrt der Weide blockierte.

Esta folgte ihr im Laufschritt.

»Ich begleite dich noch zum Auto!«

»Das ist lieb von dir, Esta. So können wir unseren Abschied etwas hinausschieben!«, kicherte Franzi erheitert.

»Ich werde dich vermissen!«, gestand Esta.

»Ich dich auch, es ist wunderbar, eine Schwester zu haben.«

»Wir müssen unsere Handynummern noch austauschen. Dann schreiben wir uns ganz oft!«, jubelte Esta vor Freude.

»Mensch, stimmt, das haben wir völlig vergessen!« Franzi blieb stehen und zückte ihr Telefon. »Her damit!«, befahl sie ihrer Schwester in gespielt strengem Ton. Konzentriert tauschten beide ihre Nummern aus, damit auch ja nichts falsch gespeichert wurde.

»Hast du ein Facebook-Konto?«, fragte Franzi.

»Ja! Tolle Idee!«, rief Esta. »So können wir uns jeden Abend eine gute Nacht wünschen.«

»Dann aber bitte als persönliche Nachricht«, sagte Franzi.

»Na klar, was dachtest du denn?« Esta lachte. »Muss ja nicht jeder wissen, wann wir ins Bett gehen!«

Plötzlich tauchte Richard neben ihnen auf. Vorwurfsvoll betrachtete er seine beiden Mädels. »Ich möchte auch mitlachen!« Er grinste unsicher. Es fiel Richard sichtlich schwer, Franzi ziehen zu lassen. Er schien sich mit ihr verbunden zu fühlen, obwohl er bis vor Kurzem nichts von ihr gewusst hatte.

Gemeinsam schlenderten sie zum Auto. Unentschlossen sah Franzi abwechselnd von Esta zu Richard, auch ihr fiel der Abschied schwer. Dann gab sie sich einen Ruck.

»Tschüs!«, rief sie und ließ sich auf den Fahrersitz fallen.

Richard und Esta standen nebeneinander auf dem Grünstreifen und winkten. Franzi startete ihren Wagen und fuhr auf dem holprigen Weg los. Wäre Tony hier, würde er jetzt scherzend fragen, ob sie Kängurubenzin getankt hätte. Sie wendete in der Einfahrt und winkte fröhlich zurück.

Erfüllt von Freude fuhr Franzi nach Hause, aber zugleich mit gemischten Gefühlen. Wie würde ihre Mutter reagieren, wenn sie erfuhr, dass sie bei Richard gewesen war? Sie verwarf ihre Bedenken, um konzentriert dem Verkehr zu folgen. Die Nordstraße war wie immer stark befahren, alle wollten in den verdienten Feierabend oder rasch noch einige Einkäufe erledigen.

Elly

Steine spritzten, als Franzi mit erhöhtem Tempo die Hofeinfahrt der Berendes hinauffuhr. Sie musste unbedingt mit Jo über ihren Tag in Glücksburg sprechen und ihm die freudige Nachricht überbringen, dass sie ihren Vater und ihre Halbschwester gefunden hatte. Vor dem Stallgebäude bremste sie scharf ab und stieg aus. Ihre Augen suchten das Gelände nach Jo ab. Plötzlich sah sie ihn, er kam eilig aus dem Haupthaus. Besorgt schaute er zu Franzi herüber. Er hatte die Hände zu Fäusten geballt, offensichtlich war er verärgert.

Auch das noch, dachte Franzi. Sie vermutete, dass Jos Zorn ihr galt. Mit weit ausholenden Schritten stürmte er auf sie zu. Als er schließlich vor ihr stehen blieb, nahm er sie stürmisch in die Arme.

»Sag, Liebes, wer hat dir etwas getan?«

Franzi schob ihn ein wenig von sich weg und sah ihn verständnislos an. »Was meinst du? Mit mir ist alles in bester Ordnung.«

Langsam entspannte sich Jo. Die Wut schien sich aus seinem Körper zu lösen. »Ich dachte, weil du so rasant hier angefahren gekommen bist. Ich habe mir Sorgen gemacht!«

Franzi lächelte Jo zärtlich an. Sie kuschelte ihren schmalen Körper an ihn. Schützend legte er seine starken Arme um Franzi und küsste sie aufs Haar.

Mit Tränen in den Augen sah sie ihn an. »Ich habe meinen Vater gefunden. Er ist genauso, wie ich ihn mir vorgestellt habe. Meine Schwester und er haben sich riesig gefreut, dass es mich gibt!«

Jo stieß hörbar die Luft aus. »Und ich dachte, jemand hat dich geärgert. Dem hätte ich die Leviten gelesen, das kannst du mir glauben!«

»Ich weiß«, flüsterte Franzi dankbar. »Aber es ist nicht nötig.«

»Zum Glück«, knurrte Jo. Er führte sie ins Haus, wo Laura bereits ungeduldig wartete. Ihr war die Szene auf dem Hof nicht entgangen.

Jetzt erzählte Franzi ausführlich von ihrem Besuch in Glücksburg.

»Es freut mich für dich, Franzi«, sagte Laura liebevoll, »ich bin nur gespannt, wie Elly reagieren wird, wenn sie davon erfährt.«

»Darum bin ich auch als Erstes zu euch gefahren, ich musste meine Freude mit jemandem teilen, aber meine Mutter kann ich nicht sofort damit überfallen. Da muss ich vorsichtig rangehen.«

Laura sah Franzi an. »Ich glaube nicht, dass sie damit nicht klarkommt, sie wird dir deine Freude von Herzen gönnen.«

»Elly hat ihn einmal sehr geliebt, und das Schicksal hat es seitdem nicht gut mit ihr gemeint«, gab Franzi zu bedenken.

»Dir werden die richtigen Worte einfallen.«

»Mal schauen, sie war heute Morgen schon so komisch. Ich bin überzeugt, sie hatte eine Vorahnung.«

»Sie hat ein Gespür für deine Stimmungen, ich denke, du warst heute Morgen aufgeregt, es ist ihr bestimmt aufgefallen, wie nervös du gewesen bist«, warf Laura ein.

»Gut möglich«, lachte Franzi. »Ich war gespannt wie ein Flitzebogen.«

»Komm, Franzi, wir fahren rüber und schauen mal, wie es Elly geht.« Jo sprang auf und nahm Franzi an die Hand, gemeinsam verließen sie die Wohnküche der Familie.

»Grüß Elly lieb von mir und sag ihr, unser Ausflug nach Husum startet morgen um neun Uhr!«, rief Laura ihnen rasch hinterher. Franzi hob die Hand, um zu signalisieren, dass sie Laura gehört hatte, bevor die Tür ins Schloss fiel.

Franzi und Jo fanden ihre Mutter bei Bella. Sie lehnte an der Tür zur Box und sprach zärtlich auf Bella ein. Deutlich sah man ihr an, wie glücklich sie mit den Pferden war. Jahrelang hatte sie die Tiere gemieden, um nicht an Franzi erinnert zu werden. Nach und nach bekam sie jetzt mehr Vertrauen in die Tiere und zu sich selbst. Der Reitunterricht gefiel ihr ausgesprochen gut, zumal Franzi eine gute Lehrerin war. Früher hatte Elly die Stallarbeit gehasst, inzwischen gehörten auch diese Aufgaben zu denen, die sie mochte. Sie erledigte sie nicht mit voller Leidenschaft, aber immerhin mit der nötigen Einstellung dazu.

»Hallo, Mama, ich bin wieder da!«, rief Franzi heiter. Sie konnte nicht verhindern, dass ihre Stimme zitterte, so dass ihre Mutter sie prüfend ansah.

»Schön!« Ihre Antwort klang skeptisch. Mehr sagte sie nicht. Sie schien abzuwarten, was Franzi ihr zu sagen hatte.

»Hattest du einen schönen Tag, Mama?« Elly zögerte.

»Jaha«, antwortete sie gedehnt. »Und du …?«

»Och, ganz nett!«

»Ganz nett? Der kleine Bruder von scheiße oder wirklich nett?«

Franzi strahlte ihre Mutter an. »Wirklich nett, Mom. Wollen wir ins Haus gehen und ein bisschen quatschen?«

Elly atmete kräftig durch, dann nickte sie kurz und setzte dazu an, ins Haus zu laufen. Franzi sah Jo an, und sie folgten ihr wortlos.

Die Kühle der Diele ließ Franzi frösteln, musste sie ihre Mutter wirklich sofort informieren? Oder war es besser, ein wenig Zeit vergehen zu lassen. Jo deutete Franzis Gedanken richtig. Er hob mahnend den Zeigefinger und nickte ihr auffordernd zu. *Nicht noch weiter aufschieben* sollte die Geste bedeuten. Franzi schloss kurz die Augen und marschierte in die Küche. Dort hockte Elly bereits auf einem Stuhl und blickte Franzi erwartungsvoll entgegen. Ihre Hände ruhten auf ihren Knien. Ungeduldig knetete sie ihre Fingerknöchel, die weiß hervortraten.

»Mama, ich bin sehr glücklich, es ist nichts Schlimmes passiert.« Franzi stockte, dann platzte es heraus: »Ich habe Richard gesehen – und Esta! Es geht ihnen gut.« Elly schlug die Hände vor das Gesicht und ließ sie dort ruhen. Ein leises Schluchzen war zu vernehmen. Franzi traute sich kaum zu atmen. Langsam ließ ihre Mutter die Hände vom Gesicht rutschen. Franzi sah den fragenden Blick ihrer Mutter.

»Ich habe es von Anfang an geahnt, Kind, du hattest Größeres vor heute Morgen. Aber damit habe ich nun nicht gerechnet.

»Mama, er hat sich gefreut! Und du hättest Esta sehen sollen, sie wäre fast ausgeflippt vor Freude. Glaube mir, Esta ist wunderschön, man sieht, dass wir Geschwister sind.« Elly entwich ein Kichern.

»Das habe ich auch gedacht, als ich dich wiedergesehen habe. Schon als du noch ein Baby warst, habe ich in deinem Gesicht viel Ähnlichkeit zu Esta entdecken können.« Nun lagen Ellys Hände schlaff auf ihrer Schürze. Sie beobachtete Franzi mit großer Sorgfalt. »Dir geht es wirklich gut?«

»Ich bin glücklich, ich sorge mich nur, wie es dir damit geht. Sie würden gerne einen Gegenbesuch antreten, wenn du nichts dagegen hast.«

Elly sprang erregt auf. Sie strich nervös über ihre Frisur und wirkte aufgekratzt wie ein Teenager. »Sie kommen hierher? Wann? Ich muss erst zum Friseur! Oh Gott, und der Garten ist nicht gemacht! Franzi, ich brauche dich als Einkaufsberater, ich benötige etwas zum Anziehen! Habe ich ausreichend Zeit dafür?«

Franzi lachte. Jo stupste sie unauffällig an. Auch er freute sich über Ellys Reaktion. »Mama, ich sollte nur einmal vorfühlen, wie du zu der Sache stehst. Sie kommen nicht in den nächsten Minuten, bleib ruhig!«

»Vorfühlen? Was hat das nun wieder zu bedeuten?«

»Das bedeutet sicher, dass auch er weiß, dass er Fehler gemacht hat, und dass er dich nicht überfallen möchte.«

»Ich bin furchtbar aufgeregt, Kinder! Esta, ich werde sie wirklich wiedersehen? Welche Freude!«

»Sie ist eine begnadete Tischlerin mit außergewöhnlichem Talent. Du wirst staunen, welche Kunstwerke sie zustande bringt!«

»Das hat sie von Bettina!«, rief Elly begeistert. Franzi kicherte.

»Das war auch Richards Wortlaut.«

»Ist er nicht verheiratet?«

»Nein, er ist ein einsamer Wolf geblieben, der seinen Frauen nachtrauert und nie die Richtige gefunden hat.«

»Der Arme, dabei war ihm Sex immer so wichtig!« Elly verstummte erschrocken.

»Sicher war es nicht nur der Sex. Er bereut bestimmt wie du, was damals alles geschehen ist«, sagte Jo vorsichtig. Franzi holte ihr Handy hervor und zeigte Elly die Fotos, auf denen sie mit Esta und Richard zu sehen war.

»Esta hat rote Haare? Oh mein Gott! Was sagt Richard dazu?«

»Er musste es hinnehmen!« Franzi lachte.

»Vielleicht kann ich …«

»Mutter!«, warnte Franzi sie und hatte Mühe, nicht laut loszulachen.

»Schon gut, ich werde nichts sagen!«, versprach Elly. »Wann werden wir uns denn nun sehen?« Franzi überhörte die Frage und zeigte ihr ein Foto von Richard. Elly starrte auf Richard Gesicht. Sie konnte ihre Tränen kaum zurückhalten.

»Verdammt, sieht er gut aus. Ein bisschen älter ist er geworden, aber das passiert allen.« Elly betrachtete das Bild.

»Habt ihr schon zu Abend gegessen? Ich habe Suppe von heute Mittag im Kühlschrank«, fragte sie schließlich.

»Nein!« Franzi hatte Hunger, und Jo schien sich ebenfalls über ein gemeinsames Abendessen zu freuen.

»Dann mal los, danach machen wir Termine. Beim Friseur und im Modegeschäft!«, sagte Elly fröhlich.

Friesenglück

Franzi trainierte Baxter bei strahlendem Sonnenschein. Er zeigte sich willig und tat, was sie von ihm verlangte. Franzi ritt ihn warm und begann schließlich, einige Rinder zu treiben. Sie hatte anscheinend nichts verlernt. Sie trennte die Herde in zwei Gruppen und suchte ein Tier aus, dem sie das Lasso um den Hals warf. Mit einem Satz sprang sie vom Pferd und umwickelte die Beine des unwilligen Bullen. Baxter wartete geduldig auf sie und schien wie Franzi voller Tatendrang zu sein. Jo hatte ihr einige Rinder zur Verfügung gestellt, damit die Übungsstunde nicht zu theoretisch ablief. Mit Begeisterung und ein wenig Besorgnis sah er Franzi beim Training zu.

Franzi plante, Westernreitstunden zu geben, einige Anmeldungen hatte sie schon gesammelt.

»Das sieht super aus, Liebling, ich könnte direkt neidisch werden!« Franzi wusste, dass Jo tiefe Bewunderung für ihre Arbeit hegte.

»Ich bin auch begeistert!«, rief Nicoline aus der Ferne herüber. Sie schlenderte auf Jo zu. Nicoline lebte inzwischen wieder die meiste Zeit in Hamburg, ihre Ferien waren beendet, und sie studierte an ihrer geheimen Schauspielschule. Gut gelaunt gab sie Jo einen Kuss auf die Wange, dann stieg sie über den Zaun und eilte Franzi entgegen. »Ich muss dich sprechen!«, hauchte sie ihr ins Ohr.

»Gerne, ich bin hier auch gleich fertig!«

Nicoline sah Franzi dankbar an, zog sich jedoch dann zurück, um sie nicht zu stören. Franzi löste die Seile, und der Bulle trottete davon. Jo warf einen fragenden Blick in Franzis Richtung. Er schien bemerkt zu haben, dass sie und Nicoline Geheimnisse hatten. Franzi blinzelte ihm liebevoll zu. Nicoline ging neben Jo unruhig auf und ab. Franzi hatte den Eindruck, dass die Sache keinen Aufschub duldete. Sie bat Tony, Baxter zu versorgen, und ging dann rasch ins Haus, um zu duschen.

Nicoline erwartete sie ungeduldig auf der Sonnenterrasse. Franzi merkte sofort, unter welcher Anspannung ihre Freundin stand. Franzi warf sich auf einen Gartenstuhl und sah sie an. »Spuck es aus, wenn dir etwas auf der Seele brennt!«

Nicoline rückte näher an Franzi heran. »Ich habe ein riesiges Problem!«

»Wäre ich jetzt nicht draufgekommen«, scherzte Franzi belustigt.

»Ein wirkliches!«

»Nun sag schon, was los ist!«, ermunterte sie Nicoline ungeduldig. Inzwischen war sie neugierig geworden. »Bist du verliebt?«

Nicoline winkte verärgert ab. »Nein, Quatsch, das wäre kein Problem für mich, damit komme ich klar!«

»Womit dann nicht?«

»Ich habe ein Angebot bekommen!«

Franzi stutzte. »Ein Angebot?«, wiederholte sie. Franzi konnte ihr nicht folgen.

»Für eine Rolle!«

»Eine Rolle? Ich weiß ehrlich nicht, worauf du hinauswillst.«

»Am Kölner Theater! Ich kann es immer noch nicht glauben, aber die wollen mich!«

»Du hast dein Studium aber doch noch nicht beendet, oder?«

»Nein, das ist denen egal. Ich kann es später nachholen

oder auf ein weiteres Angebot hoffen. Nicht alle guten Schauspieler haben ihre Ausbildung beendet!«

»Nicoline! Wie großartig, herzlichen Glückwunsch!« Franzi freute sich aufrichtig.

»Aber ich müsste es meinen Eltern sagen. Die werden nicht begeistert sein, dass ich sie die ganze Zeit belogen habe.« Nicoline sank in sich zusammen. Sie schien ratlos, schließlich wusste nicht einmal Jo davon.

»Ich glaube, ich kann dich da beruhigen«, erwiderte Franzi.

Nicolines Kopf flog zu ihr herum. »Du hast gepetzt?« Empörung zeichnete sich auf ihrem Gesicht ab.

»Wo denkst du hin? Kein Sterbenswörtchen hat meine Lippen verlassen.«

Nicoline starrte sie an. »Laura hat mir erzählt, dass sie dich längst durchschaut hat und wie stolz sie ist, bald eine berühmte Künstlerin in der Familie zu haben.«

Nicoline bekam große Augen. »Nicht dein Ernst!« Ungläubig blickte sie Franzi an.

Franzi lachte. »Auch ihr musste ich versprechen, dir nichts zu verraten. Nun erzähl mir von der Rolle!«

Nicoline sprang auf. »Entschuldige, ich muss zu meinen Eltern, du bekommst später genaue Auskunft, versprochen!« Sie küsste Franzi auf den Mund und eilte davon.

Gedankenverloren berührte Franzi ihre Lippen, Nicoline hatte ihr direkt auf den Mund … Sie lächelte, sie freute sich für Nicoline. Dabei fiel ihr ein, dass Jo auf sie wartete. Er platzte bestimmt schon vor Ungeduld.

Lächelnd ging sie auf die Suche nach ihm. Als sie auf dem Hof um die Ecke bog, blieb sie wie versteinert stehen. Sie traute ihren Augen nicht. Richard war dort und führte eine angeregte Unterhaltung mit Jo. Esta stand herum und sah sich um, offenbar war sie auf der Suche nach Franzi.

Franzi rannte ihnen entgegen. »Das ist ja eine Überraschung! Ich kann es gar nicht fassen, ihr seid hier und besucht mich?« Sie stürmte in Richards Arme, der sie wie selbstverständlich auffing.

»Na klar, wir wollten euch überraschen und hoffen natürlich, dass ihr euch nicht überrumpelt fühlt.«

»Ich freue mich total!« Franzi löste sich aus der Umarmung ihres Vaters und eilte auf Esta zu. Kreischend vor Übermut fielen sie sich in die Arme.

»Als du mir eine Mitteilung geschrieben hast, dass Elly sicher einverstanden wäre, uns zu sehen, haben wir alle Hebel in Bewegung gesetzt, um Aushilfe auf dem Hof zu finden. Dann hielt uns nichts mehr davon ab, ins Auto zu steigen!«, berichtete Esta. »Nun sind wir hier!«

»Elly wird Augen machen!«, rief Franzi aufgeregt.

Als Elly aus dem Fenster sah, blieb ihr die Luft weg. Da war er. Richard! In echt sah er noch besser aus als auf dem Foto, das Franzi ihr gezeigt hatte. Ihr Herz schlug bis zum Hals. Hektisch band sie die Schürze ab und lief hinaus und auf den Hof, um sich der Gruppe anzuschließen. Es war ihr nun völlig unwichtig, ob die Frisur stimmte. Richard kannte sie aus früheren Zeiten auch unfrisiert. Beim Näherkommen verlangsamte sie ihre Schritte. Jo stieß Richard an und wies in Ellys Richtung. Auch Richard schien überwältigt zu sein, als er sie sah. Esta kam ihm zuvor. Sie stürmte los und ließ sich an Ellys Brust drücken.

»Esta!«, stammelte Elly gerührt. »Groß bist du geworden, Kind.«

»Nur ein bisschen. Du erkennst mich ja noch wieder, oder?«

»Und ob ich das tue. Herzlich willkommen zurück in meinem Leben«, hauchte Elly. Sie sah hinüber zu Richard, er rang sichtlich um Fassung. Jetzt ließ sie Esta los und ging auf ihn zu. Still blieb sie vor ihm stehen, um jede Kleinigkeit seines Äußeren auf sich wirken zu lassen. Sie ließ sich nicht anmerken, wie sehr ihre Gefühle für ihn erneut aufflammten.

»Moin, Richard, da bist du ja wieder!«

»Ja!« Zu mehr war er offensichtlich nicht in der Lage. Die Umstehenden warfen sich vielsagende Blicke zu und schlichen nacheinander in alle Richtungen fort.

Richard und Elly waren allein. Er ließ seinen Blick über das Haus schweifen, und seine Augen blieben am oberen Fenster hängen.

»Da guckt keiner, die Gräfin ist ausgezogen!«, sagte Elly.

»Ausgezogen nennst du es also!« Richard grinste. Dieses Grinsen hatte Elly immer schon geliebt. Es wirkte auf sie ungemein erotisch. Sie musste lachen.

»Ja, so und nicht anders nenne ich das!« Elly kokettierte mit Richard, wie sie es früher auch getan hatte. Er schien es zu bemerken und gab sich die größte Mühe, nicht darauf einzugehen. Wer wusste schon, aus welcher Ecke Augen auf sie gerichtet waren. Richards Augen jedenfalls ließen die von Elly nicht mehr los.

»Komm, wir verziehen uns ins Haus und reden«, raunte Elly ihm zu und ließ nun ebenfalls ihre Augen über die Fenster schweifen. Sie fühlten sich wie Schulkinder bei ihrem ersten Date.

Nicoline trat an Franzi heran, die mit dem Rest ihrer Familie auf der Terrasse verweilte. Alle waren zu Franzi auf das Gut gekommen.

»Du hattest recht, sie ist unglaublich stolz auf mich, und Paps hat nur sein liebevolles Knurren von sich gegeben. Danke, Franzi!«

»Ich habe doch gar nichts gemacht. Nun scheint es tatsächlich möglich zu sein, ein Familienleben ohne Friesenlügen zu führen. Ich bin unendlich erleichtert.«

Jo organisierte Fleisch für den Grill und bat Laura, einen Salat zu zaubern und mit Lennard herüberzukommen. Es sollte ein unbeschwertes Fest geben, was seiner Meinung nach überfällig war.

Stunden später, als alle in lustige, tragische und besinnliche Gespräche vertieft waren, zog Jo Franzi mit sich in den Stall. Zärtlich nahm er ihr Gesicht in beide Hände und küsste sie leidenschaftlich.

»Franzi, ich liebe dich. Dich und dein verrücktes Lachen, ich möchte keinen Tag mehr ohne dich sein!«

Franzi lächelte glücklich. »Das kann ich gut verstehen.« Sie küsste ihn erneut.

Vor ihnen lag eine unbestimmte, aber sicher schöne Zukunft.

Ende